Lily Danes

Die Lady seines Herzens

Roman

Moments Premia

Originalausgabe
Lily Danes: Die Lady seines Herzens

Lektorat: Kirsten Skacel
Einbandgestaltung: agilmedien, Köln
Einbandabbildungen: Mauritius
Satz & Layout: Andreas Paqué, Gleichen
Druck und Bindung: Ueberreuter GesmbH, Korneuburg
Printed in Austria 2004
ISBN 3-937670-19-X

www.moments-verlag.de

I

Zum Reisen war es eine denkbar ungemütliche Nacht. Der Regen prasselte schwer auf die inzwischen völlig aufgeweichte Straße und verwandelte sie in tiefen Morast. Nicholas Tremayn, Earl von Chambury, beglückwünschte sich sarkastisch, sicher die stürmischste Aprilnacht des Jahres für seine Reise gewählt zu haben. Andererseits konnte von Wählen kaum die Rede sein. Nicholas presste die Lippen aufeinander, als er an den Grund seines nächtlichen Rittes dachte. Sein Onkel, Sir James Tremayn, war tot.

Zumindest hatte Nicholas die richtige Entscheidung getroffen, als er sein Pferd dem Einspänner vorzog. Mit dem Gefährt wäre er inzwischen hoffnungslos im Schlamm stecken geblieben. Aber sein Hengst kämpfte sich weiter durch den Sturm, wenn inzwischen auch deutlich ermüdet. Auch Nicholas spürte jeden Muskel in seinem schlanken, durchtrainierten Körper, während er sich trotzig gegen den stürmischen Wind stemmte. Der Ritt von London zum Landsitz seines Onkels war ihm noch nie so lang vorgekommen. Er befürchtete schon, doch irgendwo einen falschen Weg eingeschlagen zu haben, als er endlich das ihm so vertraute Tor und die lange Auffahrt erkannte. Bald darauf erhob sich vor ihm das prächtige, alte Haus in schattenhaften Umrissen.

Obwohl er längere Zeit nicht mehr hier gewesen war, überflutete ihn sofort die Erinnerung an die glückliche Zeit, die er hier mit seinem Onkel verbracht hatte. Und an Sir James selbst, den er wie seinen Vater geliebt hatte. Sir James hatte den jungen Nicholas aufgezogen, als dieser seinen leiblichen Vater, Sir Cecil Tremayn, im Alter von zehn Jahren verlor. An seine Mutter, Lady Elizabeth, hatte Nicholas nur vage Erinnerungen, sie war schon in seiner allerfrühesten Kindheit an einem Fieber gestorben. Tatsächlich hatte sie sich nie von der schweren Geburt ihres einzigen Kindes, das sie über alle Maßen geliebt hatte, erholen können. Umso enttäuschter war Nicholas, dass sein Vater nicht versuchte, ihm zusätzlich auch die Liebe der Mutter zu ersetzen. Aber der Earl widmete sich völlig seinen Geschäften und gesellschaftlichen Pflichten und war oft monatelang auf Reisen. Dass der Grund dafür die nicht enden wollende Trauer um Lady Elizabeth war, konnte der kleine Junge damals nur ahnen. Cecil hatte Elizabeth sehr geliebt, und der Sohn, den Cecil unbewusst für ihren Tod verantwortlich machte, konnte den Verlust niemals ausgleichen. Von den wenigen Malen, an denen sie längere Zeit zusammen verbrachten, blieb Nicholas nur die Erinnerung an einen korrekten, disziplinierten Mann, aber nicht an Wärme und väterliche Geborgenheit. Einen innigeren Kontakt als einen kräftigen Händedruck hatte er nie zu seinem Vater gehabt.

Bei Sir James war alles anders gewesen. Etwas jünger als Cecil Tremayn, hatte er zwar ein Vermögen und Ländereien geerbt, nicht aber den Titel des Earl von Chambury. So führte er ein ungezwungenes Leben und erfüllte sich alle Wünsche und Launen, was ihm unter der strengen Beobachtung der Londoner Gesellschaft sicherlich schwerer gefallen wäre. Bei dem lebensfrohen Mann war Nicholas aufgeblüht und die beiden hatten mit der Zeit eine tiefe Freundschaft zueinander entwickelt. Nicholas konnte nicht glauben, dass sie jetzt, nach fast zwanzig Jahren, beendet sein sollte.

Braighton Hall erhob sich düster vor dem grauen Sturmhimmel. Nirgendwo brannte mehr Licht. Nicholas schwang sich von seinem erschöpften Pferd und entschied sich, keinen der Stallburschen zu wecken. Es war spät und niemand würde jetzt noch mit seiner Ankunft rechnen. Die Nachricht vom Tod seines Onkels hatte ihn sehr spät erreicht, da er erst kürzlich von einer Reise auf den Kontinent zurückgekehrt war. Sobald er davon erfahren hatte, war Nicholas unverzüglich nach Braighton Hall aufgebrochen, ohne vorher sein Kommen anzukündigen. Dabei würde inzwischen nicht mehr viel für ihn zu tun sein. Das Begräbnis hatte bereits vor zwei Wochen stattgefunden.

Nachdem er seinen Schwarzen abgerieben und gefüttert hatte, betrat Nicholas müde und erschöpft das Haus durch einen Nebeneingang, zu dem er den

Schlüssel besaß. Er wusste, dass es ihm trotz seiner Erschöpfung unmöglich sein würde, jetzt schon schlafen zu gehen, und betrat die Bibliothek, den Lieblingsort seines Onkels. Der Raum war noch warm und gemütlich vom Kaminfeuer, das hier während der kühlen Jahreszeiten den ganzen Tag über zu brennen pflegte und jetzt als Restglut ein schwaches Licht abstrahlte. Die dunklen Regale waren mit den verschiedensten Büchern voll gestopft, die Sir James gesammelt hatte, um seine vielfältigen Interessen und den Wissensdurst seines Neffen zu befriedigen. Die dicken, orientalischen Teppiche verströmten eine vertraute Behaglichkeit und jeder Gegenstand auf dem Schreibtisch erinnerte Nicholas an seinen Onkel. Der silberne Brieföffner, den er so oft in der Hand gehalten hatte. Die hervorragenden Versteinerungen, die Sir James von seinen Reisen nach Ägypten mitgebracht hatte. Und die geschmackvolle japanische Miniatur, die Nicholas selbst seinem Onkel von der ersten Reise in den Fernen Osten mitgebracht hatte.

Mit einem Glas Brandy ließ er sich in dem großen Ledersessel seines Onkels nieder und schloss für einen Augenblick in schmerzlicher Erinnerung die Augen. Der Raum wirkte so, als ob sein Onkel morgen wie gewohnt seinen Platz am Schreibtisch einnehmen würde, und Nicholas konnte den Gedanken noch gar nicht fassen, dass es nie wieder so sein würde.

Er musste eingenickt sein, denn das Knarren der schweren Eichentür ließ ihn aus dem Schlaf hochfahren. Jemand betrat die Bibliothek, in der es jetzt bis auf die Kerze des Eindringlings dunkel war. Instinktiv tastete Nicholas nach seiner Waffe und verfluchte sich, da er sie in der Halle abgelegt hatte. Aber wie hätte er im Haus seines Onkels auch mit Einbrechern rechnen sollen? Gerade suchte er nach einem schweren Gegenstand, mit dem er den Dieb niederstrecken könnte, da fiel der Lichtschein der Kerze auf das Gesicht des Eindringlings. Nicholas hielt den Atem an. Der Eindringling war eine junge Frau! Gebannt verfolgte Nicholas sie mit den Augen. Zuerst glaubte er, noch immer zu träumen, denn die Frau war wunderschön. Sie hatte ein schmales, ebenmäßiges Gesicht mit ausgeprägten Wangenknochen und großen, dicht bewimperten Augen, deren tatsächliche Farbe Nicholas im weichen Kerzenlicht nicht erkennen konnte. Das dichte Haar fiel ihr offen und in sanften Locken über die Schultern. Sie trug ein Nachtgewand, über das sie achtlos einen Morgenrock geworfen hatte, und ihre Füße steckten barfuß in Pantoffeln. Nicholas war sich sicher, dass er sie noch nie gesehen hatte. Wer war die Fremde, fragte er sich, während er sich unbewusst leicht vorbeugte.

Sie stellte ihre Kerze auf einen Tisch in der Mitte des Raumes und wandte sich den Büchern zu. Nicholas betrachtete bewundernd ihr klares Profil, die gerade Nase und die sinnlichen, vollen Lippen. Anscheinend suchte sie etwas Bestimmtes, denn ihr Blick schweifte über die langen Reihen der Bücher, die sich in den Regalen seines Onkels erhoben.

Schließlich fand sie das Gesuchte weit oben im Regal. Sie stellte sich auf die Zehenspitzen, um das Buch zu erreichen, und die Bewegung offenbarte Nicholas ihre schlanke, weibliche Gestalt. Nach vergeblichen Versuchen zog sie einen Schemel an das Regal, um an das Buch zu gelangen. Sie schlüpfte aus den Pantoffeln und kletterte zielstrebig auf das wackelige Möbelstück. Zufrieden griff sie nach dem Buch und schlug es, noch immer auf dem Schemel stehend, auf.

Nicholas kannte den alten Schemel noch aus seiner ersten Zeit auf Braighton Hall und Besorgnis machte sich in ihm breit. Der morsche Stuhl stand eigentlich nur noch aus Gewohnheit in der Bibliothek, er wurde schon längst nicht mehr benutzt, um Bücher aus den Regalen zu holen. Sir James hatte sich einen neuen Schemel anfertigen lassen, und Nicholas war schon lange so hoch gewachsen, dass er nur in seltenen Fällen einer Hilfe bedurfte. Aber das Mädchen wusste anscheinend nichts über die Unsicherheit ihres Haltes, und Nicholas befürchtete, dass sie stürzen würde. Obwohl er die schöne Fremde gerne noch länger stillschweigend beobachtet hätte, musste er sie auf sich aufmerksam machen, bevor sie sich den Hals brach. Langsam stand er auf und näherte sich ihr.

»Gebt acht, dass Ihr Euren Wissensdurst nicht mit gebrochenen Knochen bezahlt«, sprach er sie ruhig an.

Erschrocken fuhr die Frau mit einer so heftigen Bewegung herum, dass der Schemel unter ihr knirschend nachgab. Mit einem leisen Aufschrei ließ sie das Buch fallen und wollte sich festhalten, aber ihre Hände griffen ins Leere. Den Bruchteil einer Sekunde kämpfte sie vergeblich um ihr Gleichgewicht, während Nicholas mit einem Satz zu ihr sprang. Einen Augenblick später hatte er sie geistesgegenwärtig aufgefangen.

Erschrocken starrte sie ihn aus weit aufgerissenen Augen an, während sie sich instinktiv an ihm festklammerte. Nicholas war angenehm überrascht, ihren schlanken Körper so dicht an sich gepresst zu spüren, und er dachte nicht im Traum daran, seinen festen Griff zu lockern. Er konnte spüren, wie heftig ihr Herz schlug, und ihre Überraschung spiegelte sich deutlich in ihrem schönen Gesicht wider. Sein Blick versank in ihren großen Augen, die sanft im Kerzenlicht schimmerten. Als er auf ihren leicht geöffneten Mund sah, beugte er sich ohne nachzudenken über sie und küsste sie zuerst vorsichtig und dann mit wachsender Leidenschaft. Er spürte, wie sich ihr Körper in seinen Armen anspannte, aber um nichts auf der Welt würde er seine schöne Gefangene freigeben, bevor er nicht die Antwort von ihr zu spüren bekam, die er forderte. Er begehrte diesen Kuss von ihr, wie er noch nie einen Kuss begehrt hatte. Umso erfreuter war er, als ihr Widerstand nachließ und ihre Lippen zaghaft seinen leidenschaftlichen Kuss erwiderten. Hingebungsvoll lag sie in seinen Armen und bot ihm ihre Lippen mit einer schlichten Offenheit, die ihn entzückte. In diesem Augenblick waren alle Fragen aus seinen Gedanken verschwunden, der Moment schien zu einer Ewigkeit zu zerfließen und nur der Kuss der schönen

Fremden hatte Bedeutung. Langsam teilte er ihre Lippen, um mit seiner Zunge die Süße ihres Mundes zu erforschen, doch mit einem Mal schien sie wie aus einer Trance erwacht. Jäh stemmte sie die Hände gegen seine Brust und versuchte, sich aus seinem Griff zu befreien.

»Was erlaubt Ihr Euch, Mann!«, fauchte sie, während ihre Wangen sich vor Empörung röteten. »Lasst mich auf der Stelle los, oder ich rufe um Hilfe!«

Nicholas hielt überrascht inne und wurde sich dann bewusst, dass sie ihn aufgrund seiner schlichten und verdreckten Reisekleidung für einen Bediensteten halten musste. Lächelnd stellte er sie auf die Füße, nicht ohne ein leises Bedauern.

»Ihr solltet Eure kostbare Gesundheit nicht leichtfertig aufs Spiel setzen, Madame«, sagte er amüsiert.

»Das habe ich auch nicht getan.« Wütend funkelte sie den Fremden an. »Wenn Ihr bessere Manieren als ein Stallknecht hättet, würdet Ihr fremde Leute nicht einfach im Dunkeln erschrecken.«

Dann reckte sie selbstbewusst das Kinn und sah ihn forschend an. »Wer seid Ihr überhaupt? Warum befindet Ihr Euch zu so später Stunde noch in der Bibliothek?«

Auf den Mund gefallen war sie wirklich nicht, dachte Nicholas erstaunt. Spontan beschloss er, sie vorerst in ihrem Irrtum zu belassen. Wenn sie Gast in diesem Haus war, würde er schon noch früh genug herausfinden, wer sie war. Und sie würde früh genug erfahren, wer er in Wirklichkeit war.

»Bennings hat mich gebeten, bei diesem Sturm noch einmal nachzuprüfen, ob alle Fenster dicht schließen. Ich muss eingeschlafen sein, wirklich, es ist unverzeihlich, Madame«, log er sie dreist an.

Ganz konnte er den belustigten Ton in seiner Stimme allerdings nicht unterdrücken, als er von dem alten Butler seines Onkels sprach, der sicher tief und fest schlief und vom Sturm nicht das Geringste mitbekam. Als er ihren skeptischen Blick sah, fragte er sich, ob sie es hinnehmen würde.

»Und als ich Euch auf diesen morschen Schemel steigen sah, hielt ich es selbstverständlich für meine Pflicht, Euch auf die Gefahr hinzuweisen«, fügte er eifrig hinzu und bemühte sich um eine besorgte Miene.

»Das hättet Ihr auch in größerem Abstand tun können. Und ohne mich zu Tode zu erschrecken«, sagte sie wütend, während ihre Wangen sich noch etwas tiefer röteten. Was ihr ganz entzückend stand, wie Nicholas fand.

»Aber dann hätte ich Euch nicht auffangen können, Madame«, erwiderte er. »Womöglich hättet Ihr Euch ernsthaft verletzt.«

»Unsinn«, sagte sie kurz. »Ich wäre gar nicht gestürzt.«

»Bei einem so alten Möbelstück kann man das nie wissen, Madame«, belehrte Nicholas sie altklug. »Ich hielt es lediglich für meine Pflicht, einen Gast dieses Hauses vor einem möglichen Unfall zu schützen.«

Wütend funkelte sie ihn an. Wie dreist der Kerl war! Und außerdem hatte sie ihn noch nie auf Braighton Hall gesehen. Sie trat zaghaft einen Schritt zurück und musterte ihn kritisch, während

Nicholas nicht weniger neugierig ihren Blick erwiderte. Das Spielchen machte ihm Spaß, aber in ihrer Miene spiegelte sich jetzt der Wettstreit zwischen ihrer Empörung und dem Wunsch, so schnell wie möglich von diesem verwirrenden Fremden fortzukommen. Und der Mut, den sie eben noch gezeigt hatte, schien sie zu verlassen. Sie griff nach ihrer Kerze.

»Nun, wie Ihr seht, steht der Raum noch nicht unter Wasser. Ihr könnt also in Eurem Bett weiterschlafen«, sagte sie schnippisch.

Nicholas lächelte über den Ton, mit dem sie ihre Unsicherheit zu überdecken suchte.

»Nicht bevor ich Euch sicher in Euer Zimmer geleitet habe, Madame«, spielte er sein Spiel weiter. Er trat einen Schritt auf sie zu. »Vielleicht wünscht Ihr, zu diesem Zweck ein zweites Mal die Dienste meiner Arme in Anspruch zu nehmen?«

Erschrocken riss sie die Augen weit auf. »Untersteht Euch, mich anzurühren«, stieß sie hervor und wich zurück. »Achtet lieber auf Euch selbst, damit Ihr nicht wieder an Orten einschlaft, an denen Ihr nichts zu suchen habt.«

Mit diesen Worten tastete sie sich hastig rückwärts zur Tür und war verschwunden, ehe Nicholas Gelegenheit zu einer Antwort hatte.

Der Earl suchte im Dunkeln eine Kerze und entzündete sie am letzten Glutrest im Kamin. Ein Lächeln umspielte seine Lippen, als er an die junge Frau dachte. Was für ein Wildfang! Schlich nachts auf eigene Faust in fremden Herrenhäusern umher, anstatt eine Dienerin zu rufen, der sie ihren Wunsch auftragen konnte. Und wie kam sie in das Haus seines Onkels?

Nicholas stellte fest, dass die Trauer, die ihn bei seiner Ankunft noch so tief erfüllt hatte, etwas von ihrem schmerzhaften Stich verloren hatte. Er nahm die Kerze, um sich nach oben in sein Bett zu begeben, als sein Blick auf das zu Boden gefallene Buch fiel. Er hob es auf und las neugierig den Titel. »Seekarten, Ostindien« stand darauf. Nicht gerade die Lektüre, die eine junge Dame mitten in der Nacht interessieren würde, dachte er verwundert. Nach kurzem Zögern stellte er das Buch an seinen Platz zurück. Auf dem Boden fand er noch ihre Pantoffeln, die sie bei ihrer Flucht zurückgelassen hatte. Grinsend bückte er sich und hob sie auf. Sie musste barfuß durch die Korridore nach oben gelaufen sein. Was für ein Wildfang, dachte er erneut. Und was für eine Schönheit!

In der oberen Etage lehnte sich Cathryn Avondale mit zitternden Knien von innen gegen ihre Zimmertür. Sie presste ihre schmalen Hände gegen die Schläfen und starrte ungläubig vor sich hin. Sie konnte einfach nicht fassen, was gerade in der Bibliothek vorgefallen war. Sie hatte sich von einem vollkommen fremden Mann küssen lassen! Und noch viel mehr wühlte sie die Tatsache auf, wie sehr sie diesen Kuss genossen hatte.

Es war das erste Mal gewesen, dass ein Mann ihre Lippen berührt hatte, aber nicht in ihren kühnsten

Träumen hatte sie sich vorgestellt, wie prickelnd und erregend diese Erfahrung sein würde. Und wie willenlos und hingebungsvoll sie Cathryn machen würde. Sie war entsetzt und fasziniert zugleich.

Noch immer sah sie sein Gesicht vor sich. Seine dunkle, markante Schönheit, die schwarzen Augen, deren Blick bis in ihre tiefste Seele zu blicken schien, und sein sensibler, wohlgeformter Mund, der sich dem ihren näherte. Unwillkürlich legte sie ihre Fingerspitzen auf ihre Lippen und strich sanft darüber. Wie verändert sie sich anfühlten!

Doch im nächsten Moment schalt sie sich selbst aus. Wie hatte sie sich nur von einem Bediensteten so hinreißen lassen können? Und das in einem Haus, in dem sie nur zu Gast war! Sie hatte sich wie eine Dirne aufgeführt. Was hätte Sir James nur dazu gesagt, nachdem er sie so freundlich bei sich aufgenommen hatte!

Aber Sir James war tot. Sie würde auf die Freundlichkeit und Unterstützung seines Neffen angewiesen sein, der früher oder später hier eintreffen würde. Was, wenn der Fremde aus der Bibliothek nun mit dem geraubten Kuss prahlte? Wenn der Earl gleich bei seiner Ankunft mit solchen Gerüchten über sie empfangen würde? Gerüchten, die zu allem Überfluss auch noch wahr waren!

Hilflos sank sie auf ihr Bett. Was schlich sie auch mitten in der Nacht allein in die Bibliothek, nur wegen der Seekarten? Es geschah ihr ganz recht, das alles hätte Zeit gehabt bis morgen. Morgen! Hoffentlich würde sie dem Fremden nicht wieder begegnen. Wie sollte sie sich dann nur verhalten?

Aber bisher war sie ihm während ihres Aufenthaltes ja auch noch nicht begegnet. Vielleicht würde er ja auch in Zukunft nicht im Haus auftauchen. Wahrscheinlich arbeitete er auf einem abgelegenen Teil des Besitzes.

Mit einem tiefen Seufzer sank Cathryn auf ihr Bett und löschte die Kerze. Noch eine Weile sah sie mit weit geöffneten Augen in die Dunkelheit, aber schließlich schlief sie über ihren wirren Gedanken erschöpft ein und träumte tief – und süß.

II

Am nächsten Morgen wurde sie von Mary geweckt, die während Cathryns Aufenthalt die Aufgaben einer Zofe übernommen hatte. Sie war ein munteres Mädchen und Cathryn hatte sie schnell ins Herz geschlossen. Normalerweise war Cathryn schon wach, wenn Mary hereinkam, und so schrak sie auf, als das Mädchen sie sanft rüttelte.

»Madame, Ihr müsst aufwachen! Es ist schon halb durch den Vormittag. Wie könnt Ihr nur immer noch müde sein?«, rief sie. »Ich werde Euch beim Ankleiden helfen.«

Verschlafen setzte Cathryn sich auf. Sie fühlte sich kein bisschen ausgeruht und hatte das Gefühl, sich gerade erst hingelegt zu haben. Und außerdem hatte sie das dumpfe Gefühl, dass etwas Unangenehmes vorgefallen war. Und da fiel es ihr auch schon wieder ein. Der Kuss in der Bibliothek, letzte Nacht!

»Welches Kleid wünscht Ihr heute zu tragen, Madame?«, fragte Mary eifrig.

»Wie bitte?« Cathryn brauchte einen Augenblick, bis sie den Sinn von Marys Worten verstand.

»Welches Kleid?«, fragte Mary erneut und sah Cathryn überrascht an. So unkonzentriert hatte sie ihre Herrin noch nie erlebt.

»Ach, such mir eines aus«, antwortete Cathryn abwesend. Ihr gingen ganz andere Fragen durch den Kopf. Wie eine Puppe ließ sie sich aus dem Bett ziehen und setzte sich vor ihren Frisiertisch. Mary begann, ihr dichtes Haar zu bürsten und plapperte munter drauflos.

»... Er ist jetzt endlich von seiner Reise zurückgekehrt. Der arme Herr ist tief betrübt über den Tod seines Onkels, sie standen einander ja so nahe. Wirklich, der leibliche Vater hätte ihn nicht mehr lieben können. Und jetzt ist er schließlich hier angekommen. Heute Morgen. Er hat ja erst so spät von Sir James' Tod erfahren und ist die ganze Nacht von London hierher durchgeritten. Nicht jeder hätte das so einfach geschafft, aber er ...«

»Mary«, unterbrach Cathryn abwesend, da sie mit ihren Gedanken noch immer bei der letzten Nacht war. »Von wem sprichst du denn?«

»Vom Earl von Chambury, Sir James' Neffen«, rief Mary, erstaunt darüber, dass ihre Herrin ihr anscheinend gar nicht zugehört hatte. »Er ist endlich hier. Gerade heute ist er angekommen.«

»Der Earl ist hier?« Entsetzt starrte Cathryn in den Spiegel.

»Aber natürlich«, sagte Mary verwundert. »Wir haben ihn doch schon so lange erwartet. Als er die Nachricht vom Tod seines Onkels erhielt, ist er sofort nach Braighton Hall aufgebrochen, ohne sich anzukündigen.«

Cathryns Gedanken wirbelten durcheinander. Ausgerechnet heute musste er ankommen! Was sollte sie jetzt tun? Womöglich würde er alles erfahren. Oder er wusste es schon!

Aber dann gewann sie ihre Kaltblütigkeit zurück. Schließlich standen ihr die Ereignisse der letzten Nacht ja nicht auf die Stirn geschrieben. Woher sollte irgendjemand schon etwas wissen? Der Fremde würde hoffentlich längst wieder da sein, wo er die ganze Zeit über gewesen war, und zwar weit weg von Braighton Hall. Und wem sollte er so etwas erzählen können? Ihr selbst würde bestimmt kein Sterbenswörtchen über die Lippen kommen. Aber dass sie ausgerechnet heute verschlafen hatte!

Rasch ließ sie sich von Mary in ein Kleid helfen und überlegte fieberhaft, was sie als Nächstes unternehmen sollte. Zuerst würde sie den Earl bitten müssen, sie noch eine Weile hier wohnen zu lassen. Cathryn wog ab, wie weit sie ihn in ihre unglückselige Geschichte einweihen sollte. Wenn er sich wirklich so gut mit Sir James verstanden hatte, wie alle sagten, würde er hoffentlich auch so großzügig sein wie er. Dann brauchte sie ihm nicht ihre ganze vermaledeite Situation zu unterbreiten. Doch sie durfte nicht vergessen, dass die Trauer des Earl über den Tod von Sir James noch sehr frisch sein würde. Sie straffte die Schultern und atmete tief durch. Je schneller sie diese Begegnung hinter sich bringen würde, desto besser. Mit klopfendem Herzen ging sie die Treppe hinunter.

Nicholas saß im Speisezimmer, wo ihm Bennings das Frühstück servierte. Nachdem der alte Butler ihn begrüßt und seine Freude über Nicholas' Heimkehr ausgesprochen hatte, hatten sie ihre Trauer über den Tod von Sir James geteilt.

Bennings hatte dem Earl die ganze tragische Geschichte erzählt. Sir James war bei einem Jagdausflug von heftigem Regen überrascht worden. Sein Pferd war an einer Böschung ausgeglitten und mitsamt seinem Reiter mehrere Meter tief abgerutscht. Dabei musste Sir James so unglücklich gefallen sein, dass er sich eine schwere Kopfverletzung zuzog. Er wurde bewusstlos nach Braighton Hall gebracht. Dr. Kinslow, der Arzt aus dem nahen Dorf, untersuchte den Bewusstlosen, aber alle Hilfe war vergeblich. Am nächsten Tag verstarb Sir James.

»Euer Onkel war ein rüstiger Mann, Mylord. Wenn dieser Regen nicht gewesen wäre ...« Bennings schüttelte bekümmert den Kopf. »Aber er musste ja unbedingt zur Jagd aufbrechen. Der alte Sir hat schon immer nur getan, was er wollte.«

Nicholas sah den alten Butler aufmerksam an. Er hatte seinem Onkel schon gedient, bevor Nicholas nach Braighton Hall gekommen war, und obwohl beide immer die klare Distanz zwischen Herr und Diener beibehalten hatten, waren mit den Jahren doch Respekt und eine loyale Freundschaft zwischen ihnen gewachsen.

»Bennings, wir sind hier in England. Wenn man bei Regen keinen Fuß mehr vor die Tür setzen würde, wäre das ein recht eingesperrtes Leben, nicht wahr?«

Er legte dem Butler kurz die Hand auf die Schulter. Eine stärkere Geste des Mitgefühls hätte Bennings niemals von seinem Herrn zugelassen. Der Butler nickte dem Earl knapp zu und wandte sich zum Gehen. Aber Nicholas hielt ihn zurück. Ihn beschäftigte noch eine ganz andere Frage.

»Bennings«, begann er, vorsichtig abwägend, wie er seine Frage stellen sollte, um das Mädchen nicht bloßzustellen. »Ich habe erfahren, dass wir einen Gast haben, eine junge Dame. Wer ist sie?«

»Oh, Ihr meint sicher Miss Cathryn Avondale, Mylord. Ja, sie ist seit einigen Monaten unser Gast auf Braighton Hall. Sir James hat sie mitgebracht, kurz nachdem Ihr zu Eurer Reise aufgebrochen wart. Sie ist die Tochter eines ehemaligen Geschäftspartners von Sir James, der vor einiger Zeit ums Leben gekommen ist. Aber Ihr werdet sie selbst befragen können. Sie wird jeden Augenblick herunterkommen. Sie ist ungewöhnlich spät aufgestanden heute.«

Der Earl lächelte amüsiert, da er über den Grund für die Erschöpfung von Miss Avondale nur zu gut Bescheid wusste.

»Was haben Sie für einen Eindruck von diesem Gast meines Onkels, Bennings?«, fragte er neugierig. Nicholas schätzte die Meinung des Butlers hoch ein.

»Miss Avondale ist eine ganz liebenswerte und freundliche junge Dame.« Der Butler zögerte kurz, bevor er weitersprach. »Und obwohl sie Euren Onkel erst kurze Zeit kannte, bevor er starb, hat sie ebenso aufrichtig um ihn getrauert wie die gesamte Dienerschaft.«

Nicholas nickte kurz und entließ Bennings. Die Worte des Butlers standen im Gegensatz zu Miss Avondales leichtfertigem Verhalten in der letzten Nacht. Aber daran musste sich Nicholas zum großen Teil auch selbst die Schuld zuschreiben, wie er sich grinsend eingestand. Nun, er würde sich mit der schönen Besucherin einmal eingehend beschäftigen. Es gab da immerhin noch einige Fragen zu klären.

Cathryn ging langsam die Treppe hinunter. Wahrscheinlich wäre es am klügsten, wenn sie den Earl die Fragen stellen ließ, bevor sie ihm womöglich mehr erzählte, als er eigentlich wissen wollte. Lange würde sie ja wohl nicht mehr hier bleiben müssen, und der Earl würde zunächst genug mit seinen eigenen Angelegenheiten zu tun haben. Er würde sich wahrscheinlich nicht einmal besonders viel aus ihr machen. Mit etwas Glück würde die ganze Sache sehr einfach über die Bühne laufen.

Schon einen Augenblick später war Cathryn ganz und gar nicht mehr dieser Meinung. Als sie das Speisezimmer betrat, saß dort nicht der Earl, sondern der Fremde von letzter Nacht. Das Herz schlug ihr mit einem Mal bis zum Hals, während er seelenruhig am Tisch saß und ihr mit wachsamem Blick begegnete. Und jeden Moment musste der Earl herunterkommen! Legte der Fremde es etwa auf einen Eklat an? Cathryn beschloss, zur Offensive überzugehen.

»Was um alles in der Welt bildet Ihr Euch ein, hier am Tisch zu sitzen?«, flüsterte sie dem Fremden aufgeregt zu. »Ihr solltet schnellstens hier verschwinden, bevor der Earl erscheint. Er ist nämlich inzwischen angekommen, falls Ihr das noch nicht wisst.«

Nicholas sah sie überrascht an. Natürlich, sie hielt ihn noch immer für den Bediensteten von letzter Nacht. Ein amüsiertes Lächeln umspielte seine Lippen.

»Doch«, erwiderte er gelassen. »Über diese Information verfüge ich bereits.«

»Was wollt Ihr dann hier?«, fragte Cathryn unsicher. »Wenn Ihr hier seid, um mich in Schwierigkeiten zu bringen, kann ich nur sagen, dass das ziemlich unfair wäre. Ich wäre bestimmt nicht in die Bibliothek gekommen, wenn ich geahnt hätte, dass Ihr Euch dort zur Nachtruhe begeben habt.«

»Selbstverständlich nicht, Madame«, antwortete Nicholas ruhig. »Aber wie kommt Ihr nur auf den Gedanken, dass ich Euch in Schwierigkeiten bringen werde?«

»Warum seid Ihr denn sonst hier, wenn nicht, um dem Earl von letzter Nacht zu erzählen?«, fragte Cathryn verzweifelt. Wie sollte sie den Fremden nur dazu bringen, zu schweigen? Sie wünschte ihn inständig weit weg, während sie gleichzeitig spürte, wie der Blick der dunklen Augen sie aufwühlte. Oh nein, sie würde dem Charme dieses Mannes doch nicht ein zweites Mal erliegen? Sie entschloss sich zur Ehrlichkeit.

»Ich bitte Euch, diese unselige Geschichte ein für alle Mal zu vergessen. Ich schleiche normalerweise nachts nicht durch das Haus. Und Ihr habt Euch unverschämt benommen. Lassen wir uns also gegenseitig in Ruhe, ja?«

Sie warf ihm einen flehenden Blick zu. Ungerührt blieb Nicholas sitzen und verschränkte gelassen die Arme vor der Brust. Cathryns Verzweiflung wuchs.

»Es liegt mir sehr viel daran, einen guten Eindruck auf den Earl zu machen, damit er mich als Gast hier bleiben lässt. Wenn Ihr auch nur einen Funken von Ehrgefühl habt, dann geht, bevor der Earl Euch hier vorfindet und womöglich Fragen stellt!«

Fasziniert betrachtete Nicholas die junge Frau. Bei Tageslicht erschien sie ihm wirklicher. Letzte Nacht hatte er fast an seinen Sinnen gezweifelt, so schnell war sie verschwunden. Aber jetzt war sie eher noch schöner. Ihre Augen funkelten in einem hellen Meergrün, das durch die Farbe ihres Kleides betont wurde. Das goldbraune Haar, in dem helle Lichter tanzten, hatte sie nur locker im Nacken zusammengebunden, sodass es ihr über eine Schulter fiel. Sein Blick fiel auf ihre schön geschwungenen, herrlichen Lippen und er erinnerte sich, wie hingebungsvoll sie seinen Kuss schließlich erwidert hatte. Eine Tatsache, die wohl nicht nur auf den Überraschungseffekt zurückzuführen war, wie er selbstgefällig feststellte. Auch sie war kurze Zeit bezaubert gewesen, dessen war er sich sicher. Aber der flehende Ausdruck der jetzt in ihren schönen Augen lag, veranlasste ihn dem Spiel ein Ende zu machen. Langsam stand er auf und trat ihr gegenüber.

»Nun, ich halte mich zwar für einen Gentleman, Madame, aber leider kann ich Euren Wunsch, dem

Earl aus dem Weg zu gehen, nicht erfüllen. Ich bin Nicholas Tremayn, der Earl von Chambury.«

»Wie bitte?« Cathryn hatte das Gefühl, als ob ihr der Boden unter den Füßen weggezogen würde. Entsetzt sank sie auf einen Stuhl und starrte den Mann an. Sie zweifelte nicht einen Moment an seinen Worten, denn plötzlich erschien ihr alles ganz logisch. Wieso nur hatte sie nicht früher eins und eins zusammengezählt? Wer mitten in der Nacht noch in der Bibliothek saß und am nächsten Morgen am Tisch des Earl auftauchte, war wohl kaum ein Bediensteter. Sie war wirklich eine Idiotin!

Jetzt wusste sie auch, warum sie diesen Mann noch nie gesehen hatte. Er war letzte Nacht erst angekommen. Der Gedanke an die letzte Nacht trieb ihr eine zarte Röte auf die Wangen. Immerhin hatte er sie einfach geküsst. Ein so dreistes Verhalten geziemte sich nicht. Auch nicht für einen Earl.

»Nun, ich würde nicht sagen, dass Ihr Euch letzte Nacht wie ein Gentleman benommen habt«, rutschte es ihr heraus.

Einen Moment später hätte sie sich am liebsten die Zunge abgebissen. Hier saß sie vor dem Mann, von dem ihre nahe Zukunft abhing, und sie warf ihm nichts als Beleidigungen an den Kopf. Aber der Earl lächelte belustigt.

»Für einen Moment hatte ich schon befürchtet, dass Ihr Eure Geistesgegenwart verloren hättet, Miss Avondale«, sagte er. »Ihr habt Recht, ich muss Euch wegen letzter Nacht um Vergebung bitten. Ich hoffe, ihr werdet mir mein etwas ... hm ... ungestümes Benehmen verzeihen. Eure Pantoffeln befinden sich natürlich längst wieder diskret in Eurem Zimmer.«

Cathryn errötete noch tiefer. Daran hatte sie ja gar nicht mehr gedacht. Was musste er nur von ihr denken! Schuldbewusst sah sie zu ihm auf, aber bevor sie antworten konnte, fuhr der Earl fort.

»Miss Avondale ... so lautet doch Euer Name? Ihr müsst Euch nicht für Euer Benehmen von letzter Nacht rechtfertigen. Ich nehme es Euch in keiner Weise übel. Im Gegenteil. Ich möchte Euch bitten, weiterhin Gast auf Braighton Hall zu bleiben, solange es Euch beliebt.«

Cathryn hielt den Atem an.

»Ich möchte von Euch allerdings den genauen Grund für Euren Aufenthalt hier erfahren.« Nicholas sah ihr direkt in die Augen.

Das hatte sie befürchtet. Was sollte sie ihm jetzt erzählen? Vielleicht konnte sie etwas Zeit gewinnen.

»Mylord, natürlich bin ich Euch sehr dankbar für Euer großzügiges Angebot, vor allem, da Ihr mich kaum kennt. Und ich beantworte Euch gerne weitere Fragen. Vielleicht nach dem Frühstück?«

Aber der Earl sah sie nur an und schüttelte leicht den Kopf. Cathryn seufzte.

»Also gut«, begann sie zögernd, während Nicholas wieder Platz nahm und sich offensichtlich auf eine längere Geschichte vorbereitete. »Meinen Namen kennt Ihr ja anscheinend schon. Ich bin Cathryn Avondale. Die Tochter von Allistaire Avondale. Mein Vater hat mit Eurem Onkel geschäftlich zu tun gehabt. Ich glaube, sie haben sich in London kennen gelernt und hatten wohl die gleiche Vorliebe für hochspekulative Geschäfte.« Sie verzog das Gesicht zu einem schmerzlichen Lächeln. »Nun, vor bald einem Jahr ist mein Vater dann plötzlich gestorben.«

An Nicholas' Miene konnte sie den Schmerz über seinen eigenen Verlust ablesen, und sie verwünschte sich dafür, dass sie ihn daran erinnert hatte. Fragend sah sie ihn an.

»Bitte, Miss Avondale«, ermunterte der Earl sie. »Sprecht weiter.«

»Leider war mein Vater der letzte Familienangehörige, den ich noch hatte. So stand ich plötzlich ganz allein da, ohne Unterstützung oder Freunde, die auch wirklich Freunde waren. Da ich dem Anwalt meines Vaters misstraute, wandte ich mich an Sir James, von dem mein Vater immer in sehr respektvoller Weise gesprochen hatte. Denn die Angelegenheiten meines Vaters waren leider etwas schwierig zu regeln.«

Unglücklich sah sie zu Boden, und Nicholas hatte das Gefühl, dass sie ihm etwas verschwieg. Aber er unterbrach sie nicht.

»Euer Onkel hatte die große Freundlichkeit, mich in sein Haus einzuladen, um mir die Einsamkeit etwas zu erleichtern. Und hier habe ich mich seither aufgehalten.« Sie sah ihn wieder direkt an. »Ich habe Euren Onkel in den Monaten meines Aufenthaltes hier kennen und schätzen gelernt, Mylord. Ich möchte Euch sagen, dass ich Euren Schmerz über den Verlust aufrichtig teile.«

Nicholas erwiderte ihren Blick und war erstaunt über die Ehrlichkeit, die er in ihren Augen las, und über den Trost, den sie ihm spendete. Er nickte kurz und beschloss, sich für den Moment mit ihrer Geschichte zufrieden zu geben. Es würde später eine passendere Gelegenheit geben, Miss Avondale eingehender zu befragen. Und vielleicht würde sie ihm ja von selbst ihre Geschichte anvertrauen.

»Ich nehme an, dass auch mein Onkel erfreut über Eure Gesellschaft war, Miss Avondale. Immerhin habe ich ihn in den letzten Monaten aufgrund meiner Reise vernachlässigt. Mein Angebot bleibt also bestehen. Ihr könnt auf Braighton Hall bleiben, solange Ihr es wünscht.«

Cathryn bedankte sich leise und gemeinsam beendeten sie das Frühstück.

III

Die nächsten Tage war Nicholas fast ausschließlich damit beschäftigt, sich um die Angelegenheiten von Braighton Hall und die Geschäfte seines Onkels zu kümmern. Für seinen schönen Gast blieb ihm zu seinem Bedauern kaum Zeit. Er sah Cathryn bei den Mahlzeiten, wo sie über Themen sprachen, die sie beide interessierten. Nicholas war erstaunt, in Cathryn Avondale eine intelligente und belesene Gesprächspartnerin zu finden, und genoss die hitzigen Diskussionen, die sie sich ab und zu lieferten, wenn sie nicht der gleichen Meinung waren. Aber über ihre Vergangenheit erfuhr er nichts Neues. Nach wie vor überraschte Cathryn ihn mit ihrer Geschicklichkeit, seinen Fragen über ihre Vergangenheit auszuweichen.

Als Nicholas schon fast an ihre kurze Geschichte zu glauben begann, spielte ihm der Zufall einen interessanten Hinweis in die Hände. Nach dem Testament seines Onkels war er dessen einziger Erbe, und da Sir James auch in späten Jahren noch ein sehr aktiver und vielseitig interessierter Mann gewesen war, dauerte es eine Zeit, bis Nicholas sich einen Überblick über seine Unterlagen verschafft hatte. Dabei fand er heraus, dass sein Onkel seit einigen

Jahren intensiver in den Handel mit Ostindien eingestiegen war. Nicholas arbeitete gerade die betreffenden Unterlagen durch, als ihm der Titel des Buches wieder einfiel, das Cathryn damals in der Bibliothek gesucht hatte. Ostindische Seekarten, überlegte der Earl. Vermutlich waren sein Onkel und Cathryns Vater auch bei einem dieser Projekte Partner gewesen. Schnell überflog er die Akten seines Onkels, bis er über den gesuchten Hinweis stolperte: ein Vertrag über gemeinsame Investitionen in ein Ostindienprojekt, von seinem Onkel und einem Allistaire B. Avondale vor etwa drei Jahren unterzeichnet. Dabei musste es sich um Cathryns Vater handeln.

Hastig überflog Nicholas den Vertrag und die beiliegenden Dokumente über den Verlauf des Projektes. Plötzlich hielt er inne. Die Geschäfte waren in den Unterlagen seines Onkels als Verlust angegeben. Das Schiff, die »Seagull«, hätte bereits vor einem guten Jahr von der Reise zurückkehren müssen. Andere Kapitäne hatten von schweren Stürmen auf dieser Route berichtet, denen ihre Schiffe fast zum Opfer gefallen wären. Als er die Bezifferung des Verlustes las, sog der Earl scharf den Atem ein. Die Summe war enorm. Einen einzelnen Unternehmer hätte sie ruiniert. Glücklicherweise war sein Onkel in jenes Geschäft mit einem deutlich geringeren Anteil eingestiegen als Mr. Avondale. Für diesen musste der Verlust allerdings immens gewesen sein. Nicholas fragte sich, ob seine Tochter über dieses Geschäft ihres Vaters informiert war.

Aber die Unterlagen hielten noch eine weitere Überraschung für Nicholas bereit. Er bemerkte, dass sein Onkel einen weit höheren Anteil des Verlustes getragen hatte, als er nach der Vereinbarung verpflichtet gewesen wäre. Dafür fand Nicholas nur eine Erklärung: Mr. Avondale war durch den Verlust der Schiffe tatsächlich in ernste Schwierigkeiten gekommen und musste auf die finanzielle Unterstützung seines Geschäftspartners zurückgreifen. Unterlagen über die Rückzahlung des überhöhten Anteils an seinen Onkel konnte Nicholas nicht finden. Kein Wunder, dass Mr. Avondale seinen Onkel Cathryn gegenüber in respektvoller Weise erwähnt hatte. Nicholas begann, sich die Frage zu stellen, ob Cathryn Avondale sich tatsächlich nur aufgrund der plötzlichen Einsamkeit nach dem Tod ihres Vaters auf Braighton Hall aufhielt oder ob ihr Vater sie nicht in der prekären Situation der Mittellosigkeit, wenn nicht sogar Verschuldung zurückgelassen hatte.

Cathryn spazierte in dem ausgedehnten Park des Herrenhauses herum, was ihr zur täglichen Gewohnheit geworden war. Sie fühlte sich in dem liebevoll angelegten Garten wohl und es war ein Ort, an dem sie mit ihren Gedanken allein sein konnte. Außerdem bestand dort kaum die Gefahr, dem Earl zu begegnen. Sie fürchtete, dass er sie wieder in eines seiner scheinbar harmlosen Gespräche verwickeln würde, in die er früher oder später immer hartnäckige Fragen über ihre Vergangenheit und ihren Aufenthalt auf Braighton Hall streute. Inzwischen war sie eine wahre Wortkünstlerin geworden, um ihn stets von seinen Fragen auf für sie unverfänglichere Themen zurückzuführen. Aber er war nicht dumm, früher oder später würde er sie direkt fragen, warum sie nicht auf den Besitz ihres Vaters zurückkehrte. Und was sollte sie ihm dann sagen? Dass der Besitz längst nicht mehr ihr gehörte? Dass ihr überhaupt nichts mehr gehörte und dass sie die letzten Monate lediglich auf Braighton Hall saß und wartete?

Ihre Augen schweiften über die sanften grünen Hügel, von denen der Landsitz umgeben war, aber heute war sie nicht so fasziniert von der Schönheit der Landschaft wie sonst. Trotzdem wirkte der Park beruhigend auf sie, und es gelang ihr, die düsteren Gedanken zu vertreiben. Ein ganz anderes Bild drängte sich in ihre Gedanken, das eines großen schlanken Mannes mit tiefgründigen schwarzen Augen, die bis in ihr Innerstes zu blicken schienen. Und dabei kostete es sie noch immer Mühe, ihren Blick nicht unanständig zu seinem Mund gleiten zu lassen, um den meistens ein leicht amüsierter Zug lag, als würde er immer darauf warten, dass die Welt ihm etwas Neues, Herrliches anbot, das sein Interesse weckte. Er war kein Mann, der sich vor etwas Unbekanntem fürchtete, dachte Cathryn und lächelte. Aber gleich darauf rief sie sich wieder zur Vernunft. Warum musste zu all dem Durcheinander in ihrem Leben noch kommen, dass der Earl von Chambury ein so attraktiver Mann war? Und warum musste er sie bei ihrer ersten Begegnung gleich in seine Arme reißen und auf eine Art und Weise küssen, die ihr unvergesslich war? Die Erinnerung an den Kuss zauberte ein versonnenes Lächeln auf ihre Lippen. Sie war so versunken, dass sie die Schritte auf dem Kies gar nicht wahrnahm.

Nicholas blieb stehen und betrachtete die junge Frau. In diesem Augenblick hätte er ein Vermögen darum gegeben, zu wissen, was sie dachte. Es musste ein glücklicher Gedanke sein, denn sie sah so zufrieden und gelöst aus. Fast verliebt, dachte Nicholas und spürte überrascht einen kleinen Stich. Schließlich wusste er so gut wie nichts über ihr Leben, und bei ihrer Schönheit war es nur wahrscheinlich, dass ihr eine Reihe junger Kavaliere den Hof machte. Die Tatsache, dass sie seinen Kuss erwidert hatte, musste nicht bedeuten, dass sie seinem berüchtigten Charme zum Opfer gefallen war.

Er räusperte sich geräuschvoll. Sie schreckte auf und sah ihn so überrascht an, als hätte er sie bei etwas Verbotenem ertappt. Wahrscheinlich lag er mit seinen Vermutungen über einen Geliebten gar nicht so falsch, dachte Nicholas pikiert.

»Miss Avondale, bitte gebt mir die Ehre, mich auf einem Ausritt zu begleiten. Ich erwarte Euch in einer halben Stunde vor den Stallungen«, sagte er und ärgerte sich über seinen barschen Ton. Seine freundliche Einladung, zu der ihn das fantastische Wetter angeregt hatte, hatte jetzt eher wie ein Befehl geklungen.

Cathryn nickte eingeschüchtert und enttäuscht von seinem barschen Ton.

»Sehr gerne, Mylord«, antwortete sie und sah ihm nach, wie er sich umdrehte und den Weg zum Haus zurückeilte.

Wie hatte sie sich nur einbilden können, dass der Earl vielleicht ein bisschen Zuneigung für sie empfand? Sie war eine dumme Gans, er konnte jede Frau haben, die er begehrte. Warum sollte er ausgerechnet an ihr interessiert sein? Er fühlte sich höchstens verpflichtet, sich um seinen Gast zu kümmern, und ärgerte sich, dass sie ihm seine Zeit stahl. Cathryn reckte trotzig das Kinn. Nun, sie würde ihn mit derselben Höflichkeit behandeln.

Was sollte sie schließlich auch mit einer Liebe anfangen, die keine Chance hatte, fragte sie sich betrübt. Denn unglücklicherweise war sie bereits verlobt.

Pünktlich erschien sie im Hof. Der Earl erwartete sie schon auf seinem prächtigen Hengst. Das Tier hatte sich von dem strapaziösen Ritt gut erholt und für Cathryn war die junge Stute gesattelt worden, die sie seit ihrer Ankunft auf Braighton Hall zu reiten pflegte.

»Ich hoffe, Ihr seid eine gute Reiterin, Miss Avondale«, sagte Nicholas und musterte ihr schlichtes, aber tadellos geschneidertes Reitkostüm. Zumindest hatte sie es nicht mit modischem Firlefanz behängt, wie er es von den Damen in London gewohnt war, die der Mode den Vorzug vor dem Sport gaben.

Er bereut also schon, mich eingeladen zu haben, dachte Cathryn bitter und warf ihm einen düsteren Blick zu.

»Ich denke, da kann ich Eure Befürchtungen zerstreuen«, erwiderte sie spitz. »Ich halte mich für eine geübte Reiterin, die nicht einfach ohne Grund vom Pferd fällt. Und schon gar nicht, bevor sie aufgesessen ist.«

Damit stellte sie den Fuß in den Steigbügel und setzte sich schwungvoll in den Sattel, ohne die helfende Hand des Stallburschen in Anspruch zu nehmen. Sie warf ihm einen herausfordernden Blick zu und trabte langsam zum Tor. Nicholas musste unwillkürlich grinsen. Miss Avondale war sicher die schlagfertigste Frau, die er kannte. Und die Abfuhr hatte er sich verdient. Schnell ritt er ihr nach.

»Ich bitte um Verzeihung«, sagte er reumütig. »Man sollte nichts in Frage stellen, das man noch nicht kennt.«

»Vielleicht seid Ihr nur zu eingenommen von dem, was Ihr zu wissen glaubt, Mylord«, antwortete Cathryn und warf ihm einen schelmischen Blick unter der Krempe ihres kleinen Zylinders hervor zu.

»Ich lasse mich allerdings gerne eines Besseren belehren«, sagte er lachend. »Immerhin sind wir schon eine knappe Meile unterwegs, und Ihr seid tatsächlich noch nicht vom Pferd gefallen.«

Cathryn stimmte in sein Lachen ein. Eine Weile ritten sie schweigend nebeneinander her und genossen die angenehme Stimmung. Schließlich versuchte Nicholas, das Gespräch wieder in eine Richtung zu lenken, die ihm mehr Informationen über Cathryn Avondale bieten würde.

»Durch diese Gegend bin ich schon als Kind mit meinem Onkel geritten«, begann er. »Wir haben viel Zeit miteinander verbracht.«

»Euer Onkel war ein Mann, mit dem man seine Zeit sehr gerne verbracht hat,« sagte Cathryn leise.

»Ihr müsst ihm vertraut haben, wenn Ihr Euch nach dem Tod Eures Vaters an ihn um Hilfe gewendet habt«, sagte Nicholas betont beiläufig. »Wie lange habt Ihr ihn gekannt?«

An dem wachsamen Blick, den sie ihm zuwarf, erkannte Nicholas, dass er sich auf interessantes Terrain begab.

»Mein Vater kannte ihn«, antwortete Cathryn ausweichend.

»Immerhin waren sie Geschäftspartner. Euer Vater hat Euch vielleicht über die gemeinsamen Projekte der beiden unterrichtet?«

Wieder kam einer dieser wachsamen, kleinen Blicke von ihr. Unschuldig zuckte Nicholas mit den Schultern. »So, wie Ihr Euren Vater beschrieben habt, muss Ihr Verhältnis zueinander sehr gut gewesen sein. Und da Ihr eine intelligente Frau seid, würde es mich nicht wundern, wenn Euer Vater Euch in seine Geschäfte einbezogen hat.«

Cathryn zügelte ihr Pferd.

»Mein Vater und ich hatten ein ausgezeichnetes Verhältnis zueinander«, erklärte sie mit Nachdruck. »Und so fortschrittlich seine Erziehung in Bezug auf Bildung, Literatur, Jagd und die Pferde war – diesbezüglich hat er mich wirklich wie einen Sohn behandelt –, so konservativ waren leider seine Ansichten über Frauen und Finanzen.« Sie lachte bitter auf. »Er pflegte immer zu sagen: Cathryn, mein Vergnügen ist es, das Geld zu verdienen. Deines, es wieder auszugeben.«

Nicholas beobachtete interessiert den missmutigen Zug um ihren hübschen Mund.

»Was mich natürlich nicht davon abgehalten hat, mir die einen oder anderen Kenntnisse über Handel und Börse anzueignen. Leider etwas zu spät«, fügte sie so leise hinzu, dass Nicholas die Worte fast entgangen wären.

»Zu spät?«, hakte er nach.

»Wie bitte?« Erschrocken fuhr Cathryn auf und erkannte, dass sie schon viel zu viel preisgegeben hatte. »Zu spät, weil ... weil er dann leider gestorben ist.«

»Ihr müsst Euren Vater vermissen. So, wie Ihr von ihm sprecht, müsst Ihr ihn sehr geliebt haben.« Nicholas hatte ihren Rückzug wohl bemerkt.

»Das stimmt.« Cathryn fühlte, wie der Schmerz über den Verlust sie mit einer Deutlichkeit überkam, die sie lange nicht gespürt hatte. »Aber gerade Ihr müsst wissen, was es bedeutet, einen so wichtigen Menschen zu verlieren.«

»Verzeiht mir«, murmelte er, plötzlich selbst betroffen.

Als er aufblickte, sah er in ihre unbeschreiblichen grünen Augen. Sie spiegelten ihren eigenen Schmerz ebenso wider wie ihr Mitgefühl für ihn. Wieder war er erstaunt über die Offenheit ihrer Gefühle. Noch nie hatte er Cathryn Avondale bei einer Lüge ertappt oder bei ihr das affektierte Flirten gesehen, dessen er bei anderen Frauen so schnell überdrüssig geworden war. Er zügelte sein Pferd und unwillkürlich tat Cathryn dasselbe. Langsam hob er die Hand und strich ihr sanft über die Wange. Ihre Augen weiteten sich leicht bei dieser zärtlichen Geste, und einen Augenblick fragte sie sich, ob er sie wieder küssen würde. Aber der Earl ließ seine Hand fallen und trieb sein Pferd wieder an.

»Und seit dem Tod Eures Vaters seid Ihr auf Euch allein gestellt?« Wieder versuchte Nicholas, diese Frage beiläufig klingen zu lassen.

Cathryn nickte. »Daher wandte ich mich an Sir James. Ich hatte Schwierigkeiten mit der Nachlassverwaltung.«

»Wer hat sich darum gekümmert, bevor Ihr meinen Onkel um Hilfe gebeten habt?« Gespannt hielt Nicholas den Atem an.

»Nun, es gab ... Personen ... die sich darum gekümmert haben«, sagte sie zögernd.

Cathryn versuchte verzweifelt, einen kalten Schauer zu unterdrücken, als sie an den Mann dachte, der sich nach dem Tod ihres Vaters so grausam in ihr Leben gedrängt hatte. Nicholas beobachtete sie von der Seite. Irgendetwas stimmte nicht, das konnte er deutlich fühlen. Sie verschwieg ihm etwas.

»Personen?«, hakte er nach. »Ihr habt den Anwalt Eures Vaters erwähnt. Wer hat sich noch um diese Angelegenheit gekümmert?«

Sie warf ihm einen flehenden Blick zu.

»Bitte, Mylord. Was kümmern Euch diese Dinge?«

»Mein Onkel war ein großzügiger Mann, Miss Avondale«, fuhr Nicholas fort. »Und es wundert mich nicht, dass er Euch bereitwillig in seinem Haus willkommen geheißen hat. Aber ich frage mich, was Euch dazu veranlasst hat, so lange auf Braighton

Hall zu bleiben. Ich werde wohl nicht davon ausgehen können, dass es Eure Neugierde auf mich gewesen ist.«

Cathryn sah ihn unsicher an. Wenn sie geahnt hätte, was für ein Mann der Earl war, hätte das durchaus der Grund sein können. Auch Sir James hatte ihr diese Frage gestellt, und ihm hatte sie letztendlich ihre ganze unglückliche Situation gebeichtet. Dass sie sich auf Braighton Hall eher versteckt hielt. Dass sie täglich auf Nachricht aus London hoffte, während die Frist, die man ihr gesetzt hatte, Tag um Tag verstrich. Sir James hatte versprochen, ihr zu helfen, aber dann war er so plötzlich gestorben. Und jetzt war der Earl hier und ihr Schicksal lag wieder im Ungewissen. Wenn sie ihn nur besser kennen würde, wenn sie ihm vertrauen könnte! Vielleicht würde auch er ihr helfen.

»Wünscht Ihr, dass ich Braighton Hall verlasse?«, fragte sie stattdessen leise.

»Nein, natürlich nicht«, rief Nicholas aus und verwünschte ihre ewigen Ausweichmanöver. Einen Moment hatte er gespürt, wie nah sie davor stand, sich ihm zu offenbaren. Umso größer war jetzt seine Enttäuschung. »Ich habe Euch eingeladen, hier zu bleiben, solange Ihr wollt. Und selbstverständlich gilt diese Einladung weiterhin. Aber ich bin doch etwas überrascht, dass Ihr anscheinend überhaupt keine Lust verspürt, in Euer Zuhause zurückzukehren. Gibt es dort niemanden, der Euch vermisst?«

Erwartungsvoll sah er sie an, aber Cathryn hielt ihren Blick starr nach vorne gerichtet. Sie hatte Angst, das konnte er ihr ansehen.

Nicholas fluchte in Gedanken. Irgendwie musste er sie aus der Reserve locken, sie musste doch wissen, dass er ihr nichts tun würde, dass er nur um sie besorgt war. Also beschloss er, sie durch eine Frage so zu provozieren, dass sie reagieren musste. Gespannt lehnte er sich im Sattel vor.

»Gibt es niemanden, zu dem Ihr zurückkehren solltet? Zum Beispiel ein Verlobter, der auf Euch wartet?«

Cathryn wurde blass. Ihre Augen weiteten sich vor Schreck. Der Earl wusste es! Er wusste Bescheid und würde sie zurückbringen zu dem Mann, den sie mehr als alles auf der Welt hasste und mit dem sie verlobt war. Namenlose Angst schnürte ihr die Kehle zu und umnebelte ihr Denken, sonst hätte sie erkannt, dass der Earl aus bloßer Vermutung gefragt hatte. Aber die Angst davor, dass ihre schlimmsten Befürchtungen wahr werden könnten, lähmte ihren Verstand und ließ nur einen Gedanken zu: Das würde sie nicht zulassen!

Nicholas beobachtete sie entgeistert. Alles, was er gehofft hatte, war, dass sie ihn aufgrund seiner törichten Mutmaßung auslachen würde. Aber als er sah, wie ihr alle Farbe aus dem Gesicht wich, fragte er sich, in welches Geheimnis er da unabsichtlich gedrungen war. Er schalt sich einen Idioten, dass er nicht gewartet hatte, bis sie genug Vertrauen zu ihm gefasst hatte, um ihm ihre Geschichte freiwillig zu erzählen. Und als sie plötzlich ihr Pferd anspornte und in halsbrecherischem Galopp davonritt, stieg eine beklemmende Angst um sie in ihm auf. Mit einem Fluch setzte er ihr nach.

»Cathryn, bleibt stehen! Niemand will Euch etwas tun«, rief er ihr nach, aber sie galoppierte blindlings weiter. Tränen strömten über ihr Gesicht, als sie den grünen Hang hinunterraste, nur von dem Gedanken an ihre Flucht getrieben. Die Mauer, die sich am Fuß des Hügels entlangwand, versperrte ihr die Sicht auf den dahinter liegenden Graben. Und auch ihre Stute erkannte das Hindernis erst in letzter Sekunde und setzte mit einem abrupten Satz darüber. Unvorbereitet auf den gewaltigen Sprung glitt Cathryns Fuß aus dem Steigbügel und sie verlor den Halt. Mit einem Aufschrei rutschte sie aus dem Sattel und fiel mit einem heftigen Schlag zu Boden, wo sie benommen liegen blieb. Nur einen Moment später war der Earl über ihr und hob sie behutsam in seine Arme.

»Cathryn, mein Gott!«, rief er mit Panik in der Stimme. »Bist du verletzt? Antworte mir!«

Sie hob ihren von Benommenheit verschleierten Blick zu ihm auf. Das Letzte, was sie bemerkte, war die tiefe Sorge um sie, die deutlich in seinen dunklen Augen stand. Danach verlor sie das Bewusstsein.

IV

So schnell er konnte, brachte Nicholas die bewusstlose Cathryn zurück ins Herrenhaus. Noch während er sie über den Hof trug, schickte er einen Burschen los, um Dr. Kinslow zu holen. Als der Arzt eintraf, hatte man Cathryn längst auf ihr Bett gelegt, und der Earl ging mit nervösen, großen Schritten in ihrem Zimmer auf und ab, während Bennings versuchte, die Lage zu beruhigen.

»Lord Chambury«, grüßte Dr. Kinslow Nicholas mit einem knappen Handschlag und wandte sich dann der Bewusstlosen zu. »Was ist passiert?«

»Ein Reitunfall«, begann Nicholas. »Sie ist schwer gestürzt.«

Der Arzt fühlte den Puls seiner Patientin und bedeutete dem Earl und Bennings, draußen auf das Ende der Untersuchung zu warten. Nur Mary blieb bei ihm, um ihm dabei zu assistieren. Widerwillig verließ Nicholas das Zimmer mit einem letzten Blick auf Cathryns bleiches Gesicht und begab sich in den Salon. Flüchtig kam ihm der Gedanke, dass Dr. Kinslow das letzte Mal auf Braighton Hall seinen Onkel untersucht hatte. Hilflos tigerte er durch den Raum, während sich die ganze Szene noch einmal vor seinem inneren Auge abspielte. Was um alles in der

Welt hatte Cathryn so erschreckt, dass sie in halsbrecherischer Flucht davonstürzte?

Er hatte auf eine Verlobung angespielt, erinnerte sich Nicholas, das hatte sie so in Panik versetzt. Aber was war so schrecklich daran, dass sie wie eine Wahnsinnige unachtsam davongaloppierte? Nicholas fluchte leise vor sich hin. Ratlos sank er auf einen Sessel und grub die Hände in sein dichtes Haar. So kam er nicht weiter. Er wusste nicht mehr über Cathryn als vorher.

Nach einer Ewigkeit, wie es ihm schien, betrat der Arzt den Salon. Nicholas sprang auf und ging einige rasche Schritte auf ihn zu.

»Dr. Kinslow?« Die unausgesprochene Frage stand deutlich in seiner Miene. Der alte Herr lächelte ihm beruhigend zu.

»Die junge Dame wird es überleben, Mylord. Sie hat eine ordentliche Gehirnerschütterung sowie Prellungen, aber anscheinend keine Brüche oder innere Verletzungen. Sie hat großes Glück gehabt, dass sie nicht schwerer verletzt wurde.«

Erleichtert atmete Nicholas auf. »Ist sie jetzt wach?«

Dr. Kinslow warf dem Earl einen strengen Blick zu.

»Sie ist kurz aufgewacht, aber bereits wieder eingeschlafen. Sie braucht jetzt vor allem Ruhe. Gegen Abend oder heute Nacht wird es ihr wahrscheinlich etwas schlechter gehen. Es kann wohl ein Fieber einsetzen, mit dem der Körper auf den Schock reagiert. Aber es wird auch ein Zeichen dafür sein, dass sie sich erholt. Ihr solltet dafür sorgen, dass sich ständig jemand bei ihr aufhält.«

»Selbstverständlich«, murmelte Nicholas. »Kann ich sonst noch etwas für sie tun?«

»Falls das Fieber ungewöhnlich hoch werden sollte, lasst mich unverzüglich rufen. Ansonsten müssen wir die Heilung wohl der Zeit überlassen. Aber ich bin äußerst optimistisch gestimmt.«

Der Arzt blieb noch einige Zeit, um dem Earl sein Beileid zum Tod seines Onkels auszusprechen. Dr. Kinslow hatte Sir James gut gekannt, und Nicholas tat das Gespräch mit ihm gut. Schließlich nickte ihm der Arzt aufmunternd zu und verabschiedete sich.

Grübelnd sank Nicholas zurück in seinen Sessel. Nie hätte er sich vergeben, wenn Cathryn ernsthaft in Lebensgefahr schweben würde. Er hätte wissen müssen, dass sie nicht freiwillig mehr von sich preisgeben würde, als sie wollte. Aber eine derart heftige Reaktion war vollkommen unerwartet gekommen, sogar für eine so impulsive Frau wie Cathryn. Was war nur der Grund für ihre überstürzte Flucht? Nicholas schwor sich, so viel Vertrauen in ihr zu erwecken, dass sie ihm freiwillig von ihrer Vergangenheit erzählen würde.

Den Rest des Tages und die folgende Nacht verbrachte der Earl selbst an Cathryns Krankenlager. Als Mary kam, um ihn abzulösen, schickte er sie wieder hinaus. Cathryn war kurz aufgewacht, ohne wirklich etwas wahrzunehmen. Nicholas war es gelungen, ihr etwas Tee einzuflößen, bevor sie wieder in Schlaf fiel.

In der Nacht setzte das Fieber ein, und obwohl es nicht außergewöhnlich hoch war, wurde Cathryn sehr unruhig. Sie warf sich auf ihrem Bett hin und her, sodass Nicholas, der in seinem Sessel kurz eingenickt war, alarmiert hochfuhr. Er setzte sich auf die Bettkante und feuchtete ein Tuch an, mit dem er Cathryns schweißnasse Stirn kühlte. Er fühlte sich seltsam hilflos, aber Dr. Kinslow hatte ihm gesagt, er könne nicht viel mehr tun als abwarten. Er betrachtete lange ihr zartes Gesicht, das trotz der Erschöpfung, die sich darauf abzeichnete, fast überirdisch schön wirkte. Die feinen, dunklen Brauen schwangen sich in einem formvollendeten Bogen über ihre Augen, deren lange Wimpern jetzt nervös flatterten. Nicholas nutzte die Chance, um Cathryn eingehend zu betrachten. Plötzlich entdeckte er eine winzige Narbe unter ihrem Kinn. Unwillkürlich musste er lächeln, als er sich die kleine Cathryn vorstellte, wie sie sich diese Schramme bei irgendeinem tollkühnen Spiel zuzog. Wieder warf sie sich zur Seite und Nicholas legte ihr beruhigend die Hand auf die Wange. Zärtlich strichen seine Finger über ihre weiche Haut.

»Vater …?«, stöhnte Cathryn auf. »Vater! Bitte geh nicht fort … bleib bei mir!«

»Cathryn, du bist in Sicherheit,« antwortete Nicholas ihr sanft. Aber ein heftiger Aufschrei war ihre Antwort.

»Nein … hört auf, bitte!« Tränen rannen unter ihren Lidern hervor. »Ich tue alles, was Ihr von mir verlangt!«

Nicholas beugte sich über sie.

»Cathryn, von wem redest du? Antworte mir. Lass mich dir helfen!«

Aber seine Worte schienen sie nicht zu erreichen. Sanft hielt er ihre Schultern fest, um sie aus ihrem Alptraum zu befreien, aber sie reagierte nicht darauf.

»Cathryn!«, rief er eindringlich. »Sieh mich an!«

Plötzlich öffnete sie die Augen. Verwirrt sah sie ihn mit fieberglänzendem Blick an, aber sie schien ihn nicht zu erkennen oder sich zu erinnern, wo sie sich befand.

»Ich habe alles getan, was er verlangt hat. Ich musste seinen Vertrag unterzeichnen, verstehst du. Sie hätten mich sonst eingesperrt. Das Schiff ... nur das Schiff kann mich noch retten!«

Mit aufgerissenen Augen starrte sie ihn an, und er las so viel Verzweiflung in ihrem Blick, dass er sie in seine Arme zog und ihren heißen Körper behutsam an sich drückte.

»Cathryn, ich verspreche dir, dass niemand dir jemals wieder wehtun wird«, flüsterte er in ihr Haar.

Cathryn spürte vage, wie starke Arme sie umfingen, und ihre erste Regung war Panik. Es war noch nicht lange her, dass solche Arme sie festgehalten hatten, um ihr Gewalt anzutun. Aber diese Arme hatten nichts Bedrohliches. Sie fühlte sich geborgen in ihnen und wünschte, dass sie sie nie wieder loslassen würden. Aber ihr Herz klopfte noch wild von einer ungeheuren Angst, die sie sich nicht mehr erklären konnte, als sie den Kopf hob und den Earl anblickte.

»Cathryn«, sagte Nicholas. »Du brauchst keine Angst mehr zu haben. Ich bin bei dir.«

»Du bist bei mir«, murmelte sie und kuschelte sich wieder an ihn. »Du bist bei mir.«

»Du hattest einen Alptraum, Cathryn. Erinnerst du dich daran?«

Cathryn lag an seine Schulter gelehnt und versuchte nachzudenken. Es fiel ihr so schwer, ihre Gedanken schienen in tausend Richtungen zu zerfließen. Nur die Arme, die sie hielten, waren fest und real.

»Es war kein guter Traum«, sagte sie schließlich. »Ich bin so müde. Mein Kopf schmerzt so.«

Sie wandte ihm wieder ihr Gesicht zu und sah in seine dunklen Augen. Überrascht las sie die Zärtlichkeit in seinem Blick. Er mochte sie also doch! Ein zaghaftes Lächeln spielte um ihre schönen Lippen, als ein Gefühl von Friede und Glück sie durchströmte, wie sie es lange schon nicht mehr gespürt hatte. Ihre meergrünen Augen tauchten in seinen dunklen Blick ein und langsam sank ihr Kopf in den Nacken. Ihr Lippen hoben sich den seinen entgegen.

»Nicholas ...«, flüsterte sie.

Ihrer spontanen, sinnlichen Einladung konnte er unmöglich widerstehen. Langsam senkte er den Kopf und sein Mund fand ihre glühenden Lippen. Sie schlang die Arme um seinen Nacken und erwiderte seinen Kuss mit einer rückhaltlosen Hingabe, die ihn entzückte. So lange hatte er sich danach gesehnt, ihren Mund wieder zu spüren. Seit er sie das erste Mal in der Bibliothek gesehen hatte, war kein Tag vergangen, an dem er sich nicht gewünscht hätte, Cathryn wieder in seinen Armen zu halten, sie ganz dicht bei sich zu spüren. Und nun war sie bei ihm und küsste ihn mit einer Leidenschaft, die seiner gleichkam. Sein Mund wanderte von ihren Lippen über ihr Wange, ihre Schläfe, ihren Hals und er kostete die Süße ihrer Haut, als ob sie sein Lebenselixier wäre. Wieder fand er ihre Lippen und sanft teilte er sie, liebkoste sie mit seiner Zunge und erkundete ihren köstlichen Mund. Cathryn seufzte genussvoll, als sie spürte, wie er sie noch fester an sich zog.

»Cathryn, mein Liebling«, stöhnte Nicholas schließlich, mit der Vernunft gegen sein wachsendes Verlangen ankämpfend. Vorsichtig schob er sie von sich und betrachtete ihr sinnliches, hingebungsvolles Antlitz.

»Du bist krank. Du musst schlafen, mein Herz, damit du so schnell wie möglich gesund wirst.«

Langsam schloss sie die Augen, und er legte sie schweren Herzens zurück auf die Kissen und beugte sich über sie. Seine Hand streichelte ihre Stirn, als er sie betrachtete, wie sie mit einem leichten Lächeln auf den Lippen dalag. Fast war sie schon wieder eingeschlafen, da suchte ihre Hand nach seiner und hielt sie fest. Lächelnd erwiderte Nicholas ihren Griff. Er zog die Decke über sie und löschte die Kerze. Dann streckte er sich neben ihr aus, einen Arm besitzergreifend um ihre Taille gelegt.

»Ich hoffe, du wirst dich morgen noch an diese Augenblicke erinnern, meine Schöne«, flüsterte er leise der schlafenden Frau zu, bevor ihn selbst die Erschöpfung übermannte.

Am nächsten Morgen erwachte Nicholas sehr früh. Das erste Morgenrot begann gerade den Himmel zu erhellen und tauchte das Zimmer in Zwielicht. Plötzlich wurde er sich bewusst, dass er Cathryn noch immer umschlungen hielt und sie die ganze Nacht an ihn geschmiegt geschlafen hatte. Vorsichtig, um sie nicht zu wecken, stützte er sich auf einen Ellenbogen und beugte sich über ihr Gesicht. Er berührte ihre Stirn und war erleichtert, dass sie sich angenehm kühl anfühlte. Das Fieber schien abgeklungen zu sein und ihre gleichmäßigen Atemzüge verrieten ihren entspannten Schlaf. Er schlüpfte aus dem Bett und verließ leise das Zimmer. Im Salon wartete er darauf, dass sich die Dienerschaft zu regen begann. Er musste mit Bennings sprechen. Vielleicht konnte der Butler ihm noch weitere Informationen berichten, die zur Entschleierung von Miss Avondales Geheimnis beitragen konnten.

Die wirren Bruchstücke ihres Traumes kamen Nicholas wieder in den Sinn. In welcher Gefahr schwebte Cathryn? Vor was – oder besser vor wem fürchtete sie sich so? Denn eines war Nicholas inzwischen klar geworden: Der ausgedehnte Aufenthalt Cathryns auf Braighton Hall hatte wenig mit einem freundschaftlichen Besuch zu tun. Sie versteckte sich hier, weil ihr irgendeine Gefahr drohte. Aber welche, und wie viel hatte sein Onkel von ihrer Geschichte gewusst? Hatte er sie wissentlich hier versteckt?

Nicholas wurde in seinen Grübeleien unterbrochen, als Bennings den Salon betrat. Der Butler war nicht wenig überrascht, den Earl schon zu so früher Stunde hier zu finden.

»Mylord! Ihr seid so früh schon wach? Hat sich der Zustand von Miss Avondale verschlechtert?«, fragte er besorgt.

»Im Gegenteil«, beruhigte Nicholas den älteren Mann. »Ich denke, dass sie ihre Krise überstanden hat. Von nun an ist es wohl wirklich nur noch eine Frage der Zeit, bis sie wieder zu Kräften kommt.«

Erleichtert atmete der Butler auf. Er begann, die Vorhänge zu öffnen und helles Tageslicht flutete in den Raum. Nicholas war sich bisher gar nicht bewusst gewesen, dass er im Halbfinsteren gesessen hatte.

»Wünscht Ihr Euer Frühstück, Mylord? Ich werde sofort veranlassen, dass man sich in der Küche darum kümmert.«

»Gleich, Bennings. Zuerst habe ich noch einige Fragen an Sie.«

Der Butler sah ihn erwartungsvoll an.

»Ich möchte, dass Sie mir alles über Miss Avondales Ankunft auf Braighton Hall erzählen. Es ist sehr wichtig. Ich denke, dass unser bezaubernder Gast versucht, ein wohl ziemlich unangenehmes Geheimnis zu verbergen. Und da ich ihr helfen möchte, ist es wichtig, dass ich so viel über sie erfahre wie möglich.«

Bennings nickte bedächtig.

»Mylord, ich teile Eure Ansicht über die etwas merkwürdigen Umstände von Miss Avondales Besuch. Mit Verlaub, ich habe mir selbst schon die Frage gestellt, wie lange sie ihren Besuch noch auszudehnen wünscht.«

Der Butler begegnete dem Blick des Earl.

»Nicht dass wir, also die Dienerschaft, sie nicht alle mögen würden«, beeilte er sich zu versichern, und eine leichte Röte überzog seine sonst so würdevollen Wangen. »Aber Sir James ist sozusagen aus dem Nichts mit ihr hier erschienen, und für eine so kurze Bekanntschaft dauerte der Besuch ungewöhnlich lange. Auch wenn man die traurigen Umstände berücksichtigt, die Miss Avondale hierher geführt haben. Gibt es denn niemanden, zu dem sie zurückkehren will?«

»Wenn ich das so genau wüsste, Bennings«, erwiderte Nicholas. »Aber eines scheint mir sicher, von *wollen* kann hier nicht die Rede sein. Im Gegenteil, sie hat große Angst davor, von hier fortgeschickt zu werden. Ist Ihnen etwas aufgefallen, als sie ankam?«

»Mylord, bis zu dem Abend, als sie hier unerwartet eintraf, wusste ich nicht einmal von ihrer Existenz. Und leider kann ich auch nichts darüber sagen, warum sie Sir James aufsuchte.«

»Mein Onkel und ihr Vater waren Geschäftspartner«, erklärte Nicholas dem Butler. »Wie ging es weiter?«

»Am Abend ihrer Ankunft kam ein Bote aus dem Dorf und sagte, dass eine Miss Avondale dort eingetroffen sei und zu Sir James Tremayn wollte. Sie hatte wohl eine öffentliche Postkutsche benutzt und im Gasthof nach Eurem Onkel gefragt, woraufhin sie den Boten schickten. Sir James schien sehr überrascht, aber er wusste wohl, um wen es sich handelte. Auf jeden Fall hat er sie sofort abgeholt.«

»Ist das alles?«, fragte Nicholas enttäuscht.

Bennings überlegte einen Moment.

»Ich war in der Halle, als sie ankamen, und öffnete die Tür«, fuhr er fort. »Ich war erstaunt, als ich Miss Avondale das erste Mal sah, Mylord. Sie sah nicht sehr gut aus. Ich meine natürlich nicht ihr Äußeres im Allgemeinen«, korrigierte Bennings sich schnell. »Aber an diesem Abend sah sie sehr erschöpft aus. Sie war sehr blass und schmal und ihre Augen waren dunkel umschattet. Ich muss auch sagen, dass ihre Kleidung nicht besonders gepflegt aussah, als hätte sie längere Zeit in demselben Kleid verbracht. Natürlich schob ich es auf die lange Reise, wie sie selbst auch sagte. Ach, und noch etwas, und das verwunderte mich aufrichtig, Mylord: Sie reiste ganz ohne Gepäck. Ich vermutete, dass es ihr wohl nachgesandt werden würde, aber es ist nie etwas eingetroffen. Sir James hat für sie eine Schneiderin bestellt und ihre jetzige Garderobe anfertigen lassen. Im Ganzen wirkte sie auf mich, als ob ...«

»... als ob sie auf der Flucht sei«, vollendete Nicholas den Satz.

»Ebendieses, Mylord.«

»Aber auf der Flucht wovor?«

»Mylord, ich weiß es nicht. Mehr kann ich Euch nicht sagen«, erwiderte der Butler bedauernd.

»Bennings, glauben Sie, dass mein Onkel mehr über Miss Avondale wusste?«, fragte Nicholas.

»Ich glaube, er wusste nicht viel mehr als wir alle, als sie auf Braighton Hall eintraf. Es ist mir natürlich nicht bekannt, ob Miss Avondale Euren Onkel später ins Vertrauen gezogen hat. Zumindest hat er mit mir nie darüber gesprochen.«

Nicholas nickte dem Butler zu.

»Ich danke Ihnen, Bennings. Ich denke, langsam dringt ein bisschen Licht in diese Angelegenheit.«

Nicholas streckte sich in seinem Sessel. Dann grinste er den Butler an.

»Ein Frühstück wäre jetzt ausgezeichnet. Und auch Miss Avondale sollte heute Vormittag etwas Kräftigendes zu sich nehmen. Ich glaube, Dr. Kinslow hat Anweisungen hinterlassen.«

»Sehr wohl, Mylord. Und wenn ich weiterhin in dieser Angelegenheit zu Diensten sein kann, stehe ich natürlich zur Verfügung.«

Nicholas sah dem Butler lächelnd nach. Der alte Mann hatte Miss Avondale ins Herz geschlossen, dessen war er sicher. Er hatte zwar nicht viele Neuigkeiten erfahren, aber seine Vermutungen schienen sich zu bestätigen. Cathryn Avondale war auf der Flucht. Aber wovor? Oder musste er genauer fragen: vor wem? Welche Macht besaß der geheimnisvolle Fremde über sie? Warum hatte sie solche Angst vor ihm, dass sie bei einer fast wildfremden Person Zuflucht gesucht hatte? Gab es niemanden in ihrer Nähe, dem sie sich hätte anvertrauen können? Oder war gerade das der Punkt? Die Bedrohung kam aus nächster Nähe, und sie hatte keine andere Möglichkeit gesehen, als sich an einem Ort zu verstecken, wo niemand sie kannte und ihr keine Fragen gestellt würden.

Nicholas erinnerte sich daran, wie sehr sie die Fassung verloren hatte, als er ihr Fragen stellte. Und war gerade diese letzte Frage, die er gestellt hatte, der Schlüssel? Sie war verlobt oder sogar verheiratet und von dort drohte ihr Gefahr! Dieser Gedanke stand Nicholas mit einem Mal ganz deutlich vor Augen und er zweifelte nicht einen Moment daran, dass er den Nagel auf den Kopf getroffen hatte. Überrascht bemerkte er einen scharfen Stich, der ihn bei dem Gedanken durchfuhr. Aber wie sollte er tatsächlich Gewissheit erlangen? Er konnte nicht tatenlos in seinem Salon sitzen und warten, bis Cathryn endlich von sich aus alles erzählen würde. Vielleicht konnte er ihr helfen, wenn er früh genug die Wahrheit erfahren würde. Und vielleicht, dachte er in einem Winkel seines Herzens, vielleicht konnte er sie aus dieser Situation befreien und für sich gewinnen.

Er begab sich in das Speisezimmer und schlang hastig sein Frühstück hinunter. Wahrscheinlich würde Cathryn lange schlafen, das gab ihm Zeit zu überlegen, wie er vorgehen sollte. Es war wohl besser, wenn er sie nicht weiter mit direkten Fragen bedrängte. Solange er nicht wusste, wie seine Hilfe für sie aussehen könnte, wusste er auch nicht, ob sie ihn jemals darum bitten würde. Sein Herz zog sich einen Augenblick zusammen, als er wünschte, sie würde ihm bedingungslos vertrauen und ihm ihr Geheimnis preisgeben.

V

Cathryn erwachte erst, als es fast Mittag war. Mary saß mit einer Näharbeit auf einem Stuhl am Fenster und kam gleich heran, als sie merkte, dass ihre Herrin erwachte.

»Madame, wie geht es Euch?«, fragte sie besorgt.

Cathryn überlegte einen Augenblick. Dann fiel ihr der Sturz wieder ein und sie bewegte sich vorsichtig. Erleichtert stellte sie fest, dass sie sich anscheinend nichts gebrochen hatte, nur ihr Kopf schmerzte noch dumpf. Ihr Handgelenk tat zwar weh, aber es ließ sich mühsam bewegen.

»Ganz gut, denke ich«, sagte sie leise. »Bitte gib mir etwas zu trinken, Mary, ich habe schrecklichen Durst.«

»Natürlich.«

Pflichtbewusst sprang die Zofe auf und reichte Cathryn ein Glas mit kühlem Wasser. »Habt Ihr noch Schmerzen?«

»Ein bisschen.« Cathryn zog eine Grimasse, als sie den Kopf bewegte. »Ich bin wohl sehr heftig gestürzt?«

»Ihr seid bewusstlos gewesen. Die ganze Nacht hindurch hattet Ihr Fieber und wart unruhig. Ständig musste jemand bei Euch sein.«

Argwöhnisch sah Cathryn das Mädchen an.

»Sicher hast du mich gepflegt während dieser Zeit.«

»Oh nein, Madame. Mylord hat sich höchstpersönlich um Euch gekümmert und die ganze Zeit an Eurem Bett gewacht«, erzählte Mary beflissen. »Er hat sich solche Vorwürfe gemacht, dass Ihr in seinem Beisein gestürzt seid.«

»Der Earl war die ganze Zeit über hier?« Cathryn sah das Mädchen ungläubig an.

»Ja. Nachdem Dr. Kinslow sich verabschiedet hat. Er sagte, jemand müsse das Fieber überwachen, und Mylord ist gleich zu Euch gegangen.«

Cathryn trank einen Schluck Wasser und dachte angestrengt nach. Was war geschehen? Sie hatte verschwommene Erinnerungen daran, dass sie in den Armen des Earl lag und er sie so zärtlich küsste, wie sie es sich die ganze Zeit gewünscht hatte. Sie hatte geglaubt, es sei nur ein Traum gewesen, und jetzt erfuhr sie, dass der Earl die ganze Zeit über bei ihr gewesen war. Was war Wirklichkeit von ihren Erinnerungen? Ein unsicheres Gefühl beschlich sie. Wie sollte sie sich dem Earl gegenüber das nächste Mal verhalten?

Cathryn seufzte und rieb sich die schmerzenden Schläfen. Anscheinend brachte sie sich immer wieder in Situationen, in denen sie dem Earl am liebsten nie wieder begegnen würde.

Mary wusch ihre Herrin und brachte ihr ein reichhaltiges Frühstück. Aber Cathryn aß kaum etwas davon. Das Sitzen strengte sie doch noch sehr an und sie legte sich wieder hin. Noch eine Weile grübelte sie über die vergangene Nacht nach, aber schließlich fiel sie wieder in erschöpften, traumlosen Schlaf.

Als sie das zweite Mal erwachte, stand die Sonne schon tief über dem Horizont und die warmen Strahlen tauchten das Zimmer in angenehmes Licht. Cathryn streckte sich ein wenig, aber dabei spürte sie den Schmerz in ihrem Körper noch deutlich. Langsam wandte sie den Kopf und gewahrte den Earl, der in einem Sessel neben ihrem Bett saß und eingenickt war. Sein geschmeidiger Körper war lang ausgestreckt und sein Kopf ruhte entspannt an der Lehne des großen Fauteuils. Die Strahlen der untergehenden Sonne vergoldeten seine markanten Züge und ihr fiel auf, wie dicht seine Wimpern waren.

Wie gut er aussieht, dachte Cathryn mit angehaltenem Atem. Am liebsten hätte sie die Hand ausgestreckt und sein dichtes, leicht gelocktes Haar berührt. Während sie ihn beobachtete, schlug er plötzlich die Augen auf und sein dunkler Blick begegnete ihrem. Er lächelte sie an.

»Wie geht es dir?«, fragte er und trat an ihr Bett.

»Viel besser … Mylord«, antwortete Cathryn zögernd. Sie war überrascht über die vertraute Anrede. Es war also doch mehr Wahrheit an ihrem Traum, als sie gedacht hatte. Aber sie war sich nicht sicher, wie sie sich jetzt ihm gegenüber verhalten sollte, daher entschloss sie sich, lieber etwas Zurückhaltung zu üben.

Auch Nicholas entging ihre Förmlichkeit nicht. Er verwünschte die Tatsache, dass diese kleine Nymphe, sobald sie ihre Vernunft einschaltete, eine viel zu höfliche und distanzierte Haltung ihm gegenüber einnahm und von ihrer Spontaneität und Sinnlichkeit nichts mehr zu bemerken war.

»Habt Ihr keine Schmerzen mehr, Madame?«, fragte er und betonte das letzte Wort deutlich.

Cathryn spürte seinen Stimmungswechsel und senkte die Augen. Sie hatte ihn verärgert.

»Natürlich habe ich noch Schmerzen«, antwortete sie knapp. Sie sah ihn an und verbesserte sich schnell. »Ich meinte, in Anbetracht der Umstände geht es mir schon viel besser. Dank Eurer aufopfernden Pflege, wie ich gehört habe.«

Nicholas begriff, dass sie nur vage Erinnerung an die vergangene Nacht hatte und dass diese Erinnerungen sie verwirrten. Er lächelte sie beruhigend an und setzte sich auf die Bettkante.

»Cathryn, ich möchte, dass Ihr mir vertraut«, sagte er. »Ich würde niemals etwas tun, das Euch schadet oder verletzt. Glaubt Ihr mir das?«

Er sah ihr direkt in die Augen. Sie senkte den Blick und nickte leicht.

»Aber ich weiß so wenig von Euch, ich kenne Euch kaum«, fuhr Nicholas fort, während er überlegte, wie weit er gehen sollte. »Ich bin auf den Landsitz meines Onkels gekommen und habe Euch hier völlig unvorbereitet angetroffen. Und Ihr seid immerhin schon geraume Zeit hier. Ich kann verstehen, dass Ihr nach dem Tod Eures Vaters für eine Weile an einem anderen Ort sein wolltet, aber ich frage mich langsam, warum Ihr nicht auf Euren Besitz zurückkehrt, zu Euren Freunden, die Ihr zweifelsfrei dort habt.«

Cathryn biss sich auf die Lippe.

»Wir haben sehr zurückgezogen gelebt«, sagte sie schließlich. »Ich habe keine Freunde. Und das Gut …« Sie zögerte kurz. »Nun, sagen wir, es ist in verantwortungsbewussten Händen.«

Nicholas hob eine Augenbraue.

»Wer verwaltet es?«

»Ein Nachbar«, sagte sie ausweichend. »Ihr werdet ihn kaum kennen.«

»Warum sagt Ihr mir seinen Namen nicht trotzdem?«, hakte Nicholas nach, und sein Ton machte deutlich, dass er eine Antwort von ihr erwartete. Cathryn sah ein, dass es keinen Sinn mehr hatte, ihm weiter auszuweichen.

»Lord Edward Weston verwaltet es«, sagte sie leise.

Nicholas hielt einen Moment inne. Er kannte Edward Weston aus den Londoner Clubs. Er war ein Mann, der den Ruf hatte, hart und unnachgiebig zu sein. Zwar verfügte er über ein ausgesprochen großes Vermögen, aber es war allgemein bekannt, dass er es durch oft sehr undurchschaubare Geschäfte und skrupellosen Geldverleih gemacht hatte. Er hatte mehr als einen Geschäftsmann ruiniert, der so unvorsichtig war, sich mit ihm einzulassen, und wurde in der feinen Londoner Gesellschaft eher geduldet als respektiert. Nicholas fragte sich, in welcher Beziehung Allistaire Avondale zu Lord Weston gestanden hatte. Aber nach den Unterlagen seines

Onkels konnte er sich die Antwort selbst geben. Wahrscheinlich hatte sich Cathryns Vater Geld von Lord Weston geliehen.

»Cathryn, ich habe das Gefühl, dass Euch etwas belastet«, fuhr der Earl fort. Besorgt sah er, wie sich ihre Miene sofort verschloss.

»Ich werde Euch nicht drängen, es mir zu sagen. Nicht nachdem Ihr mir während des Ausrittes einen solchen Schrecken eingejagt habt. Aber Ihr könnt mir jederzeit erzählen, was Euch auf der Seele liegt. Ich möchte Euch meine Hilfe anbieten. Und mein Vertrauen.«

Unsicher sah Cathryn ihn an. Wie gerne würde sie ihm glauben und ihm gleich jetzt ihr Herz ausschütten! Vielleicht würde ja der Earl endlich die Probleme, die schon so lange auf ihr lasteten, von ihr nehmen. Sie sehnte sich danach, wieder Ruhe und Geborgenheit zu spüren, und sie erinnerte sich flüchtig an die Momente in seinen Armen. Aber sie war so müde, und sie schaffte es einfach nicht, ihre Gedanken zu konzentrieren. Sie würde kaum eine zusammenhängende Erklärung abgeben können.

»Ich danke Euch sehr, Mylord«, sagte sie erschöpft. »Ich danke Euch wirklich.«

Nicholas erkannte die Aufrichtigkeit ihres Dankes und beschloss, sie vorerst in Ruhe zu lassen. Sie sollte sich erst vollständig von ihrem Sturz erholen, bevor sie dieses Gespräch fortsetzten. Er lächelte sie an.

»Vielleicht könnt Ihr Euch auch überwinden, mich Nicholas zu nennen?«, fragte er amüsiert. »Es hat aus Eurem Mund so hübsch geklungen.«

Damit küsste er ihr die Hand und ließ die verdutzte Cathryn allein.

Am nächsten Vormittag saß Nicholas über seinen Akten, während er darauf wartete, dass Cathryn aufwachen würde. Er hatte das Gefühl, dass es ihm endlich gelungen war, ein bisschen Vertrauen in ihr zu erwecken, und er hoffte, dass sie ihm ihre Geschichte erzählen würde. Zwar hatte er sich bereits auf vieles einen Reim machen können, aber noch immer gab es etliche offene Fragen. Als Nächstes musste er unbedingt herausfinden, welche Verbindung zwischen Cathryn und Lord Weston bestand. Schon die Tatsache, dass sie überhaupt bestand, gefiel ihm gar nicht. Er war so tief in Gedanken versunken, dass Bennings ihn ein zweites Mal ansprechen musste, bevor er reagierte.

»Mylord, es ist Besuch eingetroffen«, informierte ihn der Butler. »Lord Durban wartet im Salon.«

Nicholas blickte überrascht auf.

»Daniel ist hier?«

Lord Daniel Durban war einer seiner ältesten Freunde und sein ständiger Reisegefährte. Erst vor kurzem war er mit ihm von ihrer Reise durch Europa zurückgekehrt. Inzwischen musste auch Daniel von Sir James' plötzlichem Tod erfahren haben, und da auch er mit Sir James eine tiefe Freundschaft gepflegt hatte, konnte Nicholas es ihm nicht verdenken, dass er nach Braighton Hall gekommen war. Nicholas machte sich Vorwürfe, dass er den Freund nicht selbst hergebeten hatte.

»Daniel, wie kann ich meine Nachlässigkeit dir gegenüber nur entschuldigen?«, begrüßte er ihn, als er den Salon betrat. »Ich hätte dich längst benachrichtigen sollen. Es tut gut, dich zu sehen.«

Lord Durban trat dem Earl entgegen und die Freunde umarmten sich herzlich zur Begrüßung. Sie waren beide fast gleich groß und von ähnlich muskulösem Körperbau, aber Durbans Haar war kastanienbraun und seine Augen leuchteten in einem intensiven Blau, das so manche Frau um den Schlaf brachte. Sein Ruf als Herzensbrecher übertraf noch den von Nicholas.

»Ganz meinerseits, Nic«, erwiderte er. »Ich hatte aufgrund deines Schweigens eigentlich erwartet, dich in tiefster Verzweiflung vorzufinden. Zum Glück scheint dem nicht so zu sein. Du siehst besser aus, als ich erwartet hatte.«

»Glaube nicht, dass mich der Tod von James nicht jeden Tag von neuem schmerzt. Du weißt, wie sehr ich ihn geliebt habe.« Nicholas senkte für einen Moment den Blick. »Aber als ich hier ankam, stellte ich zu meiner Überraschung fest, dass mein Onkel mir noch ein ganz besonderes ›Erbe‹ hinterlassen hat, und zwar ein ganz entzückendes. Es handelt sich um eine junge Frau, ihr Name ist Cathryn Avondale.«

»Das glaube ich einfach nicht«, rief Durban aus. »Sir James hat auf seine alten Tage noch geheiratet? Und ich habe immer gedacht, er wäre der eingefleischteste Junggeselle Englands.«

»Sie ist nicht seine Ehefrau, Daniel. Sie ist lediglich Gast auf Braighton Hall und das schon seit Monaten.«

Nicholas erzählte seinem Freund, was seit seiner Ankunft geschehen war und welche Gründe er für Cathryns Aufenthalt auf dem Landsitz seines Onkels vermutete. Durbans blaue Augen verdüsterten sich, als der Name Weston fiel. Die Missbilligung war ihm deutlich anzusehen.

»Eine komplizierte Geschichte«, meinte er schließlich nachdenklich. »Was gedenkst du zu tun?«

»Wenn ich das wüsste.« Hilflos hob Nicholas die Arme. »Nach dem Reitunfall habe ich mir geschworen, ein bisschen taktvoller mit meinen Nachforschungen vorzugehen und Cathryn nicht mehr direkt auszufragen. Wer weiß, was ihr sonst als Nächstes passiert. Aber sie schweigt sich aus, und ich weiß nicht, wie ich ihr helfen kann, wenn ich nicht die volle Wahrheit kenne.«

Aufmerksam betrachtete Durban seinen Freund.

»Sollte es da noch etwas geben, das du mir nicht erzählt hast?«, fragte er schelmisch. »Komm, mein Guter, ich kenne dich lange genug, um zu wissen, wann eine Frau dich interessiert. Und diese Miss Avondale scheint ja einen ganz besonderen Eindruck auf dich gemacht zu haben.«

Nicholas grinste ihn an.

»Sie ist eine Schönheit«, sagte er schließlich. »Eine Schönheit mit wachem Geist und scharfer Zunge.«

»Und mit einem starken Willen, wie mir scheint«, erwiderte Lord Durban anerkennend. »Was immer der Grund dafür gewesen sein mag, schon allein die Tatsache, dass sie sich auf eigene Faust an einen Fremden um Hilfe wendet, ist bemerkenswert. Aber was wirst du tun, wenn dieser starke Wille sie weiterhin davon abhält, sich dir anzuvertrauen?«

Nicholas hob hilflos die Schultern.

»Im Augenblick ist sie ohnehin noch zu schwach, um irgendetwas zu tun«, sagte er. »Ich werde abwarten, wie sich die Dinge entwickeln.«

Durban sah den Earl misstrauisch an.

»Wo ist dein berühmter Kampfgeist geblieben, Nic?«, fragte er belustigt. »Ich wette, dass da noch ein anderer Plan in deinem Kopf herumgeistert.«

»Du kennst mich zu gut.« Nicholas grinste seinen Freund an. »Die zweite Möglichkeit ist, mit den Leuten zu sprechen, die weniger Grund haben, mir eine Antwort vorzuenthalten. Ich kann zu ihrem Besitz reiten. Irgendjemand wird schon noch da sein, und wer weiß, was man als ›alter Bekannter‹ von Allistaire Avondale nicht alles in Erfahrung bringen kann.«

»Und ich nehme an, dass Möglichkeit Nummer zwei weitaus interessanter für dich ist«, mutmaßte Durban.

»Stimmt, alter Freund. Und was liegt näher, als diese Möglichkeit durchzuführen, solange unsere liebe Miss Avondale sich im Bett von ihrem Sturz erholt und nicht auf dumme Gedanken kommen kann.«

Daniel grinste seinen Freund an. »Übrigens, Nic, wenn ich mich recht entsinne, hat Mr. Avondale *zwei* alte Bekannte.«

Lachend legte Nicholas seinem Freund die Hand auf die Schulter.

»Wir reiten noch heute Vormittag los, Daniel. Wenn wir uns ein bisschen beeilen, schaffen wir es vor Einbruch der Dunkelheit. Ich habe die Adresse in der Korrespondenz meines Onkels gefunden.«

»Und ich dachte, ich würde die schöne Lady noch zu Gesicht bekommen, bevor wir unsere Rettung starten«, sagte Durban enttäuscht.

»Geduld. Sie läuft uns ja nicht weg«, erwiderte Nicholas grinsend.

Cathryn erwachte gegen Mittag und fühlte sich zum ersten Mal nach dem Sturz ausgeruht und entspannt. Vorsichtig bewegte sie ihren Kopf und stellte befriedigt fest, dass sie kaum noch Schmerzen hatte. Nur ihr Handgelenk würde seine Dienste noch eine Weile verweigern. Sogar Appetit verspürte sie wieder und klingelte nach Mary. Umso erstaunter war sie, als statt ihrer Zofe Bennings mit dem Frühstückstablett ihr Zimmer betrat.

»Guten Morgen, Bennings«, begrüßte sie ihn. »Ist etwas nicht in Ordnung mit Mary?«

»Mit Eurer Zofe ist alles bestens, Madame.«

Bennings stellte das Tablett ab. »Habt Ihr gut geschlafen?«

»Überraschend gut, Bennings. Aber was verschafft mir die Ehre, von Ihnen persönlich bedient zu werden?«, fragte Cathryn scherzhaft.

Immerhin war der Butler der Vorstand des Personals und sie hatte ihn bisher nur Sir James oder den Earl selbst bedienen sehen.

»Ich habe Euch eine Nachricht von Mylord Chambury zu überbringen. Leider musste er ganz unvermittelt für ein oder zwei Tage Braighton Hall verlassen. Er bittet Euch, Euch zu schonen und diese Zeit ganz Eurer Genesung zu widmen.«

Bennings rückte ihr einen kleinen Tisch ans Bett und servierte ihr Toast und Eier.

»Außerdem hat er mich angewiesen, mich während seiner Abwesenheit um Euch zu kümmern.«

»Und das machen Sie sich zur persönlichen Aufgabe, nicht wahr, Bennings«, lachte Cathryn. »Weil der Earl Sie angewiesen hat.«

»Nicht ausschließlich, Madame«, schmunzelte Bennings. »Natürlich bedeutet diese Verpflichtung auch eine angenehme Abwechslung meiner Aufgaben.«

Während Cathryn frühstückte, brachte der Butler ihr einen Strauß Frühlingsblumen.

»Sie sind ja wirklich rührend um mich besorgt, Bennings. Wie soll ich bloß auf Ihre Fürsorge verzichten, wenn Mylord wieder zurück ist?«, fragte Cathryn amüsiert.

»Madame, diese Blumen sind ein Gruß von Mylord, nicht von mir«, erwiderte Bennings und stellte die Vase neben ihr Bett. »Allerdings habe ich sie heute Morgen selbst geschnitten.«

Cathryn zog überrascht die Brauen hoch. Blumen vom Earl? Das hätte sie ihm gar nicht zugetraut. Nicht dass sie ihn nicht für einen sensiblen Mann gehalten hätte, der durchaus wusste, was Romantik war. Andererseits kannte sie seine vernünftige und rationale Seite inzwischen zu gut. Diese Blumen sollten einen bestimmten Zweck erfüllen, aber welchen? Wahrscheinlich sollten sie sie beruhigen, überlegte Cathryn. Und gerade das beunruhigte sie.

Warum war der Earl so plötzlich fortgeritten und wohin? Gestern Nachmittag hatte er kein Sterbenswörtchen darüber verlauten lassen. Nachdenklich biss sie in ihren Toast. Sie wurde das Gefühl nicht los, dass der Earl etwas im Schilde führte, das auch sie betraf. Und sie war sich noch nicht ganz sicher, was sie davon halten sollte.

VI

Es begann zu dämmern, als Nicholas und Daniel ein Haus erreichten, das ihnen als der Besitz der Avondales beschrieben worden war. Auf einem Hügel erhob sich ein weißes Gebäude inmitten einer Gruppe Buchen. Das Haus war nicht sehr groß und eher schlicht, aber die geschmackvolle Architektur verlieh ihm eine besondere Atmosphäre. Nicholas fand, dass das Haus sehr gut zu Cathryn passte. Allerdings wirkte es dunkel und verlassen.

»Scheint niemand da zu sein«, vermutete Daniel, während sie auf den Hof ritten und absaßen.

»Irgendjemand muss doch hier sein. Häuser lässt man nicht in ganz verlassenem Zustand zurück.«

Nicholas begann, das Haus zu umrunden. Er klopfte an die Eingangstür und rüttelte an einem Seiteneingang, aber das Haus schien wirklich leer zu sein. Gerade als die beiden Männer sich wieder ihren Pferden zuwandten, kam aus dem Halbschatten unter den Bäumen eine Stimme.

»Heda, was hamse 'n hier zu suchen, he?«

Nicholas fuhr herum und versuchte, etwas im Dunkeln zu erkennen.

»Ich spreche nicht mit Leuten, die ich nicht sehen kann«, rief er dann in Richtung der Stimme. »Ich bin mit freundschaftlichen Absichten hier.«

Nach einer Pause kam aus dem Schatten schließlich eine Gestalt geschlurft, und als sie näher kam, erkannte Nicholas einen alten Mann, der eine Flinte über der Schulter trug und einen Hund an seiner Seite hielt. Forschend sah er Nicholas an.

»Ich bin ein Freund von Mr. Avondale. Dies hier ist doch das Gut der Avondales?«, fragte der Earl scheinheilig.

Der Alte nickte kurz.

»Ich wollte ihm einen Besuch abstatten.«

»Schätze, da wer'n Sie enttäuscht sein, Sir«, sagte der Alte mit krächzender Stimme. »Mr. Avondale lebt nich mehr. Schon über 'n Jahr nich.«

Nicholas sah ihn prüfend an. Der Mann sprach ziemlich gleichgültig über den Tod des früheren Besitzers.

»Das tut mir Leid. Ich habe seit längerem keine Geschäfte mehr mit ihm getätigt«, antwortete er dann mit gespielter Erschütterung. »Haben Sie für Mr. Avondale gearbeitet?«

»Ich arbeite hier nich«, knurrte der Alte und spuckte aus. »Hab ihn aber gekannt. Wir alle hier ham ihn gekannt.«

Der Alte sah die beiden Fremden forschend an. »War 'n guter Mann«, brummte er schließlich.

Nicholas tauschte einen Blick mit Daniel.

»Der Tod von Mr. Avondale stellt uns leider noch vor ein anderes Problem«, sagte Durban. »Wir sind auf der Durchreise und hatten gehofft, dass wir hier für eine Nacht unterkommen könnten.«

»Da müssen Sie sich schon im Dorf umsehen, Sir«, knurrte der Alte. »Sehen ja, dass hier keiner da ist.«

»Aber hatte Mr. Avondale nicht eine Tochter? Was ist aus ihr geworden?«, fragte Nicholas und sah den Alten gespannt an.

»Miss Cathryn«, sagte der Alte in deutlich milderem Ton. »Ja, die hat der Tod ihres Vaters ganz schön getroffen. Nich nur dass er tot war, aber Geld war auch keins mehr da. Nee, das Fräulein wohnt hier auch nich mehr. Hat das Gut verloren an den Lord, dem ihr Vater noch Geld schuldete. Der hat sie auch gleich zu sich in sein Haus mitgenommen. Aber was geht 'n Sie das alles überhaupt an, Sir? Hier könnse auf jeden Fall nich bleiben. Is alles abgeschlossen.«

»Wer ist der neue Besitzer?«, fragte Nicholas, obwohl er die Antwort schon ahnte.

»Lord Weston, Sir, und jetzt gute Nacht. Unsereiner muss ja morgens mit den Hühnern raus.« Der Alte war wieder unzugänglich.

Nicholas saß wieder auf, und als sie ihre Pferde wendeten, rief der Alte ihnen noch nach.

»Fragen Sie im Ort mal nach Polly, bei der könnse wohl bleiben.«

Nicholas nickte ihm kurz zu, ehe sie das Gut verließen und in der Dämmerung den Weg zum Dorf suchten.

»Besonders mitteilsam war er ja nicht, der Gute«, sagte Daniel nach einer Weile. »Viel Neues haben wir nicht erfahren.«

»Aber einige Vermutungen wurden auf jeden Fall bestätigt«, stieß Nicholas grimmig hervor. »Sie versteckt sich tatsächlich vor Weston.«

»Aber warum? Das Gut hat er doch bekommen. Welches Problem kann sie noch haben?«

»Dass das Gut nicht ausgereicht hat, ihre Schulden zu bezahlen«, sagte Nicholas.

»Was willst du jetzt machen, Nic? Weston kennt dich, bei ihm funktioniert der Trick mit dem alten Geschäftspartner nicht.«

»Das ist wahr.«

Nicholas überlegte. »Ich werde morgen mit dem Anwalt sprechen, der Cathryn anfänglich geholfen hat. Vielleicht weiß er noch etwas. Aber jetzt brauchen wir erst mal eine Unterkunft.«

»Ich dachte schon, das hättest du in deinem Samariterwahn vergessen«, neckte Daniel ihn. »Du glaubst gar nicht, wie gespannt ich auf die Frau bin, für die du dich so ins Zeug legst.«

Nicholas grinste zurück.

»Sie ist es wert!«

Als sie schließlich im Dorf ankamen, war es bereits dunkel. Sie fragten nach einer Frau namens Polly und wurden zu einem größeren Gebäude geführt, dessen Fenster hell erleuchtet waren. Polly Roundstone war eine rundliche Frau mit dunklem Haar, das sie zu einem dicken Zopf geflochten trug. Sie führte den einzigen Gasthof im Ort, und da in diese abgelegene Gegend selten Reisende kamen, war sie über die beiden zahlungskräftigen Gäste sehr erfreut. Sofort schickte sie einen Jungen los, der sich um die beiden Pferde der Gentlemen kümmern sollte, und führte ihre Gäste dann persönlich in das obere Stockwerk, wo ihre Zimmer lagen.

»Was führt denn zwei so noble Herren in diese gottverlassene Gegend, Mylords?«, fragte sie beflissen. »Solch ehrenwerten Besuch hatten wir schon lange nicht mehr hier.«

Dabei sah sie Durban tief in die Augen. Nicholas musste sich ein Grinsen über das neueste Opfer des Charmes seines Freundes verkneifen.

»Eigentlich wollten wir bei den Avondales absteigen«, erwiderte er. »Aber dort hatte man eine unerfreuliche Nachricht für uns.«

»Ja, ja, der alte Sir ist schon eine Weile tot«, seufzte Polly. »Als er und Miss Cathryn noch hier lebten, war alles freundlicher. Die hat man ja wenigstens ab und zu hier im Dorf gesehen. Der neue Herr kümmert sich nur um uns, wenn es darum geht, seine Abgaben einzukassieren.«

»Was ist aus Miss Avondale geworden?«, fragte der Earl neugierig.

»Ach, das weiß der liebe Gott, mein Herr. Das letzte Mal, das ich sie sah, war an dem Tag, als der neue Herr sie abgeholt hat. Und da sah sie so unglücklich aus. Erst der Tod des Vaters, und dann hat man ihr auch noch das Gut weggenommen, das sie so geliebt hat.«

Sie beugte sich vertrauensvoll zu Nicholas. »Und der neue Herr hat sie behandelt, als wäre sie auch ein Stück seines Eigentums. Ein herzloser Mann, Augen ohne Seele! Ach, das arme Ding. Wisst Ihr, ich kannte sie schon, als sie noch ein kleines Mädchen war, mit ganz blonden Locken.«

Polly schüttelte bekümmert den Kopf. »Aber jetzt werde ich schnell hinunter in die Küche laufen und den Herren eine kräftige Mahlzeit bereiten.«

Damit verschwand sie die Treppe hinunter und ließ Nicholas und Daniel allein.

»Weston war persönlich hier, um sie abzuholen«, überlegte Durban laut. »Das sieht ihm gar nicht ähnlich, dass er sich so engagiert.«

»Die ganze Sache gefällt mir überhaupt nicht«, knurrte Nicholas. »Das nächste Stück im Puzzlespiel holen wir uns morgen bei dem Anwalt. Hoffentlich weiß wenigstens er etwas mehr über die Hintergründe der ganzen Geschichte.«

Er warf seine Tasche auf das Bett. »Aber jetzt lass uns erst mal sehen, was unsere Wirtin aufzutischen hat. Ich sterbe vor Hunger.«

Polly Roundstone hatte ihnen ein einfaches, aber köstliches Essen zubereitet, das aus Braten und verschiedenem Gemüse bestand. Hungrig begannen Nicholas und Daniel zu essen. Der lange Ritt machte sich bemerkbar. Zum Essen bestellten sie einen Krug Rotwein, und nachdem Polly die Teller abgeräumt hatte, saßen die Freunde noch eine Weile beisammen.

»Nicholas, ich möchte dir eine Frage stellen«, begann Durban zögernd.

Nicholas sah ihn erwartungsvoll an.

»Du kennst diese Miss Avondale erst seit kurzer Zeit. Ich kenne dich zwar als Liebhaber großer

Schönheiten – und deinen Beteuerungen nach muss Miss Avondale ja geradezu sternengleich sein – und ich weiß auch, dass du dich gerne auf die Seite der Schwachen stellst, wenn ihnen ein Unrecht angetan wird. Aber mich überrascht dein Enthusiasmus in dieser Angelegenheit doch ein wenig. Warum tust du das?«

Nicholas lächelte versonnen. Bewusst hatte er sich diese Frage noch nicht gestellt, aber als sein Freund ihn jetzt so direkt darauf ansprach, wusste er die Antwort auf diese Frage sofort.

»Daniel, erinnerst du dich an Andrew Goodwill?«

»Selbstverständlich tue ich das. Kein Ball in London, ohne dass wir uns nicht unseren persönlichen Spaß daraus gemacht hätten, die verknöcherten Herrschaften ein wenig auf Trab zu bringen.«

Daniel lachte auf, als er sich an diese Zeit erinnerte. »Aber du willst sicher auf den Tag hinaus, an dem er Elizabeth McArman sah und wir für ihn augenblicklich zu Luft wurden.« Er zog die dichte Augenbraue hoch. »Nicholas, du willst doch nicht sagen, dass du diese Miss Avondale wirklich ...«, stotterte er. »Ich meine, eine Affäre, dagegen hätte niemand etwas einzuwenden. Aber du liebst sie doch nicht wirklich? Ich meine, weißt du überhaupt, was das ist, eine dauerhafte Liebe?«

Nicholas lachte angesichts der offensichtlichen Verblüffung seines Freundes schallend auf.

»Nicht besser als du, mein Freund. Aber lass mich dir versichern, dass erst die Welt untergehen müsste, bevor du für mich zu Luft wirst«, sagte er schmunzelnd. Dann blickte er seinen Freund versonnen an.

»Cathryn Avondale wird nicht nur eine Affäre. Ich beabsichtige, sie zu heiraten.«

Durban verschluckte sich an seinem Wein und brach in einen lauten Hustenanfall aus. Entgeistert sah er den Earl an.

»Wann bist du denn auf die Idee gekommen?«, fragte er, noch immer nach Luft schnappend.

Nicholas grinste seinen Freund an. »Eben gerade. Als du mich gefragt hast, warum ich das alles für sie tue.«

»Nic«, sagte er mit einem gespielt ruhigen Lächeln. »Erstens kennst du diese Frau noch nicht einmal annähernd lange genug, um sie wirklich lieben zu können, und zweitens dachte ich bisher immer, dass zum Heiraten zwei gehören. Hast du sie schon gefragt?«

Nicholas sah seinen Freund plötzlich ernst an.

»Du wirst mich vielleicht auslachen, Daniel, aber an jenem Abend, als ich Cathryn in der Bibliothek das erste Mal in meinen Armen hielt, wusste ich, dass sie die Frau ist, mit der ich leben will. Ich habe mich Hals über Kopf in sie verliebt.«

»Das wäre nicht das erste Mal«, entgegnete Durban trocken.

»Aber dieses Mal werde ich meinen Kopf nicht nach ein paar schönen Wochen aus der Schlinge ziehen können«, erwiderte Nicholas. »Und ich denke, ich werde es auch nicht wollen. Ich gebe zu, wir kennen uns noch nicht besonders lange, aber jede andere Frau hätte mir in dieser kurzen Zeit schon zehn Gründe gegeben, mich mit ihr niemals auch nur in der Nähe einer Kirche aufzuhalten. Cathryn ist einfach anders.«

»Stimmt, sie wirft sich dir nicht sofort von selbst an den Hals.«

Durban nahm einen tiefen Schluck Wein. »Die Herausforderung soll schon so manchem Mann zum Verhängnis geworden sein.«

»Und so mancher Mann hat ihr sein Glück zu verdanken«, konterte Nicholas.

»Ich fasse es nicht! Nicholas Tremayn, der berüchtigtste Herzensbrecher von London, steuert ruhige Gefilde an«, deklamierte Durban dramatisch.

»Erstens stehe ich deinem Ruf noch bei weitem nach, mein lieber Daniel, und zweitens hat mich noch nie etwas so glücklich gemacht wie der Gedanke, Cathryn Avondale zu heiraten!«

Durban sah seinen Freund nachdenklich an.

»Und ich sage immer noch, dass zu einer Hochzeit zwei gehören.«

Am nächsten Morgen machten sie sich nach einem reichhaltigen Frühstück, das ihnen von Polly höchstpersönlich serviert wurde, auf den Weg in den Nachbarort, in dem der Anwalt, der sich um den Avondale-Nachlass gekümmert hatte, seine Kanzlei hatte. Kurz vor Mittag erreichten sie schließlich das ihnen bezeichnete Haus und eine mürrische Frau mit strengem Dutt führte sie nach einer Debatte schließlich in das Arbeitszimmer des Anwalts.

»Mr. Leland ist es gewöhnt, pünktlich um zwölf zu Mittag zu essen, meine Herren!«, sagte die Frau unfreundlich. »Und ich möchte Sie dringlichst darauf hinweisen, dass es schon halb zwölf ist. Normalerweise würde Mr. Leland um diese Zeit gar keinen Besuch mehr empfangen.«

»Wir haben eine wirklich dringende Angelegenheit zu klären und sind deshalb extra angereist, Madame«, beschwichtigte Daniel die Frau mit einem charmanten Lächeln. »Und es wird ganz bestimmt nicht länger als eine halbe Stunde dauern.«

Die Frau versank im Anblick seiner blauen Augen und errötete tief. Schließlich riss sie ihren Blick los und verschwand, um Mr. Leland zu benachrichtigen.

»Ich hatte vergessen, wie wichtig dir wahre Herausforderungen sind«, spöttelte Nicholas.

»Immerhin bin ich noch offen für jede Herausforderung, während du angeblich immun dagegen geworden bist«, schoss Daniel grinsend zurück.

Sie machten es sich in den Ledersesseln bequem, die vor dem Schreibtisch des Anwalts standen. Nach wenigen Minuten öffnete sich die Tür und Mr. Leland trat ein. Er war ein kleiner, untersetzter Mann mit schütterem Haar und wachen, mausgrauen Augen.

»Meine Herren, womit kann ich dienen?«, fragte er beflissen.

»Mein Name ist Kenneth Phorbes«, log Nicholas ungeniert in nasalem Ton. »Zu meinem außerordentlichen Bedauern erfuhr ich gestern, dass Mr. Avondale schon länger verstorben ist. Da auch seine Tochter nicht anwesend ist, führte mich mein Weg nun zu Ihnen. Und ich hoffe, dass Sie mir in meinem Anliegen helfen können.«

Beim Namen Avondale war ein wachsamer Ausdruck über Lelands Gesicht gehuscht. Aber er hatte sich sofort wieder unter Kontrolle.

»Worum genau geht es denn, Mr. Phorbes?«

»Nun, ich habe Mr. Avondale einen gewissen Betrag geliehen. Er ist nicht weltbewegend, aber ich hätte ihn im Augenblick gerne zurück«, sagte Nicholas. »Da Mr. Avondale aber verstorben ist, wollte ich wissen, wo ich dieses Geld nun zurückfordern soll. Bei seiner Tochter vielleicht?«

Der Anwalt runzelte die Stirn.

»Ich fürchte, Mr. Phorbes, dass Ihr Anspruch nicht der einzige ist, der nach Avondales Tod an seine Tochter gestellt wurde. Um genau zu sein, ihr blieb nicht ein Cent, geschweige denn privater Besitz.«

Abschätzig zupfte Leland an seiner Manschette. »Die arme Person war nicht einmal imstande, alle Schulden ihres Vaters zurückzuzahlen, und wenn nicht ein sehr nobler Gentleman sich erboten hätte, dieses Geld zu bezahlen, befände sich Miss Avondale jetzt wahrscheinlich im Schuldgefängnis.«

Durban musste seinen Freund vorsichtig zurückhalten, damit dieser dem Anwalt nicht an den Hals sprang.

»Und da Sie, Mr. Phorbes, nicht im schriftlichen Verzeichnis der Gläubiger von Mr. Avondale enthalten sind, fürchte ich, dass Ihr Geld verloren ist«, fuhr der Anwalt ungerührt fort. »Und außerdem liegt alles schon fast ein Jahr zurück. Da kann ich leider nichts mehr für Sie tun.«

Nicholas betrachtete Leland mit finsterem Blick.

»Nun, wenn es so ist, wie Sie sagen, muss ich mich wohl tatsächlich damit abfinden«, sagte er gefährlich ruhig. »Mich würde nur interessieren, Mr. Leland, warum jemand die Schulden von Mr. Avondale übernommen hat?«

Leland lächelte selbstgefällig.

»Nun, Mr. Phorbes, wenn man sich plötzlich den Gläubigern eines Klienten gegenübersieht, für dessen Integrität man mit seinem guten Ruf einsteht, muss man einen Weg finden, der für alle Beteiligten am besten ist. Glücklicherweise gelang es mir, Kontakt zu einem Gentleman herzustellen, der die Schulden von Mr. Avondale übernommen hat.«

»Und dieser Gentleman, wie Sie ihn nennen, übernahm die Schulden aus purer Nächstenliebe?«, fragte Nicholas schneidend.

»Oh nein, Sir. Natürlich verfolgte auch er seine privaten Interessen. Er verlangte die einzige Gegenleistung, die ich ihm noch verschaffen konnte: die Ehe mit Miss Avondale.«

Nicholas ballte die Hände zu Fäusten, sodass die Knöchel weiß hervortraten. Aber dem Anwalt entging das. Stolz auf seine eigene Gerissenheit fuhr er mit seinem Geschwätz fort.

»Nun, mit einem Schlag waren alle Gläubiger zufrieden, und für Miss Avondale war auf diese Weise natürlich bestens gesorgt. Sie war ihre Schulden los und um einen Ehegatten reicher. Wer hätte sie denn ohne Mitgift überhaupt noch geheiratet? Wahrscheinlich hätte sie sich im besten Fall irgendwo als Gouvernante durchschlagen müssen. Alles in allem habe ich also ein gutes Werk getan.« Selbstgefällig lehnte Leland sich zurück und tätschelte seinen nicht unbeträchtlichen Bauch.

»Und Miss Avondale – sie war mit diesem Geschäft einverstanden?«, fragte Nicholas gefährlich leise.

»Nun, anscheinend bedurfte es schon einiger Überredungskünste, um ihre Unterschrift unter das Verlobungspapier zu bekommen. Aber es war doch nur zu ihrem Besten. Wenn Sie Miss Avondale gekannt haben, wissen Sie wohl, was für ein eigenwilliges Geschöpf sie ist. Aber die Ehe hat da schon Wunder gewirkt, glauben Sie mir, Mr. Phorbes, und der Ehemann in spe wird sie schon zu zügeln wissen.« Leland brach in ein anzügliches Lachen aus, das Nicholas' Blut zum Kochen brachte.

»Also«, fuhr der Anwalt dann fort. »Ich würde Ihnen nicht raten, sich mit Ihren Ansprüchen nun an den zukünftigen Gemahl von Miss Avondale zu wenden. Er hat schon genug Geld für das Mädchen ausgegeben. Sie entschuldigen mich jetzt, meine Herren.«

Leland stand auf, um die Besucher aus dem Zimmer zu führen, und Durban konnte Nicholas gerade noch am Arm erwischen und ihn mit sich ziehen. Aber sobald sie sich etwas von Lelands Haus entfernt hatten, ließ Nicholas seinem Ärger freien Lauf.

»Dieser unwürdige Dreckskerl hat Cathryn an Weston verschachert, um seine Schäfchen ins Trockene zu bringen«, tobte er. »Lass mich los, Daniel, und ich breche ihm alle Knochen!«

»Was hilft das?«, fragte Durban nüchtern. »Er hat kein Gesetz gebrochen. Du wolltest die Wahrheit, Nic, und jetzt weißt du Bescheid. Weston hat sich eine Braut gekauft, und dieser miese Anwalt war ihm dabei behilflich. Das war keine lobenswerte Tat, aber rückgängig wirst du sie nicht machen können. Allerdings sprach Leland nur von einem Verlobungspapier und von Weston als ›zukünftigem‹ Gemahl. Wenn Miss Avondale sich tatsächlich auf Braighton Hall versteckt hält, dann bedeutet das, dass sie aller Wahrscheinlichkeit nach noch nicht verheiratet ist.«

»Ich frage mich, wie er Cathryn dazu gebracht hat, dieses Papier zu unterzeichnen!«, meinte Nicholas verzweifelt.

»Entweder war es in dem Durcheinander der Nachlassverwaltung kein Problem, ihr das Dokument unterzuschieben, oder Weston hatte seine persönlichen Mittel«, sagte Durban schonungslos. »Wir kennen ihn beide, und immerhin hat Cathryn einige Zeit bei ihm gelebt.«

Nicholas wurde blass bei dem Gedanken, welcher Behandlung Cathryn bei Weston ausgesetzt gewesen sein musste.

»Viel interessanter wäre zu wissen, was genau in dem Papier steht«, sagte Durban. »Und wenn du nicht direkt zu Weston stürmen willst, gibt es wohl nur einen Weg, das herauszufinden.« Er sah seinen Freund eindringlich an.

»Du hast Recht«, erwiderte Nicholas schließlich. »Es wird Zeit, dass ich mit Cathryn selbst darüber rede. Und gebe der Himmel, dass sie endlich nachgibt. Ich würde alles tun, um sie vor Weston zu beschützen.«

Die beiden Männer schwangen sich wieder auf ihre Pferde und verließen das Dorf. Keiner der beiden bemerkte den gut gekleideten Mann, der ihnen einen kühl abschätzenden Blick hinterherwarf. Die kalten, grauen Augen verengten sich, als der Beobachter die davonreitenden Männer erkannte. Er stieg von seinem Pferd und betrat das Haus von Leland.

Beflissen eilte Leland wieder in sein Arbeitszimmer, während er noch die Serviette vom Hals nahm. So ungern er sich bei einer Mahlzeit stören ließ, diesen Gast würde er unter keinen Umständen warten lassen. Seine Haushälterin wusste das auch, und sie hatte den hoch gewachsenen, hageren Mann anstandslos ins Arbeitszimmer des Anwalts geführt.

»Mylord Weston«, begrüßte Leland seinen Gast und verbeugte sich mehrmals, was eher wie ein Katzbuckeln wirkte. »Was verschafft mir die große Ehre Eures Besuches, Mylord? Ich hatte ja gar nicht damit gerechnet.«

Auf eine knappe Handbewegung von Weston hin verstummte der Anwalt eingeschüchtert. Mit leisem Unbehagen sah er seinen Gast fragend an. Weston goss sich ein Glas Brandy ein.

»Mr. Leland, ich sah eben zwei Männer Ihr Haus verlassen. Wer sind sie und was wollten sie hier?«, fragte er kühl.

»Oh, das war Mr. Kenneth Phorbes, Mylord, und ein … äh … ein Freund, nehme ich an.«

»Kenneth Phorbes«, sagte Weston leise und zog langsam eine Augenbraue hoch. »Weiter!«

»Er ist ein Gläubiger von Mr. Avondale und kam zu mir, als er gestern von dessen Tod erfuhr«, erklärte Leland rasch. »Er fragte mich nach einer Möglichkeit, wie er die Summe zurückbekommen könne. Ich habe ihm also erklärt, dass keine Aussicht auf eine Zurückzahlung der Schulden mehr besteht und sowieso noch Schulden offen seien und dass Miss Avondale ...«

»Was wusste er über Miss Avondale?«, unterbrach Weston scharf.

»Nun, ich erklärte auf seine Nachfrage, dass auch die Tochter von Mr. Avondale nicht in der Lage wäre, dessen Schulden zurückzuzahlen. Dass sie vielmehr schon alles, was sie hatte, hergeben musste ... und ... äh ...«

Der Anwalt kam ins Stottern, als er daran dachte, wie viel er von der Abmachung zwischen Miss Avondale und Lord Weston ausgeplaudert hatte. Weston sah ihn durchdringend an.

»Und Sie haben mich im Zusammenhang mit der Angelegenheit erwähnt, nicht wahr, Leland«, sagte er leise.

Der Anwalt zögerte kurz und schüttelte schnell den Kopf. Dann nickte er ergeben.

»Ich erwähnte, dass Miss Avondale heiraten wird. Aber ich habe Euren Namen nicht genannt«, sagte er.

»Nun, sie ist aber noch nicht meine Frau«, zischte Weston. »Und wie es im Augenblick aussieht, denkt sie nicht im Traum daran, es zu werden, denn sie ist nicht hier.«

Weston funkelte den Anwalt wütend an.

»Und wenn sie nicht hier ist, kann ich sie auch nicht dazu zwingen, mich zu heiraten.«

»Aber das Dokument, Mylord. Sie hat es unterzeichnet«, flüsterte der Anwalt.

»Nur um mir gleich darauf zu entkommen«, brüllte Weston. »Was nützt mir die Unterschrift, wenn ich die Frau nicht habe? Seit Monaten versuche ich herauszufinden, wo sie sich versteckt und wer ihr hilft. Und Sie haben nichts Besseres zu tun, als dem Erstbesten, der hier hereinkommt, die ganze Geschichte brühwarm zu erzählen! Sie sind ein Idiot, Leland!«

Aufgebracht ging der Lord mit großen Schritten durch das Zimmer. Inzwischen völlig eingeschüchtert, saß der Anwalt still auf seinem Stuhl und wartete, was als Nächstes passieren würde. Plötzlich blieb Weston vor seinem Stuhl stehen und beugte sich zu ihm. Die Hände auf die Armlehnen gestützt, sah er dem Anwalt direkt in die Augen.

»Leland, ohne mich und mein Geld sind Sie nichts«, sagte er leise. »Und wenn ich Sie nicht sofort wegen Ihrer offensichtlichen Unfähigkeit fallen lasse, dann hat das nur einen Grund.« Ein spöttisches Lächeln umspielte seine dünnen Lippen. »Dieser nette kleine Zwischenfall hat mir nämlich verraten, wo sich meine entlaufene Zukünftige befindet.«

»Bei Mr. Phorbes?«, fragte Leland schüchtern.

»Bei Mr. Phorbes«, bestätigte Weston. »Bei Mr. Kenneth Phorbes, alias Nicholas Tremayn, Earl von Chambury.«

Überrascht riss der Anwalt die Augen auf.

»Der Earl von Chambury?«, fragte er ungläubig. »Aber wie sollte Miss Avondale ausgerechnet ihn kennen gelernt haben?«

»Das ist mir allerdings auch ein Rätsel«, sagte Weston trocken. »Der Earl war bis vor wenigen Wochen gar nicht in England. Wahrscheinlich kannte sie seinen Onkel, Sir James Tremayn.«

»Oh ja, jetzt erinnere ich mich, diesen Namen in den Geschäftsunterlagen von Mr. Avondale gesehen zu haben«, sagte Leland, eifrig bemüht, Weston zu gefallen.

»Na bitte«, sagte Weston siegessicher. »Miss Avondale wird von dieser Geschäftsverbindung gewusst haben, und klug, wie sie ist, hat sie dort den einzigen Zufluchtsort gefunden, an dem ich sie nicht aufspüren konnte. Bis jetzt.«

»Aber warum versteckt sich Miss Avondale denn?«, fragte der Anwalt. »Sie hat das Eheversprechen doch unterzeichnet und wird es früher oder später einhalten müssen.«

Weston winkte mürrisch ab.

»Weil sie noch immer glaubt, sich loskaufen zu können. Ihre Unterschrift unter diesem Dokument ist ihre Gegenleistung dafür, dass ich alle Schulden ihres Vaters auf einmal übernommen habe. Aber wenn es ihr gelingt, diese Schulden innerhalb eines Jahres zu bezahlen, ist das Eheversprechen als Gegenleistung hinfällig. Daher hat sie auch darauf bestanden, die Hochzeit zu verschieben, bis eine angemessene Trauerzeit verstrichen ist. Natürlich hätte ich sie längst geheiratet, wenn sie mir nicht entkommen wäre.«

Westons Augen glitzerten böse. »Wahrscheinlich hat sie das geahnt und ist deshalb geflohen. Aber diese Summe wird sie niemals aufbringen können, und sobald das Trauerjahr vorbei ist, habe ich das Recht, die Einhaltung des Versprechens von ihr zu fordern.«

»Und wenn ihr der Earl von Chambury hilft?«

Weston sah den Anwalt eine Weile nachdenklich an. »Finanziell gesehen ist Chambury einer der wenigen Männer, die dazu in der Lage wären. Aber ich nehme an, dass er noch gar nicht weiß, was wirklich passiert ist. Sonst wäre er heute nicht inkognito hier aufgetaucht. Da er allerdings ein Gentleman par excellence ist und wir einander nicht gerade freundschaftlich gesonnen sind, besteht durchaus die Möglichkeit, dass er Miss Avondale das Geld geben wird, sobald er über ihre Lage informiert ist. Und dazu haben Sie heute ja bereitwillig beigetragen.«

Unter Westons stechendem Blick senkte der Anwalt den Kopf.

»Sicher ist das natürlich nicht, aber ich werde nicht abwarten, bis es so weit ist. Da ich jetzt weiß, wo sich meine schöne Braut aufhält, kann ich sie mir ja zurückholen. Und dann wird nicht einmal Chambury sie wiedersehen, bevor sie nicht Lady Weston ist!«

VII

Auf ihrem Ritt nach Braighton Hall unterhielten sich Nicholas und Daniel weiterhin darüber, wie Cathryn aus der Reserve zu locken sei.

»Ich finde, dass du mittlerweile genug Geduld mit ihr gehabt hast, Nic. Am besten wäre es, wenn du gleich nachher zu ihr gehst und ihr sagst, dass du alles weißt und ihr helfen willst. Was soll schon passieren? Sie liegt im Bett, und sobald sie sich rührt, kannst du dich auf sie werfen und sie dort festhalten. Immerhin wird sie dir dann wenigstens zuhören.« Durban lächelte süffisant. »Du solltest eigentlich wissen, dass Frauen oft dazu neigen, eine Angelegenheit zu verkomplizieren. Vielleicht erinnerst du dich an deine letzte Geliebte?«

Daniel spielte auf Nancy Stafford an, eine schöne, junge Witwe, die es sich durchaus in den Kopf gesetzt hatte, Nicholas zu heiraten. Nicholas hatte eine ausgedehnte Reise auf den Kontinent vorgezogen, nicht ohne sich vorher von Lady Stafford zu trennen.

»Mit dem Unterschied, dass Nancy mein Leben verkompliziert hat, während Cathryn ihr Leben verkompliziert, um mir mein Leben nicht schwer zu machen«, widerlegte Nicholas und grinste dann breit.

»Außerdem glaube ich nicht, dass ich mich auf sie werfen kann und danach noch weiß, was ich sie eigentlich fragen wollte.«

»Diese Frau scheint ja eine wahre Freude der Sinne zu sein«, entgegnete Durban trocken. »Trotzdem glaube ich, dass Ehrlichkeit am ehesten dazu beiträgt, das Vertrauen einer Frau wie Cathryn zu gewinnen. Vor allem, wenn du sie wirklich zur Lady Chambury machen willst.«

»Das klingt ja ganz so, als ob du sie schon recht gut kennen würdest«, stichelte Nicholas.

»Ich denke, nach zwei Tagen mit dir ohne ein anderes Gesprächsthema tue ich das auch, oder?« Durban sah seinen Freund an. »Ich hätte nie gedacht, dass du so ausdauernd in der Hervorhebung der Vorzüge einer Frau sein kannst.«

»Warte, bis du sie kennen lernst, Daniel«, entgegnete Nicholas versonnen.

»Ich bin in der Tat neugierig. Aber bis dahin behalte ich mir vor, zu hoffen, dass du mir nicht eines Tages ebenso ausdauernd von ihren Fehlern erzählst, alter Freund.«

Sie spornten ihre Pferde an und erreichten am Abend Braighton Hall. In der Eingangshalle wurden sie von Bennings empfangen.

»Wie gut, dass Ihr zurück seid, Mylord«, begrüßte der Butler Nicholas und verbeugte sich auch vor Daniel. »Mylord Durban.«

»Wieso, ist etwas mit Miss Avondale? Es geht ihr doch gut, Bennings?«, fragte Nicholas schnell.

»Miss Avondales Befinden ist den Umständen entsprechend ausgezeichnet. Nur das Handgelenk bereitet ihr noch Beschwerden«, beruhigte ihn der Butler. »Aber Miss Avondale ist auch nicht der Grund meiner Beunruhigung. Es ist Besuch für Euch eingetroffen, Mylord, eine Dame. Sie wartet bereits seit heute Mittag im Salon, obwohl ich ihr mitgeteilt habe, dass Ihr nicht sicher für den Abend zurückerwartet werdet.«

»Um wen handelt es sich?«, fragte Nicholas erstaunt.

»Um Lady Stafford, Mylord.«

»Wenn man vom Teufel spricht«, murmelte Durban kaum hörbar und erstickte seine Belustigung in einem Hüsteln. Nicholas warf ihm einen schnellen Blick zu.

»Dann auf in den Salon«, sagte er ergeben. »Ich erwarte dich dicht hinter mir, mein Freund.«

Als die beiden Männer den Salon betraten, bot sich ihnen ein seltsamer Anblick. Eine schöne Frau mit silberblonden Löckchen, die sich in einer raffinierten Frisur um ihr apartes und nach der neuesten Mode geschminktes Gesicht ringelten, hatte sich dekorativ mit einem Glas Champagner in der Hand und weit geöffnetem Mieder auf einem der Sofas vor dem Kamin drapiert. Mit aufgerissenen, veilchenblauen Augen und angefeuchteten Lippen sah sie Nicholas entgegen. Ihr üppiger Busen drohte aus dem Dekolleté ihres Kleides zu quellen, was in einer intimeren Atmosphäre auf viele Männer sehr aufreizend gewirkt hätte. Aber Nicholas betrachtete die halb nackte Schönheit in seinem Salon ungerührt.

»Wie ich sehe, fühlt Ihr Euch hier ganz wie zu Hause, Lady Stafford«, bemerkte er spöttisch.

»Nicholas …«, hauchte Nancy Stafford ihm verführerisch entgegen. Im selben Augenblick trat Daniel hinter seinem Freund hervor und betrachtete Lady Stafford interessiert.

»Durban!«, rief sie erschrocken aus und versuchte, mit der freien Hand ihre Blöße zu bedecken. »Was zum Teufel …?«

»Wie es scheint, kannst du dich zurzeit gar nicht vor verführerischen Frauen retten, mein lieber Nic«, sagte Daniel. »Nur schade, dass sie so ausfallend werden.«

»Es hat Euch niemand nach Eurer Meinung gefragt, Durban«, zischte Lady Stafford ihn wütend an, als sie die Sprache wieder gefunden hatte. »Ich bin hierher gekommen, um Nicholas zu sehen und nicht um Euch über den Weg zu laufen.«

Dabei stand sie auf und schloss hastig ihr Mieder.

»Nun, man kann nicht gerade behaupten, dass Ihr gelaufen seid, Mylady. Vielmehr habt Ihr halb gelegen, was Euch überdies außerordentlich gut steht«, stichelte Durban.

Mit einem wütenden Aufschrei wandte sich Lady Stafford wieder Nicholas zu.

»Ich komme hierher, um dich über deinen schrecklichen Verlust zu trösten, und ich muss mir Frechheiten von diesem … diesem Frauenhelden anhören«, ereiferte sie sich.

»Das wäre vielleicht zu vermeiden gewesen, wenn Ihr Euren Besuch vorher angekündigt hättet und Eure Kleidung sich in einem anderen Zustand befunden hätte, Mylady«, erwiderte Nicholas betont höflich.

»Diese Offenherzigkeit ziemt sich nun wirklich nicht für einen Kondolenzbesuch«, konnte sich Daniel nicht verkneifen.

Aber Lady Stafford schenkte ihm keine Beachtung. Vielmehr hatte sie ihren Blick auf Nicholas geheftet.

»Nicholas, der Gedanke, dass du in dieser schweren Zeit einsam und allein sein würdest, hat mir fast das Herz gebrochen«, sagte sie. »Sobald ich davon erfuhr, dass du zurückgekehrt bist, wusste ich, dass ich hierher kommen musste.«

»Ich danke Ihnen für Ihren Besuch, Mylady«, antwortete Nicholas gelassen. »Ich meine mich aber zu entsinnen, dass ich unsere ... hm ... intimere Freundschaft für abgeschlossen erklärt habe, bevor ich England verließ. Und das unmissverständlich.«

Nancy warf einen pikierten Blick auf Daniel, der, lässig an den Kamin gelehnt, die Szene beobachtete.

»Aber selbstverständlich, Mylord«, erwiderte sie zuckersüß. »Ich habe Euch durchaus verstanden.«

»Darüber bin ich höchst erfreut, Lady Stafford. Als ich Euch eben hier sah, hatte ich für einen Moment daran gezweifelt«, sagte Nicholas trocken. »Natürlich könnt Ihr die Nacht auf Braighton Hall verbringen, ich werde sofort Anweisungen geben, dass ein separates Zimmer für Euch hergerichtet wird. Morgen könnt Ihr dann Euren Beileidsbesuch beenden, Mylady. Ihr entschuldigt mich.«

Nicholas verließ den Salon, um Bennings die notwendigen Anweisungen für den zusätzlichen Gast zu geben.

Verständnislos sah Lady Stafford ihm nach. Sie hatte damit gerechnet, dass es weit einfacher sein würde, zurück in das Bett von Nicholas Tremayn zu kommen, der von Trauer geplagt nach einer langen Reise sicher wieder eine erstklassige englische Geliebte zu schätzen wüsste. Missmutig musste sie sich eingestehen, dass sie sich getäuscht hatte. Seine Entscheidung war gefallen, und ihre Karten, Lady Chambury zu werden, standen schlechter denn je.

Plötzlich wurde sie sich bewusst, dass Lord Durban noch immer anwesend war. Schlimm genug, dass er Zeuge ihres peinlichen Auftrittes geworden war, aber er sollte sich jetzt nicht noch länger an ihrer Niederlage weiden. Mit einem aufgesetzten Lächeln wandte sie sich ihm zu.

»Und wie kommt es, Mylord Durban, dass Ihr Euch hier aufhaltet?«, fragte sie säuerlich. »Ich nehme an, dass auch Ihr Nicholas in diesen schweren Stunden beistehen wolltet.«

Durban sah sie einen Moment schweigend an. Nancys Gefühle hatten sich nur allzu deutlich auf ihrem Gesicht widergespiegelt.

»So einsam, wie Ihr annehmt, Lady Stafford, ist Nicholas zurzeit gar nicht«, sagte er lachend. »Im Gegenteil. Wie ich gehört habe, befindet er sich in äußerst charmanter Gesellschaft, wovon wir beide uns wohl morgen überzeugen können.«

Er war tatsächlich äußerst gespannt, was der nächste Tag bringen würde.

Cathryn saß ungeduldig vor ihrem Toilettenspiegel und sah zu, wie Mary ihr dichtes Haar bürstete. Als die Zofe sie heute Morgen geweckt hatte, war sie gleich mit der Neuigkeit herausgeplatzt, dass der Earl wieder zurückgekommen war. Cathryn hatte daraufhin beschlossen, zum Frühstück aufzustehen.

Vorher hatte sie ein Bad genommen, und ihr frisch gewaschenes Haar knisterte leicht, als Mary es zu einem schlichten, lockeren Knoten aufsteckte. Obwohl sie es sich nur zögernd eingestand, war Cathryn von ungeduldiger Erwartung erfüllt, den Earl wiederzusehen.

»Hat er irgendetwas darüber gesagt, wo er gewesen ist?«, fragte sie neugierig.

»Kein Sterbenswörtchen, Madame«, antwortete Mary. »Aber gestern Abend hatte er sowieso keine Zeit mehr, etwas mitzuteilen. Diese Frau hat ihn ganz und gar in Anspruch genommen.«

»Welche Frau?« Cathryn zog erstaunt die Augenbrauen hoch.

»Lady Stafford, Madame. Sie ist gestern Mittag eingetroffen und hat den ganzen Nachmittag auf Mylord gewartet.« Mary runzelte missbilligend die Stirn. »Und dabei hat Bennings ihr doch ganz deutlich zu verstehen gegeben, dass Mylord gar nicht mit Sicherheit zurückerwartet wird. Aber sie hat sich gleich im Salon eingenistet, als ob er ihr gehören würde, und sich Konfekt und Champagner bringen lassen.«

»Aber woher kennt sie den Earl denn?«

»Wenn Ihr mich fragt, Madame«, sagte Mary leise und beugte sich vertraulich vor, »ist Lady Stafford die Geliebte von Mylord.«

Mit aufgerissenen Augen starrte Cathryn in den Spiegel, während sich ihre Hände ineinander krampften.

Seine Geliebte! Wie hatte sie nur so dumm sein können? Natürlich hatte ein Mann wie der Earl von Chambury eine Geliebte. Wahrscheinlich hatte er sogar Dutzende. Die Tatsache, dass er nicht verheiratet war, musste ja nicht gleich bedeuten, dass es keine Frau in seinem Leben gab.

»War sie denn schon einmal hier?«, fragte sie tonlos.

»Nein, von uns hatte sie noch niemand gesehen. Aber man muss nur einen Blick auf sie werfen, um zu wissen, zu welcher Sorte Frau sie gehört.« Mary setzte eine wichtige Miene auf. »Ich habe noch nie jemanden gesehen, der sein Haar in so vielen einzelnen Löckchen trägt oder ein Lippenrot von so ausgefallener Farbe benutzt.«

Jetzt musste Cathryn unwillkürlich über die Naivität ihrer Zofe lächeln. »Aber Mary, du bist doch auch noch nie weit von Braighton Hall weggekommen. Ich habe in London viele Frauen gesehen, auf die deine Beschreibung passt, als ich mit meinem Vater einmal dort war. Und das waren bestimmt zum größten Teil sehr ehrenhafte Damen.«

»Lady Stafford mag ja auch als ehrenhafte Dame gelten, im Allgemeinen«, gab Mary schnippisch zurück. »Aber so, wie sie sich gestern dem Earl an den Hals geworfen hat, hat sie in meinen Augen zumindest nicht besonders viel Stolz. Oder Ehre.«

Bei der Vorstellung, wie diese Szene wohl abgelaufen war, wurde Cathryn wieder ernst. Sie wunderte sich über den Anflug von Eifersucht, den sie verspürte. Immerhin hatte sie keinerlei Ansprüche auf den Earl von Chambury. Und wenn er sich entschloss, sich einer anderen Frau zuzuwenden, musste sie eben damit fertig werden.

Cathryn biss sich auf die Lippe. Gerade hatte sie angefangen zu hoffen, dass der Earl sie vielleicht mögen würde. Zumindest hatte sie angefangen, ihm zu vertrauen. Und sie wollte ihm ihre Geschichte erzählen und ihn um Hilfe bitten. Mutlos sah sie auf und begegnete dem Blick ihrer tränenglänzenden Augen im Spiegel. Aber dann zeigte sich ein entschlossener Zug um ihren Mund. Sie musste sich zusammenreißen! Zuerst würde sie sich diese Lady Stafford einmal anschauen, dann konnte sie immer noch entscheiden, was sie als Nächstes tun würde.

Da sie sich durch ihr Bad verspätet hatte, traf Cathryn niemanden mehr im Esszimmer an. Nachdem sie sich vergewissert hatte, dass auch der sehr auf Etikette bedachte Butler Bennings nirgendwo zu sehen war, nahm sie sich zwanglos eine Scheibe Toast und einen Apfel vom Buffet und ging mit ihrem Frühstück ans Fenster. Der Tag versprach herrlich zu werden, und das leuchtende Blau des Himmels hob Cathryns trübe Laune.

Gerade biss sie in ihren Apfel, als sie zwei Gestalten um ein herrlich angelegtes Rondell aus blühenden Büschen schlendern sah. Sofort erkannte sie den Earl und ihr Herz begann schneller zu schlagen. Die

Person neben ihm war eine schöne Frau, die so modisch und apart gekleidet war, wie es Cathryn noch nie gesehen hatte. Sie selbst war ja lediglich in ihrem einen, ziemlich ramponierten Kleid auf Braighton Hall angekommen, und nur der Freundlichkeit von Sir James verdankte sie die schlichten, aber erstklassig geschneiderten Kleider, die sie inzwischen besaß.

Das Kleid der Frau, in der Cathryn sofort die angekündigte Lady Stafford vermutete, war eine Woge aus Seidenrüschen, farbenfrohen Bändern und fein ziselierter Spitze. Tatsächlich wirkte das Kleid schon fast etwas überladen, und als die beiden Personen näher kamen, überlegte Cathryn, ob es überhaupt eine Naht an diesem Kleid gab, die nicht mit einem Besatz versehen war. Abgerundet hatte Lady Stafford ihre Erscheinung mit einem breit geschwungenen Strohhut, unter dem ihre Löckchen zu einer aufwändigen Frisur aufgesteckt waren, die eigentlich betont nachlässig wirken sollte. Cathryn überlegte, wie viele Nadeln diese Lockenpracht wohl in ihrer auffallenden, aber unnatürlichen Stellung hielten. Ihr eigenes Haar war lediglich mit einem Band hochgebunden, aus dem sich die eine oder andere Locke schon wieder befreit hatte und sich lose um ihren anmutigen Hals ringelte.

Cathryn war so versunken in den Anblick der Frau, dass sie nicht bemerkte, wie jemand neben sie ans Fenster trat und sie neugierig von der Seite musterte.

Lord Durban betrachtete interessiert das Profil der jungen Frau. Auf dem Weg in den Garten war er an der Tür zum Esszimmer vorbeigekommen und hatte die Gestalt am Fenster bemerkt. Die Schlussfolgerung lag nahe, dass es sich um die Frau handelte, die den Earl von Chambury bezaubert hatte.

Neugierig war er näher getreten, aber sie schien ihn nicht zu bemerken. Offensichtlich war sie von einem Vorgang im Garten gefesselt, und er nutzte ihre Versunkenheit, um sie eingehend zu betrachten. Daniel hatte zwar erwartet, dass sie besonders schön sein würde, aber dennoch war er überrascht, als er das klare, harmonische Gesicht betrachtete und die hoch gewachsene, schlanke Gestalt, die in ein einfaches, aquamarinfarbenes Kleid gehüllt war, das die Perfektion ihres Körpers zur Geltung brachte. Diese Frau würde jeden Mann verzaubern, und wenn er nicht gewusst hätte, wie sehr der Earl ihr zugetan war, hätte er selbst nichts unversucht gelassen, um sie zu erobern. Ihr rechtes Handgelenk war bandagiert, und in der anderen Hand hielt sie einen angebissenen Apfel, den sie jetzt wieder an den Mund hob, um erneut davon zu essen.

»Wie es aussieht, hat sich Lady Stafford heute wieder ganz besonders viel Mühe mit ihrer Toilette gegeben«, bemerkte Durban beiläufig. »Sie hat sich wohl aller Accessoires bedient, die sie besitzt.«

Erschrocken fuhr Cathryn zu dem Mann herum, der plötzlich neben ihr gesprochen hatte, und starrte überrascht in die blauesten Augen, die sie je gesehen hatte. Nach einem Moment erst fing sie sich wieder und begann dann verlegen, das Stück Apfel in ihrem Mund so schnell wie möglich hinunterzuschlucken, während eine leichte Röte ihre Wangen überzog. Entzückt darüber, dass ihre Verlegenheit sie noch anziehender machte, sah Durban ihr in aller Seelenruhe zu, bis sie schließlich ihren Mund geleert hatte und ihn mit ihrem meergrünen Blick unsicher ansah.

»Gestattet, dass ich mich vorstelle, Madame«, half Durban ihr weiter. »Daniel Durban, der beste Freund und ständige Reisebegleiter von Eurem Gastgeber, dem Earl von Chambury.«

Dabei ergriff er mit allergrößter Behutsamkeit ihre bandagierte Rechte und küsste vorsichtig ihre Fingerspitzen.

»Ihr müsst Miss Cathryn Avondale sein, Madame«, fuhr er fort. »Ich habe schon viel von Euch gehört.«

»Richtig«, sagte Cathryn langsam und betrachtete den Fremden argwöhnisch. Was hatte er schon von ihr gehört? War er die letzten beiden Tage mit Nicholas unterwegs gewesen?

Überrascht über ihre knappe Antwort, in der nichts von der Koketterie mitschwang, die ihm üblicherweise von Frauen entgegenschlug, sah Durban die junge Frau an. Sie schien nicht schlicht und ergreifend von ihm hingerissen zu sein. Ganz im Gegenteil, sie betrachtete ihn, als ob er eine Gefahr für sie darstellen würde. Als er wieder daran dachte, welches Geheimnis sie hütete, kam ihm der Gedanke, dass sie wahrscheinlich jeden Fremden, der plötzlich in ihrem Versteck auftauchte, mit Misstrauen betrachten würde. Daher setzte er sein charmantestes Lächeln auf.

»Nicholas hat mir erzählt, wie glücklich er sich schätzt, einen so angenehmen und schönen Gast wie

Euch beherbergen zu dürfen. Und ich muss sagen, seine Beschreibungen waren noch untertrieben.«

Cathryn sah ihn kurz an und zog eine Augenbraue kaum merklich hoch. Der Fremde log, dessen war sie sich sicher. Aber er hatte nichts mit Weston zu tun. Er war lediglich darauf bedacht, mit ihr Konversation zu machen, nachdem er nun mal zufällig über sie gestolpert war, ohne dass der Gastgeber sie einander vorstellte. Nicholas machte sich nichts aus ihr, das konnte man doch deutlich sehen, wenn man den beiden Personen im Garten zusah. Vertraulich legte Lady Stafford ihre Hand auf Nicholas' Arm und lächelte ihn schmachtend unter ihrem Strohhut hervor an. Als sie diese Szene beobachtete, bildete sich unwillkürlich eine kleine, missbilligende Falte auf Cathryns Stirn.

»Ihr müsst Euch täuschen, Mylord«, sagte sie kühl. »Nicht ich bin es, die der Earl von Chambury für schön hält.«

Daniel hatte sie amüsiert beobachtet. In ihrer Mimik hatte er lesen können wie in einem offenen Buch. Er erkannte, wie unglücklich sie über die Vertraulichkeit zwischen Lady Stafford und dem Earl war. Und ehe er weiter darüber nachdenken konnte, entschlüpfte ihm die offensichtliche Frage: »Seid Ihr in Nicholas verliebt?«

Überrascht fuhr Cathryn wieder zu ihm herum. In seiner Stimme hatte ein ehrlich interessierter Ton mitgeschwungen und diese Aufrichtigkeit fand sie jetzt auch in seinem Blick. Aber die Dreistigkeit seiner Frage nahm ihr den Atem.

Und noch viel weniger wusste sie, was sie antworten würde. Sie fühlte sich stark von Nicholas angezogen, und jedes Mal, wenn er in ihrer Nähe war, wünschte sie sich, ihn zu berühren. Dies war der erste Ort seit langem, an dem sie sich wieder wirklich geborgen gefühlt hatte. Aber der Earl war bereits mit einer anderen Frau liiert, was machte es da aus, was sie für ihn empfand?

»Meine Gefühle gehen Euch nichts an«, wies sie Durban schließlich barsch zurecht. »Wenn Ihr mich entschuldigen wollt.«

Mit schnellen Schritten verließ sie den Salon. Gedankenverloren sah Daniel ihr nach. Der abrupte Ton ihrer Antwort täuschte ihn nicht. Er hatte das kurze Zögern bemerkt und daraus die wahre Antwort auf seine Frage geschlossen.

VIII

»Daniel, was stehst du hier ganz allein im Esszimmer herum?«, fragte Nicholas erstaunt, als er seinen Freund endlich fand. »Ich suche dich überall, du musst mir Nancy für eine Weile vom Hals halten. Wirklich, dieses Mal hat sie sich wohl entschlossen, mich durch unbeugsame Hartnäckigkeit einzufangen.« Erschöpft ließ er sich auf einen Stuhl fallen. »Wenn sie sich nicht einmal eben die Nase pudern müsste, wäre ich sie nie losgeworden. Dabei will ich mich unbedingt nach Cathryn erkundigen. Ich habe sie heute Vormittag noch nicht gesehen.«

»Die Geister, die man ruft ...«, zitierte Durban theatralisch. »Und die Mätressen wird man manchmal noch schwerer los. Übrigens brauchst du dir um deine süße Cathryn keine Sorgen zu machen, es geht ihr fantastisch. Sie war gerade hier.«

»Du hast sie kennen gelernt?«

»Sagen wir, ich bin ihr zufällig begegnet, als sie am Fenster frühstückte und dabei deinem Flirt mit Lady Stafford zugesehen hat.«

»Ich hatte keinen Flirt mit Nancy«, wehrte Nicholas erbost ab. Dann wurde er etwas kleinlauter. »Cathryn hat uns beobachtet?«

»Lese ich da etwa so etwas wie Zerknirschung in deinem Blick?« Durban musterte Nicholas übertrieben kritisch. »Natürlich, du hast nur einen harmlosen kleinen Spaziergang mit Lady Stafford gemacht«, wehrte er dann ab, als der Earl ihm ins Wort fallen wollte. »Trotzdem glaube ich kaum, dass das deiner kleinen Schönheit gefallen hat.«

Nicholas grinste breit.

»Du findest sie schön?«

»Ich zähle sie zu den atemberaubendsten Frauen, die ich je gesehen habe. Und wenn ich nicht genau wüsste, wie sehr du ...«

»Unterstehe dich«, brauste Nicholas lachend auf. »Sonst werde ich dir zeigen müssen, wo deine Grenzen sind!«

»Darüber brauchst du dir keine Gedanken zu machen, mein lieber Nic. Sie scheint für meinen Charme nicht besonders empfänglich zu sein.«

»Sollte der berüchtigte Lord Durban da eine ganz neue Erfahrung gemacht haben?«, spöttelte Nicholas amüsiert.

»In der Tat. Aber da ich niemals ernste Absichten in Bezug auf die Frau hegen würde, die mein bester Freund schon als die Seine auserkoren hat, braucht mich dieser Umstand nicht weiter zu beunruhigen«, erwiderte Durban. »Allerdings glaube ich nicht, dass dir irgendwelche älteren Rechte weiterhelfen, wenn diese junge Dame andere Pläne haben sollte als du.«

»Ah, du hast schon Bekanntschaft mit ihrem Dickkopf gemacht?«, fragte der Earl.

»Sagen wir, ich kann ihn erahnen.«

Nicholas beobachtete seinen Freund neugierig.

»Soll ich aus deiner strengen Miene ersehen, dass ich mir deiner Meinung nach zu sicher bin, was Cathryn betrifft?«, fragte er.

Durban nickte langsam.

»Ich will damit nicht sagen, dass sie nicht auf bestem Wege wäre, sich in dich zu verlieben, Nic«, sagte er dann grinsend. »Wenn sie das nicht schon getan hat. Aber du solltest nicht vergessen, mit welchen Problemen sie gerade zu kämpfen hat. Außerdem ist diese Frau außergewöhnlich stolz.«

»Das ist sie allerdings. Aber nach den Regeln einer hohen Moral«, warf Nicholas ein.

Durban grinste über die impulsive Verteidigung seines Freundes.

»Wenn sie das Gefühl hat, dass du sie nur bemitleidest und sie nicht um ihrer selbst willen liebst, könntest du auf gehörigen Widerstand stoßen«, fasste er trocken zusammen. »Sie würde es nie zulassen, dass du sie aus Mitgefühl heiratest. Und sie wird sich nicht durch dein hübsches Gesicht und deine leidenschaftlichen Küsse hinreißen lassen. Jedenfalls nicht auf Dauer.«

»Du weißt, dass ich das nie tun würde. Sie nur aus Mitleid zu heiraten, meine ich.« Nicholas schüttelte unwillkürlich den Kopf.

»Natürlich weiß ich das. Aber ich habe ja auch das Vergnügen, dich schon ein ganzes Leben lang zu kennen. Cathryn hingegen kennt dich erst seit kurzer Zeit. Und aus den wenigen Zeichen, die du ihr gibst, wird sie sich ihre eigene Wahrheit basteln.« Durban sah Nicholas eindringlich an. »Nic, seien wir doch mal ehrlich. Cathryn und du, ihr seid euch beide in einem Punkt sehr ähnlich. Du hast ihn eben selbst als hohe Moral bezeichnet.«

»Was willst du damit sagen?«

»Ich will damit sagen, dass ihr nur dann eine glückliche Ehe führen könnt, wenn ihr beide von der wahren Liebe des anderen tief und fest überzeugt seid. Du würdest nie eine Frau heiraten, die vor allem deinen Titel und dein Vermögen will, wie Nancy. Du ahnst, dass Cathryn anders ist, und inzwischen weißt du, dass du sie liebst. Auch wenn dieses Gefühl für dich eine ganz neue Erfahrung sein dürfte.« Daniel grinste belustigt. »Aber Cathryn wird aufgrund ihrer ungewöhnlichen Lage besonders schwer von deiner Aufrichtigkeit zu überzeugen sein.«

»Und was soll ich deiner Meinung nach tun?«

»Was immer du tust, tu es von Herzen. Und lass es deine Auserwählte wissen. Glaub mir, du kannst dabei nicht deutlich genug werden.«

Nicholas stand auf und trat ans Fenster. Er sah hinaus in den Garten, durch den er noch kurz zuvor mit Lady Stafford spaziert war – und dabei war keine Minute verstrichen, in der er sich nicht gewünscht hätte, Cathryn an seiner Seite zu haben.

Aber die Warnung seines Freundes leuchtete ihm ein. Cathryn würde ihn nie mit ihrem persönlichen Schicksal belasten wollen. Er musste ihr klar machen, dass er ihr nicht nur aus Barmherzigkeit helfen wollte, sondern weil sie ihm mehr bedeutete als jede andere Frau bisher. Er, der sich immer gerühmt hatte, seine Gefühle stets unter Kontrolle zu haben und sich zu keinen Dummheiten hinreißen zu lassen, hatte sich Hals über Kopf verliebt. In eine Frau, die an Schönheit und Intelligenz alle übertraf, die er bisher gekannt hatte. Die bereits sinnlich in seinen Armen gelegen hatte, ohne sich sofort an ihn zu klammern, als sei er ihr persönlicher Besitz. Im Gegenteil. Sie entzog sich ihm immer wieder, bewahrte ihre Geheimnisse vor ihm und war selbstbewusst und stolz.

Plötzlich fragte er sich, wie ihre Gefühle für ihn tatsächlich aussahen. Bis auf die kurzen Momente, in denen er sie geküsst hatte, war sie in seiner Gegenwart eher distanziert und höflich. Sie versuchte nicht, mit ihm zu kokettieren oder ihn durch ihre weiblichen Reize zu betören. Und gerade diese Zurückhaltung hatte in ihm ein Feuer des Verlangens entfacht, das er bisher nicht gekannt hatte. Aber was wäre, wenn Cathryn nicht die gleiche Leidenschaft für ihn empfand? Wenn sie sich zu den Küssen nur hatte hinreißen lassen und sie schon längst wieder bereute? Der Gedanke durchfuhr Nicholas mit überraschender Schärfe.

In diesem Moment schwor er sich, dass es ihm gelingen würde, Cathryns unbedingte Liebe zu gewinnen. Denn nichts wünschte er sich mehr, als sie glücklich zu machen und zu beschützen. Besonders vor einer unglücklichen Ehe mit Lord Weston.

Entschlossen drehte er sich um.

»Wo ist sie jetzt, Daniel? Ich muss unbedingt mit ihr sprechen.«

»Du wirst sie schon selbst suchen müssen.« Durban grinste ihn an. »Ich versuche derweil, unsere liebe Nancy abzulenken.«

Cathryn war in die Bibliothek gegangen. Schon von Beginn ihres Besuches auf Braighton Hall an hielt sie sich mit Vorliebe in dem behaglichen, Geborgenheit ausströmenden Raum auf, und auch jetzt hatte sie sich dorthin zurückgezogen, um sich über ihre verwirrten Gefühle klar zu werden.

Das Gespräch mit Lord Durban hatte sie aufgewühlt. Cathryn ahnte, dass der Mann mehr in ihr gelesen hatte, als ihr lieb war. Er war ein faszinierender Mann, und sie verstand gut, warum er ein besonderer Freund des Earl war. Aber gerade deshalb musste sie vor ihm auf der Hut sein.

Andererseits schienen ihre Hoffnungen gerade zu zerbrechen. Der Earl hatte eine schöne, elegante Mätresse, die ihm in London sicherlich die Anerkennung und den Neid vieler Männer einbrachte. Ihr selbst hatte der Earl zwar sehr großzügig seine Gastfreundschaft angeboten, aber was konnte sie sonst noch erwarten? Dass er ihr das Geld für ihre Schulden lieh? Bei diesem Gedanken lachte Cathryn bitter auf. Eine solche Summe verlieh man nicht einfach so.

Sie hatte vorgehabt, die Summe abzuarbeiten. Immerhin war sie gebildet, und da sie ihrem Vater oft heimlich über die Schulter geschaut hatte, war sie in geschäftlichen Dingen nicht unbewandert. Jemand, der viel auf Reisen war, würde eine vertrauenswürdige Person, die sich in seiner Abwesenheit um alles kümmern konnte, sicherlich zu schätzen wissen.

Mit Sir James hätte es dabei auch keinerlei Probleme gegeben. Ihn hatte Cathryn respektiert. Und er hatte sie ebenfalls ins Herz geschlossen. Aber jetzt lagen die Dinge anders. Sie hatte den Fehler gemacht, sich in den einzigen Mann zu verlieben, der ihr helfen konnte. Und eine kurze Zeit hatte sie verzweifelt gehofft, dass auch er sie lieben könnte, und den kurzen Traum einer gemeinsamen Zukunft geträumt. Wie hatte sie nur vergessen können, dass er sein eigenes Leben führte? Dass er auch andere Frauen kannte und eine davon lieben könnte?

Jetzt war diese Frau hier, und Cathryn sagte sich verzweifelt, dass die Qual einer Ehe mit einem verabscheuungswürdigen Mann womöglich leichter zu ertragen wäre, als den Rest ihres Lebens zuzusehen, wie der Mann, den sie liebte, eine andere Frau begehrte. Sie war so tief in ihre Gedanken versunken, dass sie nicht bemerkte, wie die Tür geöffnet wurde.

Der Earl trat ein und blieb stehen. Mit angehaltenem Atem betrachtete er die Frau, die am Fenster stand. Die Sonne schien auf ihr Haar und ließ die vereinzelten goldfarbenen Locken in der braunen Flut funkeln. Ihre schlanke Gestalt wurde vom warmen Sonnenlicht umschmeichelt. Fast hatte er vergessen, wie schön sie war, und er genoss den Moment des Wiedersehens.

»Cathryn?«

Sie fuhr herum.

»Mylord! Ihr seid zurück?«

Lächelnd trat er auf sie zu und küsste ihre Hand.

»Wie Ihr bereits wisst, Madame.«

Cathryn wurde rot.

»Es stimmt. Ich habe Euch bereits gesehen und ich habe auch Lord Durban bereits getroffen«, gab sie zu.

Nicholas betrachtete aufmerksam ihr Gesicht.

»Wie geht es Euch, Cathryn? Ihr seht wunderschön aus.«

Sie wandte den Blick ab und auf ihrer Stirn zeigte sich wieder die kleine, missbilligende Falte. Sogar nachdem seine Mätresse offensichtlich in sein Haus gekommen war, machte er ihr unaufrichtige Komplimente. Konnte er sie nicht wenigstens jetzt mit seinem Charme verschonen?

»Es geht mir ausgezeichnet, Mylord«, erwiderte sie kühl.

Nicholas erkannte ihre Missbilligung und erriet, in welche Richtung ihre Gedanken gegangen waren.

»Wahrscheinlich habt Ihr auch schon Lady Stafford gesehen, die aufmerksamerweise zu einem späten Kondolenzbesuch erschienen ist.«

»Kondolenzbesuch?!« Cathryn zog eine fein geschwungene Braue hoch.

»So hat sie es genannt, Madame«, sagte Nicholas unschuldig.

»Und Ihr scheint Euch an dieser Geschmacklosigkeit nicht besonders zu stören, Mylord.« Cathryn funkelte ihn jetzt wütend an. »Ich war immer der Meinung, dass man sich bei einem Kondolenzbesuch weniger aufdringlich verhält und kleidet.«

»Ich habe auch nicht gesagt, dass ich diese Begründung ihres Besuches anerkenne.«

Nicholas ärgerte sich über sich selbst. Er wollte mit Cathryn nicht über eine andere Frau diskutieren.

Und schon gar nicht über Lady Stafford. Andererseits überraschte ihn die Heftigkeit, mit der sie auf dieses Thema reagierte, und er fragte sich, ob sie eifersüchtig war. Der Gedanke gefiel ihm. Trotzdem beschloss er, das Gespräch wieder auf ein anderes Thema zu lenken. »Wollt Ihr nicht wissen, wo ich gewesen bin?«

»Ihr werdet es mir bestimmt mitteilen, wenn es Euch beliebt«, erwiderte Cathryn knapp und verwünschte gleichzeitig sich selbst und ihre vorlaute Zunge. Mit welchem Recht führte sie sich auf wie eine eifersüchtige Matrone?

»Ich denke, Ihr habt darüber schon Eure eigenen Überlegungen angestellt«, sagte der Earl ruhig.

»Schon möglich«, wich sie ihm aus.

Das neue Thema behagte ihr fast noch weniger als das Gespräch über Lady Stafford. Worauf wollte er dieses Mal hinaus?

Nicholas betrachtete sie skeptisch. Er sah ihren deutlichen Ärger, aber dahinter versteckt erschien sie ihm verletzlich und ängstlich. Wieder einmal versuchte sie, hinter einer abweisenden Fassade ihre tatsächlichen Gefühle zu verbergen. Er beschloss, seine Taktik zu wechseln.

»Cathryn, was ist los? Warum seid Ihr so verstimmt?«, fragte er leise. »Glaubt Ihr mir noch immer nicht, dass ich nur Euer Bestes will? Ich möchte Euch helfen.«

Cathryn blickte verzweifelt auf. Wieder hörte sie diese Aufrichtigkeit aus seiner Stimme, die in ihr den Wunsch wachrief, sich in seine Arme zu schmiegen und seinen Schutz zu suchen.

»Wo seid Ihr gewesen?«, fragte sie ganz leise, die Antwort bereits ahnend.

»Ich war auf dem Besitz Eures Vaters.«

»Zu Hause?« Cathryn wurde blass.

Nicholas konnte förmlich sehen, wie die Gedanken in ihrem Kopf durcheinander wirbelten. Er ergriff ihre Hand.

»Ja. Ich wollte wissen, wo Ihr gelebt habt. Wie Ihr gelebt habt, Cathryn. Ihr habt fast nie über Euch gesprochen, ich wusste so gut wie nichts über Euch. Ich musste einfach herausfinden, was …«

Plötzlich wurde die Tür aufgerissen und eine schrille Stimme ertönte.

»Nicholas, hier hältst du dich also versteckt. Du darfst mich nicht so lange allein lassen, mein Liebster. Überall musste ich dich suchen.«

Nancy Stafford kam in die Bibliothek gerauscht und lächelte den Earl gewinnend an. Dicht hinter ihr trat Lord Durban ein, dem Nicholas einen verzweifelten Blick zuwarf. Aber Daniel zuckte ergeben mit den Schultern. Gegen Lady Staffords neu erwachten Besitzerinstinkt war er nicht gewappnet gewesen.

»Mein Liebster, meinst du nicht auch, dass es Zeit für den Brunch wäre? Unser entzückender Spaziergang hat mich ganz kraftlos gemacht.«

Energisch hakte sie sich bei ihm ein und löste durch diese Bewegung seine Hand von Cathryns. Dabei lächelte sie ihn vielsagend an und schlug die Augen kokett zu ihm auf. Der Earl seufzte gereizt.

»Wenn bei diesem Spaziergang etwas strapaziert wurde, dann war es meine Geduld, meine Liebe«, sagte er, wobei er die letzten Worte übertrieben betonte. »Aber ich möchte Euch jemanden vorstellen, Mylady. Dies ist Miss Cathryn Avondale. Sie ist zurzeit Gast auf Braighton Hall.«

Nancy sah Cathryn zum ersten Mal direkt an und vor Überraschung klappte ihr der Mund auf. Vor dem Earl stand eine wunderschöne, junge Frau, in deren Haar die Sonne golden leuchtete und die ihr aus meergrünen Augen einen unergründlichen Blick zuwarf.

Davon also hatte Durban am Abend vorher gefaselt, als er die »charmante Gesellschaft« erwähnte, in der sich Nicholas zurzeit befand. Nancy hatte sich nicht weiter mit dem Gedanken abgegeben. Wie hätte sie auch ahnen können, dass diese Person so reizvoll sein würde? Als sie Nicholas eben so nahe neben einer anderen Frau stehen sah, hatte sie ihn instinktiv an sich gezogen. Aber jetzt erst sah sie die Gefahr, die diese Frau für sie darstellte. Sie war durchaus imstande, ihr den Titel der Countess streitig zu machen. Kalte Eifersucht stieg Nancy Stafford ins Herz. Diese Frau war ihre Rivalin um die Gunst des Earl von Chambury. Nancys Augen verengten sich, als sie Cathryn Avondale innerlich zu ihrer persönlichen Feindin erklärte.

Cathryns Gedanken gingen in eine ganz andere Richtung. Sie bewunderte die Schönheit der Frau, der es gelungen war, Nicholas' Herz zu erobern. Zwar war Lady Stafford über die Maßen herausgeputzt, aber ihre blauen Augen und die feinen, blonden Brauen, die sich in einem elegant gezupften Bogen darüber schwangen, wurden von dem hellen, englischen Teint wunderbar betont. Cathryn bewunderte Lady Staffords exquisites Gesicht. Doch an ihren Augen erkannte sie, dass diese Frau sie nicht mochte. Wahrscheinlich hielt sie sie für eine Rivalin. Dabei hatte sie doch eben selbst den Earl »Liebster« genannt, während Nicholas sie, Cathryn, lediglich als Gast vorgestellt hatte.

»Mylady«, sagte sie und verbeugte sich übertrieben ehrerbietig.

»Aber Madame, ich bitte Euch«, erwiderte Lady Stafford affektiert und wies Cathryn mit einer arroganten Handbewegung an, sich wieder zu erheben. Auf den Gedanken, in der übertriebenen Ehrbezeugung Cathryns die beabsichtigte Provokation zu sehen, kam sie gar nicht. In ihrer Gegenwart verbeugten sich die meisten Menschen, es sei denn, sie gehörten zur allerfeinsten Gesellschaft.

Aber Durban konnte sich ein spöttisches Grinsen über die geringe Feinfühligkeit von Lady Stafford nicht verkneifen. Kurz trafen Cathryns Augen die seinen, und an seinem Blick konnte sie erkennen, dass er ihr kleines Manöver durchschaut hatte. Rasch senkte sie die Wimpern, denn sie hatte Lady Stafford nicht offensichtlich einem Test unterziehen wollen. Es war einfach eine ihrer spontanen Handlungen gewesen, die sie später oft bereut hatte.

»Wie lange haltet Ihr Euch schon hier auf, Madame?«, fragte Lady Stafford.

»Cathryn war bereits Gast bei meinem Onkel«, antwortete Nicholas an ihrer Stelle.

»Oh, du nennst sie also Cathryn«, bemerkte Lady Stafford spitz.

»Immerhin haben wir uns in den letzten Wochen recht gut kennen gelernt«, erwiderte der Earl doppeldeutig.

Lady Stafford überlegte offensichtlich, wie genau tatsächlich der Earl seinen Gast kennen gelernt hatte. Aber für Cathryn war diese Bemerkung zu viel. Er musste seine Mätresse nicht mit kleinen Eifersüchteleien animieren, wenn sie daneben stand. Und vor allem hatte er kein Recht, sie auf diese Weise in sein Spiel mit hineinzuziehen. Wieder bildete sich die kleine, missbilligende Falte über ihrer Nase, als sie den Earl kurz anfunkelte. Nicholas spürte die Wut in ihrem meergrünen Blick und wusste sofort, dass er zu weit gegangen war.

»Dann gehen wir jetzt zum Brunch ins Speisezimmer, bevor Lady Stafford noch einen Schwächeanfall erleidet«, sagte er beschwichtigend und wollte Cathryns Arm nehmen. Aber sie entzog sich seinem Griff und antwortete gefährlich ruhig:

»Da wir uns so gut kennen gelernt haben, sollten Mylord wissen, dass ich sehr wohl imstande bin, selbst eine Antwort auf eine an mich gerichtete Frage zu geben«, sagte sie giftig. »Mylord müssen sich nicht die Mühe machen, diese Aufgabe für mich zu erledigen. Außerdem wissen Mylord, dass ich noch nie Appetit auf ein zweites Frühstück hatte, und so ist es auch heute.«

Einen Moment herrschte angespannte Stille im Raum. Lady Stafford hielt den Atem an, weil es ihr ungeheuerlich vorkam, dass eine Frau in einem derartigen Ton zu einem Mann sprach, noch dazu zum Earl von Chambury. Auch Lord Durban wartete gespannt auf die Reaktion seines Freundes. Aber der Earl überraschte beide, indem er Cathryn freundlich anlächelte.

»Aber eine Tasse Tee möchtet Ihr vielleicht mit uns einnehmen, Madame?«, fragte er unschuldig. »Ich bitte Euch, schenkt uns Eure Anwesenheit.«

Cathryn, die ihren Temperamentsausbruch schon wieder bereute, war erleichtert, dass Nicholas einlenkte. Daher senkte sie ihren funkelnden Blick und nickte.

Im Esszimmer hatte die Dienerschaft inzwischen einen kleinen Imbiss mit warmen Gerichten zusammengestellt, was Cathryn verwunderte. Seit sie auf Braighton Hall war, hatte es so etwas nie gegeben, weil einfach niemand danach verlangt hatte. Aber Nicholas kannte seine Mätresse und ihre Vorlieben ja wahrscheinlich gut genug, dachte Cathryn verdrossen. Schließlich musste er sie bei Laune halten.

Während sich Lady Stafford ein winziges bisschen von jedem Gericht vorlegen ließ und in kleinen, gezierten Häppchen probierte, nippte Cathryn an ihrem Tee. Lady Stafford plauderte ununterbrochen über die neuesten Ereignisse in der Londoner Gesellschaft und erwähnte die Namen wichtiger und berühmter Persönlichkeiten mit einer betonten Selbstverständlichkeit. Aber Cathryn hörte ihr nicht zu. Nach einer Weile bemerkte sie zu ihrem Erstaunen, dass auch die beiden Männer dem Klatsch von Lady Stafford kaum Beachtung beimaßen und dass der Earl vielmehr sie selbst beobachtete. Sein unergründlicher, dunkler Blick stürzte Cathryn in einige Verwirrung, da sie nicht wusste, weshalb sie sein Interesse auf sich zog. Um sich abzulenken, versuchte sie nun doch, den verwickelten Geschichten von Lady Stafford zuzuhören.

»... der junge Lord Selby hat ihr nun schon seit über einem Jahr den Hof gemacht, aber die junge Miss geruht noch immer nicht, dem armen Mann endlich eine klare Antwort zu geben. Wahrscheinlich will das hochnäsige Weib die Annehmlichkeiten vieler Verehrer nicht gegen die Ehetreue eintauschen.«

Lady Stafford rümpfte die Nase.

»Was man von gewissen anderen Damen nicht gerade behaupten kann«, warf Durban trocken ein. »Die scheinen es geradezu auf die Ehe anzulegen, wobei ich mir mit der Treue danach trotzdem nicht so sicher bin.«

»Lord Durban«, erwiderte Lady Stafford gedehnt und warf ihm einen Blick unter den angriffslustig gesenkten Wimpern hervor zu. »Wenn man den richtigen Partner gefunden hat, ist alles andere doch von minderer Bedeutung. Vielleicht könnt Ihr eines Tages erahnen, wovon ich spreche.«

Damit wandte sie sich mit einem gewinnenden Lächeln Nicholas zu, aber zu ihrer Bestürzung musste sie feststellen, dass der Blick des Earl auf Cathryn Avondale ruhte, die zu ihrer Linken saß. Sie folgte seinem Blick und begegnete einem Paar meergrüner Augen, das sie unverwandt betrachtete. Lady Stafford konnte diesen Blick nicht recht einordnen, aber sie war bereit, die stumme Herausforderung, die sie in ihm las, anzunehmen.

»Mein liebes Kind, Ihr pflichtet mir doch sicherlich bei?«, fragte sie und lächelte falsch.

Cathryn zog bei Lady Staffords Anrede unwillkürlich eine Braue hoch. Nancy mochte zwar etwas älter sein, aber sicher nicht mehr als vier bis fünf Jahre, und sie selbst war schon zweiundzwanzig, also längst über das Alter hinaus, in dem man sie als »Kind« abspeisen konnte.

»Wie sollte ich, Mylady«, erwiderte sie unschuldig. »Kinder kennen sich in solchen Angelegenheiten nicht aus.«

Damit trank sie seelenruhig einen Schluck Tee und sah Lady Stafford wieder direkt an. Aber diese wich nun der Konfrontation aus und widmete sich wieder ihrem Teller.

»Miss Avondale mag zwar das unschuldige Gesicht eines Kindes haben, aber ich vermute, dass sich dahinter weit mehr abspielt, als man ahnt«, sagte Durban beiläufig und schnitt sich ein Stück von seinem Beefsteak ab. Cathryn fuhr herum und funkelte ihn an.

»Und Ihr werdet Euch eines Tages noch an einem Stück Fleisch verbrennen, das viel zu heiß für Euch ist, Mylord«, sagte sie dann übertrieben freundlich und deutete auf seinen Teller. »Ihr müsst einen Moment warten, bis Eure Mahlzeit etwas abgekühlt ist.«

Der Earl brach in schallendes Gelächter aus, während Durban aufmerksam das Muster seiner Damastserviette betrachtete und Lady Stafford verständnislos von einem zum anderen blickte.

»Also ich finde, dass das Beefsteak inzwischen eher zu kalt ist«, klagte sie. »Unmöglich, dass man sich daran die Zunge verbrennen könnte.«

IX

Cathryn saß an ihrem Schreibtisch. Ihre gepackte Reisetasche lag auf ihrem Bett und sie versuchte, sich zu konzentrieren, um einen halbwegs vernünftigen Abschiedsbrief an den Earl zu schreiben. Sie hatte nur zwei der neuen Kleider eingepackt, die Sir James für sie hatte anfertigen lassen, und ihr schlichtes, indigoblaues Reitkostüm trug sie gerade. Sie wollte so wenig wie möglich von den Geschenken mitnehmen, weil sie plötzlich das Gefühl hatte, sie gehörten ihr nicht mehr. Sie würde sich sowieso noch ein Pferd »ausleihen« müssen. Aber vielleicht konnte sie dem Earl diesen Verlust irgendwann ersetzen.

Nach dem Brunch hatte sie wieder starke Kopfschmerzen vorgeschützt und sich zurückgezogen. Sie hatte darum gebeten, nicht gestört zu werden, und als ihre Tasche gepackt war, hatte sie den Earl und Lord Durban von ihrem Fenster aus zu einem Ausritt aufbrechen sehen. Das würde es ihr sehr erleichtern, sich heimlich davonzustehlen. Denn inzwischen war ihr klar geworden, dass sie sich keinen Tag länger auf Braighton Hall aufhalten konnte. Das aufkeimende Vertrauen, das sie dem Earl entgegengebracht hatte, war mit dem Erscheinen von Lady Stafford verschwunden.

Cathryn konnte es sich selbst kaum erklären, aber sie fühlte sich einfach überflüssig auf Braighton Hall. Und dann hatte dieser Lord Durban sich auch noch erdreistet, sie zu fragen, ob sie den Earl liebe! Damit sie sich hinterher alle zusammen über die einfältige Provinzlerin lustig machen konnten, die sich in ein umschwärmtes Mitglied der feinsten Gesellschaft verliebte. Und dabei liebte sie diesen Earl ja nicht einmal. Kein bisschen!

Wütend bemerkte Cathryn, wie ihr eine Träne über die Wange lief. Warum fing sie jetzt an zu weinen? Sie stellte sich an wie ein hilfloses kleines Mädchen. Dabei wusste sie sehr gut, dass sie sich auf sich selbst verlassen konnte. Wenn sie auf Braighton Hall keine Hilfe mehr erwarten konnte, dann würde sie es eben in London versuchen. Das Schiff war ihre letzte Chance, und sie wagte nicht, sich einzugestehen, dass diese Chance eigentlich schon längst nicht mehr bestand. Wieder sah sie auf das weiße Papier vor sich, dann tauchte sie die Feder in die Tinte und schrieb trotzig ein paar kurze Zeilen.

Habt Dank für die Gastfreundschaft. Es tut mir Leid wegen des Pferdes. Ich werde Euch den Verlust hoffentlich eines Tages ersetzen können.

Cathryn

Sie trocknete die Tinte und schrieb schwungvoll Nicholas' Namen und Titel auf das Kuvert. Dann nahm sie entschlossen ihre Tasche, schlich leise auf den Korridor und machte sich auf den Weg zum Stall. Als sie den Hof überquerte, bemerkte sie nicht das Paar veilchenblauer Augen, das ihren Weg gebannt verfolgte. Lady Stafford hatte allein im Salon gesessen und in einem der von ihr mitgebrachten Modejournale geblättert, als sie das Klappen der Eingangstür hörte. Und als sie Cathryn Avondale schließlich mit ihrer Reisetasche davonreiten sah, zeigte sich ein zufriedenes Lächeln auf ihren rot geschminkten Lippen. Besser konnte es gar nicht laufen, dachte sie. Dieses Luder räumte freiwillig das Feld und würde den Earl von Chambury nicht mehr von ihren eigenen außergewöhnlichen Reizen ablenken. Jetzt würde es ein Leichtes sein, Lady Chambury zu werden. Lady Stafford setzte sich wieder in ihren Sessel und erwartete gut gelaunt die Rückkehr des Earl.

Nicholas und Daniel kehrten erst am späten Nachmittag nach einem ausgiebigen Ritt durch die herrliche Landschaft um Braighton Hall zurück. Auch dieses Mal hatten die satten, grünen Hügel die Bedrückung von Nicholas' Herz nehmen können. Er hatte mit Daniel gescherzt und sich wieder so befreit gefühlt wie in den Tagen, in denen er mit seinem Onkel durch die Gegend gestreift war. Als sie auf den Hof von Braighton Hall kamen, stürzte ihnen Bennings aufgeregt entgegen.

»Endlich, Mylord«, rief er. »Ihr seid zurück.«

»Was gibt es denn, Bennings?«, fragte Nicholas lächelnd, da der Butler seine gewohnte Würde anscheinend ganz vergessen hatte. Er stieg vom Pferd und trat dem Butler entgegen.

»Es ist wieder einmal unangemeldeter Besuch eingetroffen«, sagte Bennings und sammelte sich wieder. Würdevoll rückte er seine Krawatte zurecht.

»Seit etwa einer halben Stunde wartet ein gewisser Lord Weston auf Euch. Und, mit Verlaub, er erscheint mir äußerst ungehalten.«

»Weston?«, fragte Nicholas überrascht. Im nächsten Augenblick dachte er an Cathryn. »Bennings, wo ist Miss Avondale?«

»Miss Avondale ist nicht im Haus, Mylord.«

»Was soll das heißen?«

»Das heißt, dass Miss Avondale weder im Haus noch im Park zu finden gewesen ist. Lord Weston hat sich nach ihr erkundigt, aber sie konnte trotz intensiver Suche nicht gefunden werden. Wir haben lediglich festgestellt, dass ein Pferd fehlt. Und da haben wir angenommen, Miss Avondale hätte Euch auf Eurem Ausritt begleitet. Aber wie ich sehe …«

»… ist sie nicht bei uns«, antwortete Daniel, während der Earl schon mit großen Schritten an dem verdutzten Butler vorbei auf das Portal zusteuerte.

Daniel war dicht hinter seinem Freund, als er in den Salon stürmte, wo Lord Weston auf einem der schweren Samtfauteuils Platz genommen hatte und dem Earl mit undurchdringlichem Blick entgegensah. Wenige Meter vor ihm blieb der Earl stehen und erwiderte den Blick seines Besuchers ebenso unverwandt.

»Was wollt Ihr hier?«, fragte Nicholas scharf.

»Ihr werdet mich doch nicht tatsächlich nach dem Grund meines mehr als ungewöhnlichen Erscheinens auf Eurem Landsitz befragen, Chambury«, begann

Lord Weston arrogant, während er die Fingerspitzen seiner Hände langsam vor seinem Körper aneinander legte. »Er dürfte Euch mehr als klar sein.«

Nicholas verschränkte die Arme vor der Brust und versuchte, gegen den ungeheuren Zorn, der in ihm aufstieg, anzukämpfen.

»Ich bitte Euch dennoch, meinem Gedächtnis auf die Sprünge zu helfen«, antwortete er gefährlich ruhig. »Ich war immer der Meinung, mit Euch nicht so eng in Kontakt zu stehen, dass ein Besuch von Euch auf meinem Landsitz gerechtfertigt wäre.«

»Verkauft mich nicht für dumm, Chambury!«, erwiderte Weston schneidend und sprang auf. »Ihr habt etwas, das mir gehört.«

Daniel hielt seinen Freund gerade noch zurück, als der sich auf Weston stürzen wollte.

»Ihr seid allgemein als sehr besitzergreifender Mann bekannt, Lord Weston«, sagte er. »Wie sollte sich Euer ›Besitz‹ also hierher verirren, Mylord?«

»Auf den eigenen Füßen«, zischte Weston. »Ich verlange, dass Cathryn Avondale, meine Braut, mir auf der Stelle übergeben wird.«

»Sie wird ihre Gründe gehabt haben, warum sie Euch fortgelaufen ist, Mylord Weston«, sagte Lord Durban scheinheilig. Nicholas entwand sich seinem Griff und trat auf Weston zu.

»Cathryn Avondale ist freiwillig Gast in diesem Haus, und sie wird hier bleiben, solange sie es wünscht«, sagte er leise, während er sein Gegenüber nicht eine Sekunde aus den Augen ließ. »Sie wird dieses Haus nicht mit Euch verlassen, wenn sie nicht will. Ich werde sie nicht dazu zwingen. Niemals!«

Weston sprang auf. »Sie ist meine Verlobte, Chambury. Und ich habe das Recht, darüber zu bestimmen, wohin sie geht. Und sie kommt mit mir.«

Die beiden Männer standen sich direkt gegenüber und starrten sich an. Weston war überrascht, als er die wilde Entschlossenheit in den schwarzen Augen des Earl sah. Das kleine Luder hatte also auch diesen Mann becirct, um sich Vorteile zu verschaffen. Aber er würde sie schon lehren, was es hieß, einem Mann zu gehorchen und demütig ihm gegenüber zu sein.

»Wo ist sie?«, fragte er scharf.

»Eine gute Frage«, warf Lord Durban ein, da Nicholas noch immer innerlich vor Zorn über die Anwesenheit von Lord Weston raste und den Bericht des Butlers ganz vergessen hatte. »Bennings hat gesagt, sie sei nicht im Haus.«

»Das war eine Lüge«, tobte Weston. »Sie versteckt sich vor mir!«

»Hat sie dazu einen Grund?« Jetzt waren es blaue Augen, die Weston feindselig musterten.

Weston wandte sich wieder dem Earl zu. »Ich verlange, sie zu sehen, auf der Stelle. Ihr habt nicht das Recht, mir meine Braut vorzuenthalten.«

Nicholas schauderte bei dem Gedanken, dass Cathryn die Braut dieses Mannes war. Wenn auch nur die Hälfte der Gerüchte stimmte, die über ihn im Umlauf waren, konnte er nur zu gut verstehen, dass sie vor Weston geflohen war. Er schwor sich, dass er sie vor ihm beschützen würde. Es musste einen Weg geben, die Verlobung zu lösen. Aber zuerst musste er Weston umgehend aus dem Haus schaffen, damit er Cathryn suchen konnte, die sich wahrscheinlich sofort versteckt hatte, als Lord Weston auf Braighton Hall auftauchte.

»Ihr werdet auf der Stelle dieses Haus verlassen. Ohne Cathryn«, sagte er scharf. »Wenn es in meiner Macht liegt, wird sie Euch niemals wiedersehen, und Ihr werdet sie jetzt nicht mitnehmen.«

»Das wäre auch völlig unmöglich.«

Die drei Männer fuhren herum und sahen Lady Stafford, die sich graziös an den Türrahmen lehnte. Allem Anschein nach hatte sie schon einen guten Teil des Gesprächs gehört, und ihre Zufriedenheit über Cathryns Verschwinden war einem leichten Ärger darüber gewichen, dass der Earl sie noch immer so leidenschaftlich verteidigte. Wann würde dieser Mann endlich begreifen, dass er ihr gehörte?

»Was soll das heißen?«, fragte Nicholas verblüfft.

»Das, mein lieber Nicholas, soll heißen, dass Miss Avondale bereits vor Stunden ihre Sachen gepackt und Braighton Hall auf einem deiner besten Pferde verlassen hat«, flötete Nancy.

»Sie ist tatsächlich fort?« Lord Durban konnte sich kaum von seiner Überraschung erholen.

»Wohin ist sie geritten?«, fragte Lord Weston. Nicholas warf Nancy Stafford einen warnenden Blick zu, der sich aber als überflüssig erwies.

»Meine Lords, ich bedaure unendlich, Euch mit dieser Information nicht dienen zu können«, sagte sie und hob die Schultern. In diesem Augenblick bedauerte sie es tatsächlich, denn wenn sie Weston einen Hinweis geben könnte, wäre das Problem mit ihrer Rivalin wahrscheinlich ein für alle Mal aus der Welt geschafft.

»Ich sah sie lediglich auf Livette davonreiten und sie hatte eine Reisetasche bei sich.«

»Und du hast sie so ohne weiteres fortgelassen?«, fragte Nicholas wütend. »Du weißt doch genau, dass sie sich noch nicht vollständig von ihrem Reitunfall erholt hat.«

»Es war ihr freier Wille, mein Lieber«, erwiderte Lady Stafford und schlug unschuldig die Augen auf. »Und was hätte ich auch tun sollen? Mit einer so geübten Reiterin kann ich es leider nicht aufnehmen.«

Mit einem zornigen Ausruf stürmte Nicholas aus dem Salon und kehrte kurz darauf mit Cathryns Botschaft zurück. Ungehalten ging er mit großen Schritten im Salon auf und ab.

»Sie ist wirklich fort, Weston«, sagte er schroff und sah den Lord aus funkelnden Augen an. »Das nimmt Euch den einzigen Grund, noch länger in diesem Haus zu bleiben.« Ein zynisches Lächeln trat auf seine Lippen. »Und ich kann Euch kaum sagen, wie sehr es mich freut, dass sie rechtzeitig davongelaufen ist. Da sie kaum von Eurem Besuch gewusst haben wird, muss ihr Instinkt sie vor ihrem liebenden Bräutigam gewarnt haben.«

»Ich werde sie finden, Chambury«, zischte Weston, der eingesehen hatte, dass er tatsächlich zu spät gekommen war. »Und Ihr werdet sie nur als Lady Weston wiedersehen. Wenn überhaupt.«

Mit diesen Worten verließ Lord Weston den Salon.

Nicholas ließ sich erschöpft in einen Sessel fallen. Er verspürte einen nagenden Schmerz darüber, dass Cathryn auch vor ihm davongelaufen war. Warum hatte sie ihm nicht vertraut? Alles, was er wollte, war, sie zu beschützen. Und bei einem Feind wie Weston brauchte sie seinen Schutz. Warum verstand sie das nicht?

Sein Blick fiel auf Lady Stafford, die sich graziös auf einem Sofa niederließ. Unbeteiligt betrachtete sie ihre polierten Nägel.

»Du hast nicht einmal versucht, Cathryn zurückzuhalten«, sagte er und blickte sie finster an.

Überrascht sah Lady Stafford auf.

»Verdammt, wie konntest du das tun!«, schrie er laut und sprang aus seinem Sessel auf.

»Mein lieber Nicholas«, sagte Lady Stafford gedehnt. »Wie ich schon sagte, es war ihr freier Wille, und ...«

»... und er passte nur zu gut in deine ehrgeizigen Pläne, dich so schnell wie möglich mit dem Titel der Countess von Chambury zu schmücken.« Nicholas stand direkt vor dem Sofa und sah auf Lady Stafford herab. »Ist dir niemals klar geworden, dass diese Pläne schon immer verrückt waren? Ich hatte nie vor, dich zu heiraten. Das habe ich schon am Anfang dieser unglückseligen Affäre mehr als klargestellt.«

»Nicholas, ich ...«, hob Lady Stafford an.

»Und inzwischen ist mir auch völlig bewusst, warum ich dich niemals heiraten würde«, fuhr der Earl ungehalten fort. »Du hast kein Herz! Du hast zugesehen, wie das Mädchen, das du als Rivalin angesehen hast, den einzigen Ort, der ihr Schutz bot, verlassen hat.«

»Aber ich wusste doch gar nicht, was eigentlich los war«, ereiferte sich Lady Stafford.

»Du wusstest, dass sie dieses Haus für immer verlässt. Und das war es, was du wolltest. Was kümmert es dich, was aus ihr wird? Wo sie hingeht? Wovon sie lebt? Du bist eine egozentrische, arrogante Frau, und damit fehlen dir die wichtigsten Eigenschaften, die dich zur Countess von Chambury qualifizieren könnten.« Nicholas presste den Mund zu einem schmalen Strich zusammen.

»Ich bin nicht verantwortlich …«, begann Lady Stafford erneut.

»Ich will kein weiteres Wort mehr hören. Ihr verlasst so schnell wie möglich dieses Haus, Lady Stafford. Und ich lege Euch nahe, Euch in Zukunft von mir fern zu halten. Das ist alles.«

Nancy Stafford klappte den Mund auf, um etwas zu erwidern, aber der Blick aus den schwarzen Augen des Earl ließ sie innehalten. Sie sog scharf den Atem ein, dann reckte sie das Kinn hoch und verließ mit rauschenden Seidenröcken den Salon. Nicholas sah ihr nach, bis sie verschwunden war, dann drehte er sich um und sank auf einen Sessel.

»Du hast dir eben eine Feindin gemacht, Nicholas«, sagte Daniel ruhig.

»Ich bedaure nur, die Angelegenheit nicht früher geregelt zu haben«, seufzte der Earl. »Aber auch dann hätte sie Cathryn kaum zurückgehalten.«

»Aber vielleicht wäre Cathryn dann nicht fortgegangen.«

Nicholas sah auf.

»Wie meinst du das?«

»Ich meine, dass Cathryn annehmen musste, dass Lady Stafford deine derzeitige Mätresse ist«, erwiderte Daniel.

»Aber das ist doch Wahnsinn, ich habe die ganze Zeit über versucht, mir Nancy vom Hals zu halten!«

»In den Momenten, in denen Cathryn dich heute gesehen hat, war das aber nicht der Fall.«

»Du meinst, sie ist fortgelaufen, weil sie eifersüchtig ist?«, fragte der Earl völlig entgeistert.

»Sie wird sich kaum eingestanden haben, eifersüchtig zu sein«, erwiderte Daniel mit einem kurzen Lächeln. »Aber sie hat offensichtlich die Hoffnung verloren, dass du ihr helfen würdest.«

Nicholas seufzte ergeben.

»Und dann reite ich noch den ganzen Nachmittag aus und gebe ihr genügend Zeit, ihren unvernünftigen Dickkopf durchzusetzen«, stöhnte er. »Ich bin wirklich ein Idiot.«

»Andererseits hat sie dadurch wirklich Weston verpasst«, sagte Daniel. »Vielleicht war es ihr Glück.«

Nicholas fuhr auf.

»Daniel, sie hat mir jede Möglichkeit genommen, ihr zu helfen. Ich weiß nicht einmal, wo ich anfangen soll, sie zu suchen!« Verzweifelt fuhr er sich mit den Händen durch das Haar. »Und ich vermisse sie«, fügte er leise hinzu. »Die Vorstellung, dass ich sie nicht wiedersehe, bringt mich um.«

»Dann denk nach, Nic«, rief Durban. »Welchen Anhaltspunkt gibt es? Wohin kann sie geritten sein? Irgendeine Idee muss sie doch gehabt haben, als sie

Braighton Hall verließ. Sie ist zwar spontan, aber nicht tollkühn.«

Der Earl überlegte fieberhaft, aber schließlich schüttelte er ratlos den Kopf und sah seinen Freund an.

»Ich habe keine Ahnung, Daniel.«

Doch plötzlich durchfuhr ihn ein Gedanke.

»Das Schiff!«, rief er.

»Wie bitte?«

»Das Schiff«, wiederholte Nicholas eifrig. »Sie hat es während ihrer Fieberträume erwähnt. Ich bin mir ganz sicher, sie murmelte irgendetwas von einem Schiff. Aber es war völlig zusammenhanglos, deshalb habe ich ihm auch keine weitere Bedeutung beigemessen.«

»Aber was soll das für ein Schiff sein, Nic?«, fragte Durban.

»Das Handelsschiff ihres Vaters«, sagte Nicholas und beugte sich gespannt vor. »Ich habe in den Unterlagen meines Onkels Vermerke über das Geschäft gefunden, in das er zusammen mit Allistaire Avondale investiert hat. Das Schiff ist längst überfällig, aber sollte es doch noch ankommen, wäre Cathryn eine reiche Frau.«

»Und Weston?«

»Wenn ihre Heirat mit Weston eine unumgängliche Sache wäre, wäre sie ihm nicht davongelaufen. Cathryn ist viel zu geradlinig, um einen Vertrag vorsätzlich nicht einzuhalten. Aber wenn sie auch nur die geringste Chance sehen würde, diese Verlobung wieder zu lösen, würde sie sich mit aller Hoffnung daran klammern. Mit einer Hoffnung, die ausreicht, um bei einem wildfremden Menschen um Asyl zu bitten.«

»Aber warum hat sie sich dir dann nicht anvertraut?«, fragte Durban.

»Ich weiß es nicht, Daniel.« Nicholas ließ ergeben die Schultern hängen. »Aber ich glaube, dass sie es bald getan hätte.«

»Wenn Lady Stafford nicht dazwischengekommen wäre.«

»Ich fürchte, du hast Recht, mein Freund. Aber was geschehen ist, können wir jetzt nicht mehr ungeschehen machen.«

Ein hoffnungsvoller Glanz trat in die Augen des Earl. »Immerhin haben wir jetzt eine plausible Spur. Denn wenn sie wirklich auf ein Schiff wartet, wird sie dorthin gegangen sein, wo die meisten Schiffe ankommen.« Nicholas sah seinen Freund an. »Nach London.«

X

Cathryn erreichte die Stadt am nächsten Tag. Die Nacht hatte sie in einem Gasthof verbracht, den sie kurz vor Einbruch der Nacht erreicht hatte. Sie war enttäuscht, dass sie nicht die volle Strecke nach London geschafft hatte. Immerhin hatte der Earl den Weg ja auch in einer Nacht zurückgelegt. Aber sie war erst nach Mittag losgeritten, und sie musste sich eingestehen, dass sie schon lange vor der Rast vollkommen erschöpft war. Sie war zwar eine gute Reiterin, aber einen so langen Ritt hatte sie noch nie bewältigt und ihr Kopf hatte wieder zu schmerzen begonnen.

Am Abend hatte der Wirt des Gasthofes sie verwundert gemustert. Er war es offensichtlich nicht gewöhnt, dass eine junge Dame im modischen Reitkostüm und ohne Begleitung um ein Zimmer für die Nacht bat. Er hatte wohl angenommen, dass sie auf einen Mann wartete, aber als er ihr ein Doppelzimmer anbieten wollte, hatte sie ihn zornig zurechtgewiesen. Ihre Mahlzeit hatte Cathryn gleich freiwillig auf ihrem Zimmer eingenommen, da sie weder Lust noch die Kraft hatte, sich mit eventuellen Annäherungsversuchen auseinander zu setzen.

Schließlich begab sie sich zu Bett, wobei sie sich in die dünne Wolldecke hüllte, mit der sie ihre Reisetasche ausgekleidet hatte, da das vorhandene Bettzeug einen ziemlich unangenehmen Geruch ausströmte. Doch obwohl sie todmüde war, konnte sie lange nicht einschlafen. Unruhig warf sie sich in dem muffig riechenden Bett hin und her und versuchte, ihre Gedanken zu beruhigen und ein allzu vertrautes Gesicht aus ihrem Kopf zu verbannen. Aber es gelang ihr nicht. Jedes Mal, wenn sie die Augen schloss, sah sie seine gut aussehenden Züge vor sich. Die schwarzen Augen, die sie so oft kritisch gemustert hatten, in denen sie aber auch eine ungeahnte Zärtlichkeit gesehen hatte, wenn er sie in seinen Armen hielt. Der Gedanke an seinen Kuss brachte Cathryn um das letzte bisschen Ruhe und erst weit nach Mitternacht schlief sie ein.

Im Traum sah sie den Earl, der langsam auf sie zukam. Er legte die Arme um sie und zog sie fest an sich. Sie kuschelte sich an ihn, und gerade wollte er sich zu ihr beugen, um sie zu küssen, da merkte sie, dass seine Arme sie immer fester hielten. Sie bekam kaum noch Luft und fuhr erschrocken aus dem Schlaf hoch. Bei dem Versuch, sich aufzurichten, verlor sie das Gleichgewicht und fiel mit einem dumpfen Schlag auf den Bretterboden vor ihrem Bett. Benommen setzte sie sich auf und merkte, dass sie sich völlig in ihrer Wolldecke verfangen hatte. Seufzend befreite sie sich und schalt sich eine dumme Gans, dass sie von etwas träumte, das für sie nicht zu erreichen war.

London war noch immer so groß und unübersichtlich wie bei ihrem ersten Besuch vor einigen Jahren, aber immerhin kannte sie sich wenigstens ein bisschen aus. Langsam ritt sie durch die belebten Straßen und erreichte bald die Stadtmitte, wo sich elegante Kutschen und herausgeputzte Reiter tummelten. Cathryn fühlte so manchen Blick auf sich ruhen, und sie nahm an, dass sie hier nicht mehr wegen ihrer eleganten Kleidung auffiel, sondern wegen der zahllosen Schlammsprenkel, die ihren Saum bedeckten, und der grauen Staubschicht, die auf ihrer Jacke lag.

Cathryn trieb ihr Pferd an und lenkte es in einem leichten Trab in die Richtung des Hafens, wo sie sich auf die Suche nach der Reederei Brooks & Sons machte. Der Entschluss war ihr am Vortag auf Braighton Hall gekommen. Sie würde Mr. Brooks aufsuchen, von dessen Reederei ihr Vater alle seine Schiffe hatte verwalten lassen.

Er würde überrascht sein, sie hier in London zu sehen. Seit sie vor Lord Weston geflohen war und auf Braighton Hall Zuflucht gefunden hatte, stand sie in Kontakt mit Mr. Brooks, damit er ihr sofort Nachricht über die »Seagull« übermitteln konnte. Unglücklicherweise hatte sie die letzten Monate regelmäßig die gleiche Nachricht bekommen: keine Neuigkeiten. Und jetzt war ihr ein längerer Aufenthalt auf Braighton Hall unmöglich geworden.

Cathryn seufzte. Während ihres Rittes hatte sie sich mehr als einmal für ihre Unvernunft gescholten. Sie hatte ihre sichere Bleibe aufgegeben, und in London wusste sie nicht einmal, wo sie schlafen sollte. Und warum das alles? Weil der Earl von Chambury beim Liebesurlaub mit seiner Mätresse offensichtlich lieber ungestört sein wollte, dachte sie verbissen. Die Möglichkeit, ihn um Hilfe zu bitten, hätte weit mehr Vertrauen vorausgesetzt. Und jetzt war diese Frau da, um ihm den Kopf gänzlich zu verdrehen. Cathryn spürte, wie die Wut sie wieder überkam, aber wenn sie ganz ehrlich zu sich war, spürte sie noch etwas ganz anderes. Sie konnte immer weniger leugnen, dass sie verzweifelt darüber war, dass der Mann, in den sie sich verliebt hatte, eine andere Frau begehrte und vielleicht sogar heiraten würde. Immerhin war diese Frau schön und konnte sich in der feinen Gesellschaft sicher und souverän bewegen. Cathryn wischte ärgerlich eine Träne fort, die sich aus ihrem Auge geschlichen hatte. Ihr selbst blieb jetzt kaum noch Zeit, bevor sie den Mann heiraten musste, den sie mehr als alles andere fürchtete. Und ihre Chancen, sich von ihm loszukaufen, waren verschwindend gering.

Anthony Brooks saß gerade über seinen Büchern, als zaghaft an seine Tür geklopft würde. Ärgerlich blickte er auf, denn er hatte angeordnet, dass er mindestens zwei Stunden unter keinen Umständen gestört werden dürfte. Wenn er sich ablenken ließ, würde er womöglich Fehler machen, die er später in mühevoller Kleinstarbeit wieder suchen musste. Das Klopfen wiederholte sich etwas nachdrücklicher, und Anthony donnerte ein unfreundliches: »Was um alles in der Welt gibt es, Joseph?«

Joseph Brooks steckte vorsichtig den Kopf durch die Tür. »Tut mir Leid, wenn ich dich störe, Vater, aber ...«

»... aber du wirst hoffentlich einen ganz außerordentlichen Grund dafür haben, Sohn. Sonst wirst du es nämlich bereuen.« Anthony Brooks fixierte streng seinen Sohn.

»Außerordentlich allerdings«, stammelte Joseph und errötete tief. Der siebzehnjährige Junge konnte seinem Vater ja schlecht gestehen, dass er eben die schönste Frau seines bisherigen Lebens kennen gelernt hatte und noch immer ganz verzaubert von ihrem Anblick war.

»Wird deine Erklärung noch etwas deutlicher, Sohn?«, fragte Anthony ungeduldig.

Joseph räusperte sich verlegen.

»Miss Avondale ist hier, Vater. Sie möchte dich dringend sprechen.«

»Wer?«

Verblüfft sah der alte Herr auf und sein silbergrauer Schnurrbart erbebte bei der heftigen Bewegung.

»Miss Cathryn Avondale, Vater. Sie ist die Tochter von ...«, setzte Joseph bereitwillig an zu erklären.

»Selbstverständlich weiß ich, wer Miss Avondale ist«, fiel ihm sein Vater ins Wort. »Ich hatte nur nicht mit ihrem Erscheinen in London gerechnet. Bitte sie unverzüglich herein und bring uns Tee.«

Joseph verschwand. Er war erleichtert, dass seine Störung trotz des verhängten Verbots so gnädig aufgenommen wurde, und forderte die unerwartete Besucherin auf, in das Büro seines Vaters zu kommen.

»Miss Avondale«, begrüßte Anthony Brooks sie freundlich und küsste ihr leicht die Hand. »Wie schön, Euch endlich wiederzusehen. Dass ich überrascht bin, muss ich wohl nicht extra sagen, Madame.«

»Nein, Mr. Brooks«, erwiderte Cathryn mit einem müden Lächeln. »Es war ja ausgemacht, dass Ihr Euch zuerst melden würdet.«

Ihre Mundwinkel zuckten verdächtig, und Mr. Brooks befürchtete, dass sie in Tränen ausbrechen würde. Rasch bot er ihr einen Sessel an. Aber Cathryn hatte sich schon wieder gefangen, und es gelang ihr, ruhig eine Tasse Tee von Joseph entgegenzunehmen. Der Tee war heiß und stark, und er war genau das, was Cathryn jetzt brauchte, bevor sie mit Mr. Brooks ernstere Themen ansprach.

Joseph starrte sie unwillkürlich an, nachdem sie ihre Tasse entgegengenommen hatte, und Anthony konnte sich ein kleines Lächeln nicht verkneifen, als er einen Blick auf seinen Sohn warf.

»Du kannst uns allein lassen, Joseph«, sagte er.

Joseph zuckte zusammen und lief mit rotem Kopf aus dem Zimmer. Anthony Brooks setzte sich seiner Besucherin gegenüber und sah sie erwartungsvoll an. Sein Blick schweifte über die schlanke Gestalt. Cathryn Avondale war erwachsen geworden, seit er sie das letzte Mal gesehen hatte, und sie war genau zu der Schönheit geworden, die man schon in ihr vermutet hatte, als sie noch ein Kind war. Allerdings wirkte sie jetzt in ihrem staubigen Reitkostüm und der etwas zerzausten Frisur nicht gerade wie eine Dame aus den feinen Londoner Salons. Die Anstrengung der letzten Tage war deutlich in ihren feinen Zügen zu erkennen. Die Augen waren dunkel umschattet und wirkten unnatürlich groß.

»Der Tatsache, dass ich hier so plötzlich auftauche, entnehmt Ihr sicherlich, dass meine Lage sich wieder einmal verändert hat«, begann Cathryn zögernd.

Mr. Brooks nickte langsam und sah die junge Frau besorgt an.

»Ich nehme an, der neue Earl hat Euch nicht so gnädig aufgenommen, wie Ihr gehofft habt?«

Cathryn seufzte.

»Das hat er eigentlich schon getan. Es ist nur, dass gewisse Umstände es mir unmöglich gemacht haben, länger auf Braighton Hall zu bleiben.«

Sie sah ihn unglücklich an, und Mr. Brooks beschloss, nicht weiter nach den näheren Gründen zu fragen. Cathryn rührte nervös in ihrer Tasse.

»Das Schiff ... es ist nicht zufällig eine Nachricht eingetroffen?«, fragte sie mit einem ebenso schwachen wie verzweifelten Hoffen in der Stimme.

»Leider nicht, Miss Avondale. Ihr wisst, wie gerne ich Euch eine erfreulichere Mitteilung machen würde, aber es ist nichts Neues bekannt geworden. Die ›Seagull‹ wurde von keinem anderen Schiff gesichtet und eingelaufen ist sie auch nicht. Aber noch solltet ihr die Hoffnung nicht gänzlich aufgeben. Letzte Woche erst lief die ›Wing of Warren‹ ein, eineinhalb Jahre später als erwartet.«

Anthony Brooks empfand aufrichtiges Mitleid mit der jungen Frau. Er wusste über ihre verzweifelte Lage Bescheid, aber er konnte ihr nicht helfen.

Schon allein ihrem Vater zuliebe hätte er alles für sie getan. Aber seine finanzielle Lage ließ es nicht zu. Alles, was er tun konnte, war, mit ihr auf die »Seagull« zu hoffen, die das gesamte Vermögen von Allistaire Avondale an Bord trug. Aber das Schiff war inzwischen so lange überfällig, dass es an ein Wunder grenzen müsste, wenn es noch unversehrt in London eintreffen sollte.

»Und was gedenkt Ihr jetzt zu tun?«, fragte er vorsichtig.

»Ich weiß es noch nicht genau. Irgendwie hatte ich geträumt, dass die ›Seagull‹ bei meiner Ankunft in London im Hafen liegen würde und alle meine Probleme gelöst wären.« Cathryn lächelte Mr. Brooks traurig an. »Zurückkehren kann ich nicht, und viel Geld habe ich auch nicht. Ich werde zuerst das Pferd verkaufen. Mit dem Geld werde ich sicher eine Weile in einer Pension unterkommen können.«

»Das könnt Ihr nicht tun.« Anthony Brooks war entrüstet. Der Gedanke, dass diese junge, schöne Frau allein in einer billigen Pension absteigen könnte, widerstrebte ihm zutiefst.

»Habt Ihr einen besseren Vorschlag?«, rief Cathryn. »Ende dieses Monats muss ich zu Lord Weston zurück und ihm das Jawort zu einer Ehe geben! Wenn ich es nicht tue, breche ich einen gültigen Vertrag und mache mich strafbar. Der einzige Ausweg für mich ist das Schiff, und ich werde die ganze Zeit, die mir noch bleibt, hier in London darauf warten.«

Trotzig hob sie das Kinn.

Mr. Brooks nickte langsam. Mit dem neu erwachten Kampfgeist gefiel sie ihm schon besser.

»Ich verstehe Euch, Miss Avondale«, erwiderte er ruhig. »Ich verstehe. Aber ich kann nicht viel für Euch tun. Ich kann Euch nicht in meinem Haus aufnehmen, denn Lord Weston war kurz nach Eurer Flucht schon einmal hier.«

Er sah den entsetzten Ausdruck in Cathryns Augen und fuhr nachdenklich fort: »Er weiß aus den Papieren Eures Vaters, dass eine Verbindung zwischen uns besteht, aber er hat Euch hier nicht gefunden. Allerdings könnte er jederzeit auf den Gedanken kommen, das wieder zu überprüfen. Daher ist es besser, wenn wir vorsichtig sind.« Er griff in seine Schublade und zog eine Geldbörse hervor.

»Ich kann Euch etwas Geld geben, damit Ihr Euch eine anständige und sichere Unterkunft suchen könnt. Behaltet das Pferd. Wem gehört es eigentlich?«

»Dem Earl von Chambury«, antwortete Cathryn und wurde rot. »Ihr habt Recht. Es ist besser, wenn ich es ihm wiedergeben kann, sobald eine Entscheidung gefallen ist. Dann werde ich Euch auch das Geld zurückgeben können, denn egal, was passiert, ich werde in jedem Fall Geld haben.« Sie verzog missmutig den Mund. »Wenn Lord Edward Weston gedenkt, mich an seinem Besitz teilhaben zu lassen.«

Plötzlich wurde die Tür aufgerissen, und eine rundliche, kleine Frau mit freundlichen braunen Augen und einer Frisur, die jeden Augenblick den Halt zu verlieren drohte, kam hereingestürmt.

»Cathy!«, rief sie begeistert aus und stürzte auf Cathryn zu, um sie herzlich in die Arme zu nehmen. »Meine Kleine! Wie lange habe ich dich nicht mehr gesehen!«

»Mrs. Brooks!« Cathryn strahlte die Frau des Reeders freundlich an und ließ sich bereitwillig in die Arme schließen. Wie sehr hatte sie eine so offene und schlichte Geste vermisst, seit ihr Vater tot war. Die letzten Arme, die sie gehalten hatten, waren die von Nicholas gewesen, aber das war schon so lange her.

»Joseph erzählte mir gerade, dass du hier bist. Ich konnte es gar nicht glauben. Ich dachte, du hättest auf diesem Landsitz Unterschlupf gefunden?«

Cathryns Lächeln verschwand.

»Das ist leider vorbei.« In knappen Worten wiederholte sie, was sie schon Mr. Brooks gesagt hatte.

»Ach, mein armes Mädchen. Was tust du jetzt nur hier in London?« Mrs. Brooks sah sie besorgt an.

»Sie wird sich eine nette, kleine Pension suchen, in der sie die nächste Zeit bleiben kann«, erwiderte Mr. Brooks. »Du weißt, dass sie nicht bei uns bleiben kann«, fügte er hinzu, als er den vehementen Einspruch seiner Frau schon an ihrer Miene ablas.

Mrs. Brooks nickte langsam. »Es ist wirklich zu dumm«, schimpfte sie inbrünstig. Aber plötzlich erhellte sich ihr Gesicht.

»Ich habe eine Idee«, platzte sie heraus. »Die Dame, die am Ende unserer Straße in dem großen Stadthaus lebt. Sie beklagt sich jedes Mal, wenn wir uns zufällig begegnen, dass sie so einsam ist. Wir stellen ihr Cathryn als die Tochter einer Bekannten vor, die eine Stellung als Gesellschafterin in London sucht. Mit meiner Empfehlung wird sie Lady Cathryn sicher gerne bei sich aufnehmen. Dann ist sie in der Nähe und wir wissen, dass sie gut aufgehoben ist.«

Mrs. Brooks lächelte Cathryn aufmunternd zu.

»Ich weiß gar nicht, was ich sagen soll, Mrs. Brooks«, flüsterte Cathryn gerührt.

»Ist schon gut, mein Kleines«, sagte Mrs. Brooks begütigend. »Es ist doch ganz selbstverständlich, dass wir uns um die Tochter von Allistaire kümmern. Eigentlich hätte uns das schon viel früher einfallen können, dann hättest du gar nicht so lange bei diesen fremden Menschen bleiben müssen.«

»Hier in London wäre sie doch gar nicht sicher gewesen«, unterbrach Mr. Brooks seine Frau. »Aber du hast Recht. Dort wird Weston sie nicht vermuten.«

»Erwähne diesen Namen nicht, Anthony!«, rügte ihn seine Frau.

»Auf Braighton Hall war sie auf jeden Fall sehr gut aufgehoben«, brummte Anthony. »Wenn sie nicht dorthin gefahren wäre, hätte Weston sie schon ziemlich bald wieder eingefangen.«

Und wenn ich nicht dorthin gefahren wäre, hätte ich Nicholas nie kennen gelernt, dachte Cathryn.

Mrs. Brooks nahm Cathryn erst einmal mit zu sich nach Hause, wo sie ihr Pferd unterstellen und sich selbst endlich frisch machen konnte. Cathryn genoss es, sich in die mit heißem Wasser gefüllte Wanne gleiten zu lassen, und schloss erschöpft die Augen. Sie war erleichtert, dass ihre Entscheidung, nach London zu gehen, sie nicht in noch größere Schwierigkeiten gebracht hatte. Mehr als einmal hatte sie sich ob ihrer Tollkühnheit Vorwürfe gemacht. Die wenigen Wochen, die noch bis zum Ablauf des Vertrages blieben, hätte sie wohl auch auf Braighton Hall aushalten können. Aber blitzartig kamen ihr wieder die Bilder von Nicholas und Lady Stafford in den Sinn, und sie wusste, dass sie es nie ertragen würde, Nicholas in den Armen einer anderen Frau zu sehen. Sie war noch immer ganz versunken, als Mrs. Brooks eintrat.

»So, jetzt wollen wir uns mal in einen repräsentablen Zustand bringen, bevor wir der Lady einen Besuch abstatten«, sagte sie schwungvoll.

Cathryn lächelte sie unsicher an und erhob sich aus dem Wasser. Mrs. Brooks bemerkte ihre Nervosität und tätschelte ihr beruhigend den Arm.

»Keine Sorge, meine Kleine, die alte Dame ist alles andere als ein Drache. Sie wird dich mit Begeisterung bei sich aufnehmen.«

XI

»So, so, das Leben in der Provinz hat Euch nicht mehr ausgefüllt und Ihr seid neugierig auf London geworden?«

Cathryn sah sich dem Blick zweier Augen von intensivem Blau gegenüber, die sie aus einem sehr feinen, zerbrechlich wirkenden Gesicht offen und interessiert betrachteten. Lady Alicia, die Countess von Ashford, mochte auf die siebzig zugehen, schätzte Cathryn. Obwohl ihre Haut fein wie Seidenpapier wirkte und vor allem um die Augen viele kleine Fältchen aufwies, strahlten diese Augen eine überraschende Jugend und Frische aus, die der scharfe Verstand und der wache Geist der alten Dame nicht Lügen strafte. Sie war ausgesprochen geschmackvoll gekleidet. Das dezente dunkelblaue Nachmittagskleid war am Ausschnitt mit einer kunstvollen Spitze in der gleichen Farbe abgesetzt und das immer noch volle Haar war in der Mitte gescheitelt und im Nacken zu einem Knoten aufgesteckt, der von einer Spitzenhaube umschlossen war. Lady Alicia trug keinen Schmuck außer einem Paar wundervoller Saphirohrringe und ihrem schlichten Ehering. Mrs. Brooks hatte Cathryn erzählt, dass die Lady bereits seit mehreren Jahren verwitwet war, aber dass sie sich nach dem Tod ihres Mannes geweigert hatte, den Ehering abzunehmen. Er sei der einzige Mann gewesen, den sie jemals geliebt habe, und sie sehe nicht ein, was sein Tod an ihrer Liebe ändern solle. Cathryn hatte angesichts dieser aufrichtigen Treue gelächelt und sich im Stillen für Lady Alicia gefreut, da ihr das große Glück vergönnt gewesen war, ihr Leben mit ihrer großen Liebe zu teilen.

Die alte Dame war ihr vom ersten Augenblick an sympathisch gewesen, und als Mrs. Brooks die abgesprochene Geschichte erzählte, bedauerte Cathryn es fast, Lady Alicia nicht einfach die Wahrheit erzählen zu können. Aber ihr Inkognito in London hing jetzt von dem Wohlwollen Lady Alicias ab, die Cathryn noch immer ruhig musterte. Erwartungsvoll und etwas nervös erwiderte Cathryn diesen Blick, und plötzlich erhellte ein Lächeln die Züge der alten Dame und sie nickte Cathryn ermunternd zu.

»Nun, warum soll ich Euch keinen Platz in meinem Haus anbieten? Ihr verfügt über die beste Referenz, die ich mir wünschen kann.« Sie lächelte verschmitzt und warf Mrs. Brooks einen schnellen Blick zu. »Das Haus ist für mich allein ohnehin zu groß. Wirklich, Miss Avondale, ich nehme Sie sehr gerne bei mir auf.«

Cathryn fiel ein Stein vom Herzen und die Erleichterung spiegelte sich in einem offenen, dankbaren Lächeln, das der Countess von Ashford gut gefiel.

»Wir legen einen wöchentlichen Lohn für Euch fest. Unterkunft und Logis werden Euch gestellt und einen Aufgabenplan entwickeln wir am besten gemeinsam in den nächsten Tagen. Was sagt Ihr dazu?«

Cathryn schluckte kurz, als sie daran dachte, dass sie ja nur für kurze Zeit hier sein würde. Aber wenn sie gehen musste, konnte sie Lady Alicia ja die ganze Geschichte erzählen, und sie würde vielleicht Verständnis dafür haben. Doch bis dahin wollte sie der alten Dame ihre Freundlichkeit danken, so gut sie konnte. Sie nickte und strahlte Lady Alicia glücklich an.

»Mylady, ich bin Euch sehr dankbar für Euer großzügiges Angebot. Ich hoffe, dass ihr mit meinen Diensten vollkommen zufrieden sein werdet«, sagte sie erfreut. »Und bitte nennt mich Cathryn.«

»Also gut, Cathryn«, sagte Lady Alicia. »Percy wird Euch auf Euer Zimmer führen, damit Ihr Euch nach der langen Reise ein wenig frisch machen und einrichten könnt.«

Verlegen sah Cathryn auf ihre einfache Reisetasche.

»Ich fürchte, dies ist alles, was ich bei mir habe, Mylady.«

»Miss Avondale hatte sich vorgenommen, erst in London einige Kleider anfertigen zu lassen«, warf Mrs. Brooks schnell ein. »Sie hatte die Befürchtung, dass ihr sonst jeder ansehen könnte, dass sie gerade erst aus der Provinz gekommen ist.«

Lady Alicia lächelte verständnisvoll.

»Wenn das so ist, müssen wir so schnell wie möglich eine Schneiderin aufsuchen.«

Entsetzt sah Cathryn Lady Alicia an. Sie konnte doch nicht einfach durch London spazieren. Wenn Weston sie nun sah! Aber andererseits wäre der Zufall einfach zu groß. Und während der nächsten Wochen musste sie sich einfach auf ihr Glück verlassen.

Lady Alicia hatte Cathryns Blick falsch gedeutet.

»Ich kenne eine sehr gute Schneiderin, die Euch mit dem Preis bestimmt ein wenig entgegenkommt«, sagte sie freundlich. »Und ich werde Euch für die Ausgaben ein kleines Darlehen vorstrecken. Ihr könnt es mir mit der Zeit zurückzahlen.«

Dafür wird die Zeit kaum reichen, dachte Cathryn bitter. Ich werde es wohl von meinem Ehemann zurückzahlen lassen müssen.

Edward Weston saß nachdenklich in dem großen Ledersessel vor seinem Schreibtisch. Cathryn hatte sich also die ganzen Monate über auf Braighton Hall versteckt. Eine clevere Idee, wie er eingestehen musste. Nicht einmal im Traum hätte er sie dort vermutet. Nachdem er den Reeder in London vergeblich nach ihr ausgefragt hatte, wobei er nicht unerheblichen Druck ausgeübt hatte, war er mit seinen Mutmaßungen am Ende gewesen. Zu dumm, dass sie ihm überhaupt hatte entkommen können.

Er erinnerte sich, wie sie hier vor ihm gestanden hatte. Er hatte ihr die Hände auf dem Rücken gefesselt, nachdem sie ihn mit einem Dolch überrascht hatte, der in ihrem Kleid versteckt war. Nur seine gute Reaktion hatte ihn vor einer ernsthaften Verletzung bewahrt. Selbstverständlich hatte er sich danach davon überzeugen müssen, dass sie keine weitere Waffe bei sich trug. Ein wohliger Schauer überlief ihn, als er sich ins Gedächtnis rief, wie er dicht hinter sie getreten war und seine Hände langsam über ihr Mieder gleiten ließ. Was für einen herrlichen Körper sie hat, dachte er und ein gieriger Glanz trat in seine Augen. Und eine Haut weich wie Samt. In jener Nacht war ihm Cathryn davongelaufen. Er hätte sie schon längst zu seiner Frau gemacht und ihren herrlichen Körper besessen, wenn sie nicht entkommen wäre. Nun, er hätte sie auch schon haben können, ohne dass sie seine Ehefrau war, aber das lag nicht in seiner Absicht. Sein Ziel war es, Cathryn Avondale für immer an sich zu binden und zu unterwerfen.

Er war ihr in dem Moment verfallen, als er sie vor einigen Jahren mit ihrem Vater in London traf. Ihre reine, unverfälschte Art hatte ihn gebannt, aber Cathryn war ihm ausgewichen. Er hatte schnell begriffen, dass sie niemals freiwillig seine Frau werden würde, und nur aus diesem Grund hatte er ihrem Vater Geld für ein derart riskantes Geschäft geliehen. Er hatte immer darauf spekuliert, dass der alte Narr seine Schulden bezahlen würde, indem er ihm die Hand seiner Tochter gab. Und als er sich schon kurz vor seinem Ziel wähnte, hatte dieses Mädchen die Stirn gehabt, ihm zu trotzen. Sie hatte darauf bestanden, dass die Hochzeit erst nach der Trauerzeit stattfinden würde. Falls sie in dieser Frist nicht ihre Schulden zurückzahlen würde. Weston war sich darüber im Klaren, dass sie diese Summe kaum aufbringen würde. Außerdem hatte er nie die Absicht gehabt, ihr die volle Frist tatsächlich zuzugestehen. Er hätte sie nach einigen Wochen schon dazu gebracht, seine Frau zu werden. Aber wie hätte er auch ahnen sollen, dass es ihr gelingen würde, zu fliehen, bevor er alle Rechte über sie hatte?

Aber sie hatte ihre Chance vertan. Ein kaltes Lächeln spielte um seinen schmalen Mund. Sie hatte die Frist damit vergeudet, sich zu verstecken. Und vor dem einzigen Mann, der ihr die Summe tatsächlich zur Verfügung stellen konnte, war sie davongelaufen. Sein Lächeln wurde zu einem Grinsen. Besser hätte es für ihn gar nicht laufen können. In kurzer Zeit lief die Frist ab, und da er an ihrem Ehrgefühl, das sie zweifelsohne von ihrem närrischen Vater geerbt hatte, keinen Zweifel hegte, musste er nur noch warten, bis sie wieder zu ihm zurückkam.

Aber es interessierte ihn doch, wohin sie von Braighton Hall aus gegangen war. Ein Gedanke, der ihn schon länger beschäftigte, kam ihm wieder in den Sinn. Womöglich hoffte sie, dass das Handelsschiff ihres Vaters doch noch eintreffen könnte. Westons Augen verengten sich zu schmalen Schlitzen. Handelsschiffe legten gewöhnlich in London an. Vielleicht würde sich ein weiterer Besuch bei Mr. Brooks lohnen. Durchaus möglich, dass der Mann jetzt über neue Informationen verfügte. Er hatte ohnehin noch einige Hochzeitsvorbereitungen zu treffen. Morgen würde er nach London aufbrechen.

»Ich dachte schon, diese Stadt sei inzwischen vom Erdboden verschwunden«, seufzte Nicholas, als London endlich in Sichtweite war. Die Sonne war gerade im Begriff, blutrot hinter den Hügeln am Horizont zu verschwinden, als er mit Lord Durban sein Stadthaus erreichte. Die Dienerschaft, die von seiner plötzlichen Rückkehr völlig überrascht wurde, war eifrig damit beschäftigt, das Haus vorzubereiten und ein einfaches Dinner anzurichten. Daniel würde bei ihm wohnen, da sich sein eigener Haushalt zurzeit geschlossen auf dem Landsitz seiner Familie aufhielt, während das Stadthaus verwaist war. Nicholas hatte gegrinst, als er davon erfuhr. Sein Freund war sicher der einzige Junggeselle der Gesellschaft, der sich nicht darum gekümmert hatte, dass die Saison schon vor einigen Wochen wieder begonnen hatte und die offizielle Kuppelei und Jagd auf Debütantinnen bereits in vollem Gange war. Andererseits musste sich Nicholas eingestehen, dass sein eigenes Stadthaus ebenso verwaist gewesen wäre, wenn er auf Braighton Hall nicht noch mit dem gesamten Personal seines Onkels gerechnet hätte.

An diesem Morgen hatte er zuerst Lady Staffords gepackte Koffer und dann Lady Stafford selbst in eine Kutsche verfrachtet und auf den Weg nach London geschickt. Es war ihm zuwider gewesen, dieses intrigante Weib auf Braighton Hall zurückzulassen. Sie hatte schon genug angerichtet. Bei dem Gedanken, dass sie ihn womöglich für immer von Cathryn getrennt hatte, beschlich ihn ein dumpfes Gefühl. Zähneknirschend gab er in Gedanken zu, dass er Cathryn begehrte, wie er zuvor noch nie eine Frau begehrt hatte. Immer wieder überfiel ihn die Erinnerung an ihren Kuss, an ihre unschuldige, aber dennoch unendlich sinnliche Hingabe in seinen Armen, nur um ihm gleich darauf wieder zu entschlüpfen.

Nicholas war daran gewöhnt, die Frauen, die er begehrte, ohne Schwierigkeiten zu seiner Verfügung zu haben. Aber mit Cathryn lagen die Dinge anders. Ganz anders.

»Wenn du deinen Brandy noch länger im Glas schwenkst, wird er verdunstet sein, bevor du ihn trinkst«, sagte Daniel trocken, der seinen Freund eine Weile schweigend beobachtet hatte. Nach dem Essen hatten sie sich in das kleine Arbeitszimmer des Earls zurückgezogen, wo ein behagliches Feuer im Kamin prasselte.

»Wie bitte ...?« Nicholas schreckte aus seinen Gedanken hoch.

»Dein Brandy«, wiederholte Daniel und deutete auf das Glas. »Er ist bei weitem zu gut, um ihn nicht auf die herkömmliche Weise zu verwerten.«

Nicholas nahm abwesend einen schnellen Schluck und stellte das Glas auf den Kaminsims. »Ich habe an Cathryn gedacht.«

»Tatsächlich?« Spöttisch zog Daniel die Brauen hoch. »Und ich dachte, du planst eine Expedition an den Nordpol.«

»Vielleicht kannst du konstruktiv zur Lösung unseres Problems beitragen, anstatt dich darüber lustig zu machen«, schlug Nicholas bissig vor.

»Ich mache mich nicht lustig, Nic«, erklärte Daniel. »Ich versuche nur, mit der Tatsache fertig zu werden, dass mein treuer Gefährte aus Junggesellentagen im Begriff ist, sich auf die gefährlichen Abwege der wahren Liebe zu begeben.«

Nicholas hob den dunklen Blick. »Höre ich da einen Anflug von Eifersucht heraus?«, konterte er.

Daniel beschloss, auf weitere Ironie zu verzichten. Es gab Wichtigeres zu besprechen.

»Was wirst du tun?«, fragte er.

Grübelnd starrte Nicholas in die Flammen des Kaminfeuers.

»Ich bin mir nicht sicher. Cathryn kann überall sein, ich weiß ja noch nicht einmal mit Sicherheit, ob sie wirklich in London ist.« Er überlegte weiter. »Letztendlich habe ich nur eine Chance. Ich kenne den Namen des Reeders, mit dem ihr Vater Geschäfte gemacht hat. Wenn sie tatsächlich hier in London auf ein Schiff wartet, wie wir annehmen, ist er der Einzige, der uns zumindest diesen Verdacht bestätigen kann. Zweifelhaft ist nur, ob er weiß, wo sie ist.«

»Wir werden es herausfinden.« Bestimmt trank Daniel den letzten Schluck aus seinem Glas.

Am nächsten Morgen ritten die beiden in aller Frühe zum Büro der Reederei Brooks & Sons. Nicholas versuchte, den Gedanken zu vertreiben, was passieren würde, wenn der Reeder keine Informationen über Cathryn hatte. Dann würde ihm nicht viel mehr übrig bleiben, als auf eine Hochzeitsanzeige von Lord Weston und Cathryn in der Zeitung zu warten.

»Wir sind viel zu früh dran«, schimpfte Lord Durban, den Nicholas dreimal hatte rütteln müssen, bevor er wirklich wach gewesen war. »Wahrscheinlich holen wir uns die Schwindsucht in diesem verdammten Nebel, bevor jemand das Büro öffnet. Ich sage dir eines, Nic, wenn wir dieses Mädchen wieder finden, werde ich persönlich dafür sorgen, dass sie nicht ein zweites Mal davonläuft.«

»Komm schon, Daniel. Wir haben schon ganz andere Dinge durchgemacht. Denk an die Reise nach Indien.«

»Da war es immerhin wärmer.« Lord Durban zog seinen modischen Kragen unvorschriftsmäßig weit hoch.

Nicholas und er stiegen von den Pferden und der Earl klopfte mit dem kunstvollen Messingring an eine schwere Eichentür. Wenige Augenblicke später wurde ihnen die Tür von einem jungen Burschen geöffnet, der sie fragend ansah.

»Was kann ich für die Herrschaften tun?«, fragte Joseph Brooks zuvorkommend.

»Ich möchte mit dem Reeder Brooks sprechen. Ist er bereits anwesend?« Nicholas trat einen Schritt auf die Tür zu. Joseph bejahte und bat die Herren herein.

»Handelt es sich um ein Geschäft, Mylords?«, fragte er beflissen, denn er hatte mit einem Blick erkannt, dass er es mit Vertretern der noblen Gesellschaft zu tun hatte.

»Nicht direkt.« Der Earl streifte seine Handschuhe ab. »Ich möchte diese Frage bitte mit Mr. Brooks persönlich besprechen.«

Nicholas entging nicht der misstrauische Ausdruck, der in die Augen des jungen Mannes trat.

»Einen Augenblick, bitte. Ich werde Ihren Besuch melden.«

Schnell schlüpfte Joseph in das Büro seines Vaters.

»Es sind zwei Herren draußen, sehr nobel gekleidet. Sie wünschen dich zu sprechen, Vater.«

Anthony Brooks hob den Blick von seinen Akten.

»Um diese Uhrzeit?«, fragte er erstaunt. »Wen verlangt es so früh nach einer Besprechung mit einem Reeder?«

»Ich glaube nicht, dass sie Geschäfte tätigen wollen, Vater. Ich habe eher das Gefühl, dass sie in privaten Angelegenheiten kommen.«

Überrascht sah der Reeder seinen Sohn an. »Würdest du dich bitte deutlich ausdrücken, Joseph«, forderte er seinen Sohn auf.

Unwillkürlich senkte Joseph die Stimme. »Könnte es nicht sein, dass sie wegen Miss Avondale hier sind?«

»Das ist gar keine schlechte Vermutung, mein Junge«, donnerte eine Stimme durch den Raum, während die Tür krachend aufflog. Mit zwei großen Schritten war der Earl in dem kleinen Raum. Erschrocken wich Joseph zur Wand zurück, während Anthony Brooks den Eindringling ruhig musterte.

»Mylord, dies ist wirklich keine Art …«, begann er.

»Bitte verzeihen Sie mir, wenn ich hier so ungestüm eintrete, aber die Dringlichkeit meines Anliegens veranlasst mich dazu.« Die schwarzen Augen des Earl fixierten den Reeder.

»Worum genau handelt es sich?« Anthony Brooks musterte sein Gegenüber ebenso eindringlich. Erleichtert stellte er fest, dass es sich immerhin nicht um Lord Weston handelte, wie er zuerst angenommen hatte.

»Es handelt sich um Cathryn Avondale. Ich möchte, dass Ihr mir alles über sie sagt, was Ihr wisst.«

»Warum sollte ich das tun?«, fragte Mr. Brooks gelassen. »Sie haben sich noch nicht einmal vorgestellt.«

Plötzlich entspannte sich Nicholas. Der Reeder war ihm sympathisch. Ruhig und überlegt, bereit, eine Angelegenheit sachlich anzugehen. Nicholas beschloss, ihm so weit wie möglich die Wahrheit zu sagen.

»Ich bin Nicholas Tremayn, der Earl von Chambury. Ich habe Miss Avondale auf dem Landsitz meines verstorbenen Onkels kennen gelernt, den sie unerwartet verlassen hat. Und jetzt muss ich sie finden, solange ich ihr noch helfen kann.«

Aufrichtig sah er den Reeder an. Anthony Brooks atmete auf.

»Ich hatte Euch zuerst für einen Handlanger von Lord Weston gehalten.«

»Ihr kennt also die ganze Geschichte?«, fragte Lord Durban, der gleich hinter Nicholas in das Büro des Reeders gestürzt war.

Mr. Brooks nickte langsam.

»Dann liegt es wahrscheinlich auch in Eurer Macht, uns einige ergänzende Informationen zukommen zu lassen«, fragte Nicholas hoffnungsvoll.

Wieder nickte der Reeder, und dann begann er, Cathryns Geschichte von Anfang an zu erzählen. Wie sie von Lord Weston festgehalten wurde, die Trauerzeit vorschob, um die Hochzeit zu verzögern, und nun verzweifelt auf die »Seagull« hoffte, obwohl diese Chance verschwindend gering war. Nicholas tauschte einen schnellen Blick mit Lord Durban, als er die Höhe der Summe erfuhr, die Cathryn Lord Weston schuldete.

»Lassen Sie mich noch einmal zusammenfassen, Mr. Brooks«, begann er, als der Reeder geendet hatte. »Cathryns einzige Chance, diese Verlobung zu lösen, besteht darin, ihre Schulden vor Ablauf der Frist zu bezahlen?«

»Der Empfang des Geldes muss von Lord Weston bis Ende dieses Monats bestätigt werden.«

»Weston wird das niemals tun«, warf Lord Durban ein. »Auch wenn du mit dem Geld rechtzeitig bei ihm bist, wird er dich mit allen Mitteln hinzuhalten versuchen.«

Nicholas überlegte fieberhaft. »Dann werden wir uns an jemanden wenden, der von den Zusammenhängen nichts ahnt, aber über die Vollmacht verfügt, eine gültige Geschäftsunterschrift in Westons Namen zu leisten. Soviel ich weiß, beschäftigt Weston einen Verwalter seiner Geschäfte in London.«

Lord Durban grinste. »Eine Bequemlichkeit, die uns sehr entgegenkommt. Und wenn dieser Mann über die intriganten Machenschaften seines Klienten nicht informiert ist, wird er die Summe nur zu gern in Empfang nehmen.«

Nicholas' Miene hatte sich jedoch nicht aufgehellt. »Es dauert einige Zeit, bis ich eine solche Summe flüssig machen kann«, dachte er laut. »Ich fürchte, zu lange.«

»Du kannst auf das Vermögen deines Onkels zurückgreifen«, riet Lord Durban. »Und ich bin bereit, dir ebenfalls auszuhelfen. Viel werde ich so kurzfristig nicht beisteuern können, aber alles zusammen könnte reichen. Was meinst du, Nic?«

»Wir müssen es auf jeden Fall versuchen. Ich kann Cathryn unmöglich diesem Mann überlassen.« Sein Blick fiel wieder auf den Reeder. »Wissen Sie, wo Cathryn sich jetzt aufhält? Ist sie in Sicherheit?«

»Sie lebt als Gesellschafterin im Haus von Lady Alicia, der Countess von Ashford.«

»Bei Tante Alicia?«, rief Lord Durban ungläubig. »Wie kommt sie dazu?«

»Meine Frau hat sie noch gestern Abend der Countess von Ashford vorgestellt. Wir mussten einen Platz für Cathryn finden, an dem sie vor Lord Weston sicher ist«, sagte der Reeder. »Selbstverständlich ahnt die Countess nichts von den Hintergründen.«

Lord Durban brach in ein befreites Lachen aus. »Da haben Sie allerdings hervorragende Arbeit geleistet, mein Herr«, rief er. »Bei meiner Tante ist sie so sicher wie in Abrahams Schoß.«

Nicholas stimmte ihm zu. Er kannte die lebhafte, alte Dame und spürte, wie sich seine Sorge um Cathryn langsam zu legen begann.

»Mylord«, wandte sich der Reeder an Nicholas. »Wenn Ihr Cathryn wirklich helfen wollt, dann sucht sie erst auf, wenn Ihr ihr eine gute Botschaft bringen könnt. Die letzten Monate waren eine einzige Zeit der Angst und Sorge für sie. Ich möchte nicht, dass man ihre Situation durch eine zerstörte Hoffnung noch bitterer macht.«

Nicholas sah den Reeder mit festem Blick an und nickte kurz. Es war schwer genug, Cathryns Reaktion einzuschätzen. Sosehr er sich auch nach ihr sehnte, er würde ihr erst wieder gegenübertreten, wenn er sie bat, seine Frau zu werden.

XII

Cathryn musterte sich kritisch in dem riesigen Spiegel, der an einer Wand von »Mrs. Mailley's Modesalon für die Dame der Gesellschaft« hing. Voller Schwung und Enthusiasmus hatte Lady Alicia Cathryn mit in die Stadt genommen, damit sie ihre Garderobe vervollständigen konnte. Etwas widerstrebend hatte Cathryn sich in den vornehmen Salon führen lassen. Lady Alicia schien eine etwas ungewöhnliche Vorstellung von »günstiger« Kleidung für eine Gesellschafterin zu haben, dachte Cathryn erstaunt, als sie die Preise hörte, die Mrs. Mailley verlangte. Weder zu Hause noch auf Braighton Hall hatte sie je eine solche Summe für ein Tageskleid bezahlt, aber wahrscheinlich war das der übliche Preis, den man in London bezahlen musste. Sie hatte zwei Tageskleider und ein schlichtes Abendkleid in Auftrag gegeben sowie einen leichten Mantel und zwei Negligés. Eigentlich wollte sie das Abendkleid nicht, vor allem, weil sie es für die kurze Zeit, die ihr Aufenthalt bei Lady Alicia tatsächlich dauern würde, für überflüssig hielt. Aber Lady Alicia hatte darauf bestanden und Cathryn gesagt, sie würde es ihr als eine Art Willkommensgeschenk überreichen. So kurz sie Lady Alicia auch kannte, hatte Cathryn längst eingesehen, dass man sie nur gewähren lassen konnte, sobald sie sich in den Kopf gesetzt hatte, jemandem etwas Gutes zu tun. Lady Alicia war die Güte in Person, dachte Cathryn jetzt, als sie sich in einem atemberaubenden Kleid aus wasserblauer Seide mit geschmackvoller Spitze am Dekolleté im Spiegel betrachtete. Aber wahrscheinlich würde sie dieses Kleid erst tragen können, wenn sie Lady Weston war. Ihr schauderte bei dem Gedanken.

»Aber mein Kind«, rief Lady Alicia erstaunt aus. »Gefällt es Euch etwa nicht?« Gerade war sie mitsamt der Schneiderin und den Näherinnen in bewunderndes Schweigen versunken. Das Kleid war ausgezeichnet gearbeitet und eher schlicht als prunkvoll. Doch als Cathryn es angezogen hatte, schien es einen Bund mit seiner Trägerin einzugehen. Cathryns Haut schimmerte fast golden und ihre Augen leuchteten mit neuer Intensität.

»Doch, natürlich«, beeilte Cathryn sich zu versichern. »Es ist ganz zauberhaft.« Zaghaft drehte sie sich vor dem Spiegel.

Mrs. Mailley trat persönlich zu ihr, um einige Änderungen, die noch gemacht werden mussten, abzustecken. Lady Alicia sah dabei zu und beobachtete Cathryns Miene. Jedes andere junge Mädchen wäre über ein Kleid wie dieses begeistert gewesen, vor allem, wenn es darin ein Bild wie Cathryn Avondale abgeben würde. Aber Cathryn schien eher etwas schwermütig und desinteressiert, als ob ihr etwas auf die Seele drückte. Mit einem wachen Ausdruck in den blauen Augen beschloss Lady Alicia, diesem Geheimnis auf den Grund zu gehen.

Die beiden Tageskleider konnten schon eingepackt werden, und Cathryn bezahlte sie mit dem letzten Geld, das sie hatte. Wenigstens würde sie im Haus von Lady Alicia nichts mehr brauchen, dachte sie bekümmert, als sie in die Kutsche stieg. Und bald würde sie dem Earl von Chambury auch sein Pferd zurückgeben können. Wieder einmal überflutete die Erinnerung an Nicholas Cathryn mit überraschender Stärke. Ein wehmütiger Ausdruck trat in ihre Augen. Lady Alicia, die neben ihr saß, musterte sie eingehend.

»Mein liebes Kind, Ihr scheint mir heute etwas schwermütig«, sagte sie.

Cathryn fuhr hoch.

»Verzeiht mir, Mylady. Ich wollte Euch bestimmt nicht mit meiner Laune belasten.« Sie setzte ein pflichtbewusstes Lächeln auf. Immerhin wollte sie Lady Alicia wenigstens für die kurze Zeit eine aufmerksame Gesellschafterin sein. Aber Lady Alicia bemerkte, dass das Lächeln nicht Cathryns Augen erreichte.

»Woran habt Ihr gedacht?«, fragte sie scherzhaft. »An eine verflossene Liebe?«

Erschrocken sah Cathryn Lady Alicia an.

»Aber seid doch nicht so entsetzt«, sagte die Countess beschwichtigend. »Ich nehme an, dies ist der Grund, der Euch veranlasst hat, nach London zu kommen. Die Liebe zu dieser Stadt ist es sicher nicht gewesen, dafür scheint Ihr mir einfach zu wenig begeistert.«

»Oh, London ist wunderschön«, sagte Cathryn schnell.

»Ja, das ist es«, pflichtete ihr Lady Alicia bei. »Aber da Ihr Euch seiner Schönheit kaum öffnet, nehme ich an, dass ein noch wichtigerer Grund dahinter stecken muss.«

Ein trauriges Lächeln legte sich auf Cathryns Lippen. Warum sollte sie es der Countess nicht sagen? Wenn sie es ohnehin schon erraten hatte.

»Ihr habt Recht, Mylady«, sagte sie. »Ich habe geliebt. Aber es war aussichtslos.«

»Es tut mir sehr Leid für Euch.« Lady Alicias Augen spiegelten ihr aufrichtiges Mitgefühl – und gleichzeitig die Frage, welcher Mann die Liebe einer solchen Frau verschmähen konnte. »Aber Ihr dürft darunter nicht so leiden. Ein so hübsches Mädchen wie Ihr sollte doch schnell einen anderen finden, dem es sein Herz schenken kann.«

Niemals!, dachte Cathryn.

»Ihr habt sicher Recht, Mylady«, sagte sie stattdessen brav. »Und London ist tatsächlich wunderschön. Ich hatte nur noch keine Gelegenheit, es wirklich kennen zu lernen.«

»Dann sollten wir daran schnellstens etwas ändern«, sagte die Countess unternehmungslustig. »Zuerst werden wir unsere Heimfahrt noch etwas ausdehnen und ich werde Euch die Alleen und den Park zeigen. Und dann werde ich nächste Woche eine kleine Dinnerparty geben. Da habt Ihr Gelegenheit, die ach so feine Londoner Gesellschaft mal vorsichtig aus der Nähe zu beschnuppern.«

»Aber Mylady ...«, begann Cathryn, in der sich ein unbehagliches Gefühl ausbreitete. Sie wollte sich lieber nicht so viel in der Öffentlichkeit zeigen.

»Keine Widerrede, mein Kind«, schnitt ihr die Countess das Wort ab. »Es ist sowieso höchste Zeit, dass ich wieder einmal einlade. Zudem ist mein Neffe schon vor Wochen von seiner letzten Reise zurückgekehrt und hat noch nicht ein einziges Mal bei mir vorbeigeschaut, um mir von seinen Abenteuern zu erzählen. Dieses Mal lässt er sich wirklich bitten.«

Ein flüchtiger Gedanke an Lord Weston durchfuhr Cathryn. Was wäre, wenn er sie sehen würde? Bei Lady Alicia war sie sicher, beruhigte sich Cathryn selbst. Wahrscheinlich war Lord Weston gar nicht in London, sondern bereitete sich in Gedanken schon auf die Hochzeit vor.

Wenn sie gewusst hätte, dass Edward Weston in diesem Augenblick seine von der Reise staubigen Handschuhe in seinem Londoner Stadthaus ablegte, wäre sie sich da nicht mehr so sicher gewesen.

Erschöpft sank Nicholas Tremayn in seinen Lieblingssessel im Arbeitszimmer. Die letzten Tage waren die Hölle gewesen. Nicht nur, dass er Cathryn nicht sehen durfte, obwohl er wusste, wo sie sich befand. Er musste sich auch in die Lage versetzen, endlich offiziell um ihre Hand anhalten zu können. Und sie musste seinen Antrag annehmen können.

Zuerst hatte er so schnell und so unauffällig wie möglich versucht, die Summe aufzutreiben, die er benötigte, um Cathryn freizukaufen. Dabei war es ihm mit Daniels Hilfe gelungen, die Geschäfte jeweils so zu verschleiern, dass niemand bemerken konnte, dass das Geld nur zum Earl von Chambury floss. Hätte sich das herumgesprochen, wären die Geschäfte weit weniger günstig verlaufen. Er hatte einige Aktien seines Onkels und eigene Anteile verkauft und Geschäfte abgesagt, an denen er sich beteiligen wollte. Glücklicherweise musste er dabei niemandem so kurzfristig absagen, dass es einen Skandal hätte geben können. Doch einige verlockende Angebote waren ihm entgangen. Aber das spielte keine Rolle für ihn. An diesem Morgen hatte er schließlich die erforderliche Summe zusammen. Jetzt galt es, so schnell wie möglich die Übergabe der Summe von Lord Westons Verwalter bestätigen zu lassen.

Glücklicherweise musste er dazu nicht auf den Landsitz Westons fahren, wo ihm der Anwalt Leland sicherlich Schwierigkeiten gemacht hätte. Weston musste irgendwie herausbekommen haben, dass er mit Daniel dort gewesen war, sonst wäre er nicht auf Braighton Hall aufgetaucht. Also wusste auch Leland Bescheid. Zudem war Leland wohl auch nur mit den örtlichen Angelegenheiten Westons betraut und würde kaum über die entsprechende Vollmacht verfügen, eine solche Summe anzunehmen. Für seine vielen Schuldner hatte Weston extra einen Verwalter und Buchhalter in London eingesetzt. Der würde zwar den Namen Avondale in seinen Unterlagen finden, aber war wahrscheinlich nicht über den besonderen Vertrag zwischen Cathryn und Lord Weston informiert.

Trotzdem hatte Nicholas einige brisante Augenblicke im Büro von Westons Angestelltem verbracht, in der bangen Hoffnung, ob der Plan wirklich so funktionieren würde. Aber zu seiner unendlichen Erleichterung war der Verwalter nicht eingeweiht und schien sogar sehr erfreut, seinem Arbeitgeber einen solchen Dienst erweisen zu können. Das Geld galt eigentlich schon als verloren und der Verwalter erhoffte sich für diesen Dienst eine ordentliche Provision. Dann war die Bestätigung über den Empfang der Schuldbegleichung für Allistaire Avondale, übergegangen auf dessen Tochter Cathryn, endlich perfekt.

Noch einmal las Nicholas das Dokument durch. Damit war Westons Vertrag mit Cathryn hinfällig. Ihr Anteil war fristgerecht erfüllt worden und Westons Macht über sie somit gebrochen. Und endlich kam wieder die gewohnte Gelassenheit über Nicholas. Nichts stand mehr zwischen ihm und Cathryn. Endlich konnte er sie von ihren Sorgen erlösen und sie wiedersehen. Und er konnte noch viel mehr als das. Er würde das Herz dieser unberechenbaren Nymphe gewinnen und sie zu seiner Frau machen. Er würde ihre Leidenschaft, von der sie selbst noch so wenig ahnte, wecken und in ungeahnte Bahnen der Erfüllung leiten.

»Wie schön, dich wieder mal in so entspannter Laune anzutreffen«, erklang eine Stimme von der Tür und riss Nicholas aus seinen angenehmen Träumen. »Du siehst aus wie eine Katze, die gerade eine große Schale mit Sahne gefunden hat«, sagte Daniel lachend.

Nicholas grinste zurück. »Sahne vielleicht nicht gerade, aber ebenso süß.«

»Du hast das Dokument?«

»Eben erhalten.«

Zufrieden schwenkte Nicholas das Blatt.

»Wann willst du es Cathryn sagen?« Atemlos las Daniel die Zeilen und prüfte die Unterschriften und das Siegel.

»So schnell wie möglich«, erwiderte der Earl. »Ich kann es kaum erwarten, sie wiederzusehen.«

»Dann wird dir ja ein würdiger Rahmen für dieses Ereignis geschaffen«, sagte Lord Durban. »Tante Alicia gibt heute eine Dinnerparty und hat uns eingeladen. Wahrscheinlich wird sie uns wieder ausquetschen wie frische Orangen, nur um ihre Gäste mit den Einzelheiten unserer letzten Reise zu unterhalten.«

»Bei der Erfüllung dieser Aufgabe wirst du wohl auf dich selbst angewiesen sein«, sagte Nicholas lachend. »Sosehr ich deine liebe Tante Alicia auch schätze, ich hoffe doch, dass ich mich weitaus interessanterer Gesellschaft erfreuen werde.«

»Wenn Tante Alicia erst einmal Wind von den Ereignissen bekommt, wird unsere vergleichsweise langweilige Reise sowieso ihren Reiz verlieren«, bemerkte Lord Durban trocken. Sein Blick streifte Nicholas' staubige Kleidung. »Aber ich gebe dir den Rat, vorher ein Bad zu nehmen, Nic. Sonst läuft dir das arme Mädchen noch einmal weg.«

Damit deutete er spöttisch eine Verbeugung zum Abschied an und drehte sich mit einer grüßenden Handbewegung um.

»Sieh zu, dass du auf dich selbst aufpasst«, rief der Earl Daniels Rücken nach.

Durban winkte noch einmal, ohne sich umzudrehen. »Ich hole dich in einer Stunde ab«, rief er.

Nicholas gab Anordnungen und ließ sich wenig später mit einem wohligen Seufzer in sein Badewasser gleiten. Er war voller Vorfreude auf das Wiedersehen.

»Cathryn …«, seufzte er leise.

Schimmernde Wassertropfen perlten von Cathryns Haut. Überrascht ertappte sie sich, wie sie gut gelaunt eine kleine Melodie summte. Wie konnte sie nur so entspannt sein? In wenigen Tagen musste sie die schwerste Reise ihres Lebens antreten und zu Edward Weston zurückkehren, um ihn zu heiraten. Aber wahrscheinlich war gerade das der Grund. Sie wollte die kurze Zeit, die ihr noch in Freiheit blieb, in vollen Zügen genießen. Und sie freute sich wirklich auf den Abend. Davon würde sie wahrscheinlich noch lange in ihrer Erinnerung zehren müssen, wenn er sie wieder auf seiner finsteren Burg einsperrte. Nur für heute Abend wollte sie ihn aus ihren Gedanken verdrängen.

Wohlig ließ sie sich noch etwas tiefer ins Wasser gleiten. Unvermittelt fühlte sie sich dem Earl so nahe. Was mochte er gerade tun? War er mit Lady Stafford zusammen? Verwirrt biss sie sich auf die Lippen. Vielleicht war es besser, auch diesen Mann aus ihren Gedanken zu verbannen. Aber wie konnte sie das, solange jede Erinnerung an ihn in ihr eine wohlige Wärme entfachte, die jedoch nur zu schnell von den bitteren Dornen der Enttäuschung verdrängt wurde. Wahrscheinlich dachte er nicht einmal mehr an sie. Er würde sie höchstens dafür verwünschen, dass sie sein Pferd mitgenommen hatte. Na, in Kürze konnte sie es ihm ja zurückschicken.

Abrupt erhob sie sich aus der Wanne und wickelte sich in ein weiches Tuch. Hier hatte sie keine eigene Zofe, die ihr beim Ankleiden behilflich war. Mina, eine der Dienerinnen Lady Alicias, würde ihr helfen, das Kleid anzuziehen – das wasserblaue Abendkleid.

»Ich konnte schon etwas früher weg«, sagte Mina stolz, als sie wenig später in Cathryns Zimmer schlüpfte. »Da kann ich Euch noch helfen, das Haar zu frisieren. Mrs. Sherfs sagt immer, dass ich sehr geschickte Hände habe.«

Cathryn musste lächeln, als sie den Eifer des jungen Mädchens sah. Mina war erst vierzehn und noch nicht lange im Haus von Lady Alicia. Das bedeutete, dass sie sich erst noch das Vertrauen der übrigen Dienerschaft verdienen musste. Ein solches Lob von der Haushälterin selbst war eine hohe Auszeichnung.

»Wie schön, dass du mir hilfst«, sagte Cathryn und lächelte das Mädchen freundlich an. »Allein wäre es viel schwieriger für mich geworden.«

Mina half Cathryn in das Kleid, das jetzt wie angegossen passte und ihre schlanke Figur vorteilhaft zur Geltung brachte. Cathryn war zwar der Meinung, dass es etwas zu tief ausgeschnitten war, aber das lag wohl daran, dass sie bisher eher hochgeschlossene Kleider besessen hatte.

Danach bürstete das Mädchen Cathryns Haar trocken, bis es sich in großzügigen Locken über ihren Rücken legte und die hellen Lichter darin wie Gold schimmerten. Mina wollte gerade damit beginnen, die volle Pracht hochzustecken, als Cathryn ihrem Blick im Spiegel begegnete.

»Vielleicht nehmen wir doch nur eine silberne Spange?«, fragte Mina schüchtern. »Euer Haar ist so schön, dass es schade wäre, es zu verstecken.«

Kurz darauf hatte Mina ein paar Locken zurückgebürstet und mit einer Spange befestigt. Auf den ersten Blick wirkte es so, als ob Cathryn das Haar offen trüge. Cathryn nickte Mina noch einmal dankend zu und straffte die Schultern. Dann gesellte sie sich zu Lady Alicia in den Salon.

Die Countess streifte ihre Haare mit einem kurzen, erstaunten Blick. Aber dann lächelte sie Cathryn wohlwollend an und nickte anerkennend.

»Ihr habt Recht, mein Kind. Solange man es sich leisten kann, sollte man sich mit dem schmücken, was einem die Natur verliehen hat.«

»Aber Mylady«, widersprach Cathryn. »Ihr selbst seid noch heute eine so wunderschöne Dame.«

»Ich bin, was ich bin«, sagte Lady Alicia verschmitzt. »Und für eine Frau in meinem Alter wäre es wahrhaftig nicht mehr schicklich, das Haar nicht aufzustecken.«

Plötzlich betrachtete Cathryn die alte Dame eingehend.

»Warum seht Ihr mich so an?«, fragte die Countess erstaunt.

»Ich fragte mich nur, was Euch veranlasst, so freundlich zu mir zu sein«, sagte Cathryn langsam. »Ihr kennt mich kaum, und doch schenkt Ihr mir Kleider, erlaubt mir, mein Haar offen zu tragen. Warum tut Ihr das, Mylady?«

Ruhig erwiderte Lady Alicia Cathryns Blick. Schließlich lächelte sie.

»Ich habe Euch in der kurzen Zeit, die ich Euch kenne, schon ins Herz geschlossen, Cathryn«, sagte sie. »Und ich muss zugeben, dass ich in Bezug auf Euch ... nun, sagen wir, gewisse Hoffnungen hege.«

»Was für Hoffnungen?« Überrascht bemerkte Cathryn, wie die Countess von Ashford zart errötete.

»Es handelt sich um meinen Neffen«, begann sie zaghaft. »Ich würde mir wünschen, dass Ihr sein Interesse weckt. Und dass er Euch ebenfalls gefällt.«

»Mylady!«

»Ja, ich würde euch beide gern als ein Paar sehen«, sagte die Countess und wandte etwas verlegen den Blick ab. »Ich bin mir sicher, dass er keine bessere Wahl treffen könnte.«

Cathryn musste unwillkürlich lächeln.

»Ich glaube, Ihr seid eine unverbesserliche Frau.« Erschrocken hielt sie inne. »Das war natürlich nicht respektlos gemeint, Mylady, aber ...«

»Ich weiß, Ihr liebt einen anderen«, unterbrach Lady Alicia sie. »Aber Ihr habt ihn bereits verlassen, aus Gründen, die mich natürlich nichts angehen. Und jetzt werden wir sehen. Schaut mich nicht so betrübt an, ich möchte doch nur Euer Bestes, Kind.«

»Ich weiß«, antwortete Cathryn leise. »Aber ich möchte Euch nicht enttäuschen.«

Da sah die Countess sie ernst an. »Niemand zwingt Euch zu irgendetwas, Cathryn«, sagte sie eindringlich.

Gequält wandte Cathryn den Blick ab. Morgen würde sie Lady Alicia alles erzählen, schwor sie sich. Die Countess hatte ihre Aufrichtigkeit verdient. Aber in diesem Augenblick war dazu keine Zeit mehr. Die ersten Gäste trafen ein.

XIII

Cathryn hatte von Lady Alicia die Erlaubnis erhalten, am Dinner teilzunehmen. Sie hatte erwartet, dass es ihr höchstens gestattet sein würde, sich den Gästen später anzuschließen, wie es für eine Frau in ihrer Position angemessen gewesen wäre. Jetzt musste sie still in sich hineinlächeln, als ihr der eigentliche Grund klar wurde. Wenn Lady Alicia tatsächlich den Plan hatte, sie mit ihrem Neffen zusammenzubringen, konnte Cathryn nicht früh genug in die Gesellschaft eingeführt werden. Immerhin war Cathryn dankbar, dass sie nicht den Aufwand eines eigens für sie arrangierten Balles mitmachen musste, wie es den meisten Debütantinnen der vornehmen Gesellschaft geschah. Aber Cathryn fühlte sich nicht als vornehme Debütantin. Immerhin war sie schon einige Jahre älter, und sie stand nicht vor der Aufgabe, sich so schnell wie möglich einen Bräutigam suchen zu müssen. Ich habe schon einen, dachte sie missmutig.

Aber diesen Abend würde sie sich nicht verderben lassen. Unauffällig sah sie sich um und betrachtete neugierig die Lords und Ladys, die der ehrenvollen Einladung der Countess von Ashford gefolgt waren. Sie war so versunken in ihre Bewunderung der Pracht, die sie umgab, die herrlichen Roben, die Juwelen und die festliche Tafel, dass sie gar nicht bemerkte, wie oft die Blicke der anwesenden Gäste sie streiften. Natürlich wurde sie von ihrer Umgebung ebenso neugierig beobachtet, nachdem die Countess von Ashford sie zwanglos vorgestellt hatte. Und nicht wenige Herren hatten schon vor dem Dinner zaghafte Versuche gemacht, sie in ein Gespräch zu verwickeln.

Die Zeit verging viel zu schnell, und ehe Cathryn sich versah, wurde die Tafel schon wieder aufgehoben und man zog sich in die Salons der Countess zurück. Cathryn hielt sich zunächst an Lady Alicias Seite, die etwas ungehalten war, dass ihr Neffe noch nicht erschienen war.

»Er lässt immer das Souper aus«, tadelte sie den Abwesenden. »Wahrscheinlich ist ihm meine Küche einfach zu langweilig. Nach allem, was er auf seinen Reisen schon gekostet hat.«

Cathryn war über den Umstand nicht allzu unglücklich. Nach kurzer Zeit fand sie sich in einem angeregten Gespräch mit zwei jungen Lords wieder, die sie mit bewundernden Blicken ansahen. Dadurch entging ihr auch die Ankunft eines neuen Gastes, der seinen Blick von der Tür aus über die anwesenden Personen schweifen ließ, bis er an Cathryn haften blieb. Ein Glitzern trat in seine Augen, als er ihren Anblick in sich aufsog.

Mit einem Lächeln entschuldigte sich Cathryn schließlich bei ihren enttäuschten Gesprächspartnern, um sich unauffällig in eine Fensternische zurückzuziehen. Sie war einfach nicht daran gewöhnt, ein tief dekolletiertes Kleid zu tragen, und musste sich immer wieder mit einem schnellen Blick in die Spiegel und Fensterscheiben davon überzeugen, dass alles noch am rechten Ort saß.

Gerade als sie sich wieder vom Fenster abwandte, fühlte sie einen festen Griff um ihren Arm. Mit einem Wort der Empörung über dieses Benehmen auf den Lippen drehte sie sich um, um den Flegel in seine Schranken zu weisen, aber die Worte erstarben ihr auf den Lippen. Blankes Entsetzen erfüllte sie, als sie in die kalten Augen von Lord Weston blickte, die sich zu schmalen, grauen Schlitzen verengt hatten.

»Ihr …?«, brachte sie mühsam hervor.

Vor Schreck war sie wie gelähmt, denn sein Auftauchen kam völlig unerwartet für sie. Sie hatte vorsichtig die Gästeliste nach seinem Namen durchgesehen und war sich sicher, dass er keiner von Lady Alicias geladenen Gästen war. Umso bewusster wurde sich Cathryn, dass er nur wegen ihr gekommen war.

Ein grausames Lächeln verzog Westons Mund, als er sie abschätzig musterte und die Angst in ihren Augen sah.

»Wie ich sehe, erinnert Ihr Euch immerhin noch an mich, meine Liebe«, presste er leise hervor. »Wir haben uns so lange nicht mehr gesehen, dass ich schon befürchtet habe, ich müsste mich Euch erneut vorstellen. Ich bin Euer Bräutigam, Madame. Der Mann, dem Ihr die Ehe versprochen habt.«

Verzweifelt bemühte sich Cathryn, ihren Arm aus seiner Umklammerung zu befreien.

»Lasst mich los«, keuchte sie, während ihr das Herz bis zum Hals schlug.

»Damit Ihr wieder davonlaufen könnt?«, zischte Weston. »Gewöhnt Euch endlich daran, dass Ihr meine Frau werdet. Eure alberne Gegenwehr ist völlig nutzlos und sie stimmt mich nicht gerade milde.« Verächtlich sah er auf sie herunter. »Und Ihr solltet mich besser milde stimmen, sonst wird es Euch noch Leid tun.«

Cathryns Augen weiteten sich vor Entsetzen.

»Niemals werde ich mich Euch unterwerfen«, fauchte sie dann mit dem Mut der Verzweiflung, während sie erneut versuchte, sich seinem Griff zu entziehen. Aber nun schlang sich sein Arm um ihre Taille und er presste sie eng an sich. Cathryn stemmte die Hände gegen seine Brust, um ihn von sich zu schieben, aber sein Arm umschlang sie unerbittlich.

»Bald habe ich alle Rechte über Euch und brauche Eure Zustimmung nicht mehr. Ihr gehört mir und daran könnt ihr nichts ändern.« Hämisch lachte er auf. »Schon gar nicht, nachdem ihr auch Tremayn davongelaufen seid, Närrin.«

»Tremayn? Was wisst ihr …?«, begann Cathryn.

»Tremayn wird Euch nicht helfen, meine Süße. Wie sollte er auch, Ihr habt ihm jede Möglichkeit genommen, es zu tun.« Triumphierend sah Weston sie an. »Er weiß nicht einmal, wo Ihr seid.«

»Und Ihr? Wie konntet Ihr wissen, wo ich bin?«

»Dieser Gedanke beschäftigt mich seit Monaten, Madame«, sagte Weston gedehnt, und sein Blick streifte lüstern ihren Brustansatz. »Aber Ihr habt es mir sehr leicht gemacht. Wenn Ihr in einer offenen Kutsche durch London fahrt, solltet Ihr Euch nicht wundern, wenn Ihr entdeckt werdet. Braighton Hall war ein weitaus besseres Versteck für eine Vertragsbrecherin.«

»Ich habe den Vertrag nicht gebrochen«, erwiderte Cathryn heftig und fühlte Wut in sich aufsteigen. »Ich hätte mich freiwillig bei Ablauf der Frist an die Abmachung gehalten, da ich im Gegensatz zu Euch meine Ehre sehr hoch einschätze. Aber ich werde mich Euch niemals unterwerfen!«

»Ihr wiederholt Euch, Madame«, sagte Weston kalt. »Soll ich Euch noch heute Nacht beweisen, dass ich Euch unterwerfen kann?« Er beugte sich leicht vor, als ob er sie küssen wollte.

Mit aller Kraft stemmte Cathryn sich gegen ihn. »Nein, das könnt Ihr nicht tun, Ihr habt kein Recht dazu. Ich verabscheue Euch!«

»Die Einzige, der Ihr mit Eurer Sturheit schadet, seid Ihr selbst. Ich werde Euch schon lehren, Euch meinen Wünschen zu beugen.«

Damit ergriff er grob ihr Kinn, um ihren Lippen seinen Mund aufzuzwingen. Verzweifelt krallten sich Cathryns Hände in seine Arme, aber er schenkte ihrer Gegenwehr keine Beachtung. In diesem Augenblick trat einer der jungen Lords an sie heran, mit denen Cathryn sich unterhalten hatte.

»Lord Weston, was geht hier vor?«, fragte er und warf einen schnellen Blick auf Cathryn, die ihn flehend ansah. »Die Dame sieht nicht so aus, als ob sie Eure Anwesenheit und Eure äußerst unziemliche Annäherung begrüßen würde.«

Verächtlich musterte Weston den blonden jungen Mann. »Mischt Euch nicht in Angelegenheiten, die

Euch nichts angehen, Hensleigh«, sagte er mürrisch. »Es ist besser, Ihr verschwindet.«

»Ich werde Miss Avondale nicht bei Euch zurücklassen, Mylord«, erwiderte Hensleigh laut.

»Und ich lasse mich nicht von einem grünen Jungen belehren«, zischte Weston wütend, ohne seinen Griff um Cathryn zu lockern. Inzwischen hatten bereits mehrere Gäste den Zwischenfall bemerkt und die Gespräche waren verstummt. Neugierige Blicke richteten sich auf die Fensternische und schließlich kam auch Lady Alicia durch den Salon auf sie zu. Als Weston sich plötzlich im Mittelpunkt der allgemeinen Aufmerksamkeit sah, beschloss er, seine Taktik zu ändern. Entschlossen ergriff er Cathryns zartes Handgelenk und zog sie mit sich in die Mitte des Raumes. Verzweifelt versuchte sie, seine Finger zu lösen, aber Weston beachtete sie nicht. Triumphierend sah er sich um.

»Ladies und Gentlemen, es ist mir eine Ehre, an diesem Abend endlich meine Verlobung mit Miss Cathryn Avondale bekannt zu geben«, sagte er laut.

Ungläubiges Schweigen folgte seinen Worten, und alle Augen richteten sich auf Cathryn, die sich offensichtlich gegen seinen Griff wehrte.

»Meine Verlobung mit Miss Avondale hat bereits vor mehreren Monaten auf dem Land stattgefunden«, fuhr Weston fort. »Und da das Trauerjahr um ihren geliebten Vater nun abläuft, können wir unser Glück endlich öffentlich bekannt geben.«

Ein aufgeregtes Murmeln ging durch die Menge.

»Cathryn, ist das wahr?«, fragte die Countess von Ashford und sah auf die widerstrebende junge Frau, die ihr nicht gerade wie eine verliebte Braut erschien. Unglücklich erwiderte Cathryn ihren Blick, während Tränen ihre schönen Augen füllten. Gequält nickte sie kurz, aber gerade, als sie zu einer ausführlicheren Erklärung ansetzen wollte, riss Weston sie wieder an sich.

»Das dürfte wohl ausreichen«, rief er, und ein gieriger Glanz trat in seine Augen. »Meine Verlobte wird die Tage bis zu unserer Eheschließung mit mir in meinem Stadthaus verbringen. Wenn Ihr erlaubt, Lady Alicia, werden wir uns jetzt zurückziehen.« Knapp nickte er der Hausherrin zu, die hilflos mit ansehen musste, wie er Cathryn fortzerren wollte.

»Einen Augenblick noch, Lord Weston«, erklang eine Stimme. »Ich denke, Ihr handelt ein wenig überstürzt.«

Weston fuhr herum und riss Cathryn mit sich. Hilflos prallte sie gegen seinen Körper, aber im nächsten Augenblick fühlte sie, wie warme Wellen der Erleichterung durch ihren Körper strömten. Atemlos beobachtete sie, wie der Earl von Chambury mit aufreizender Gelassenheit in den Salon schlenderte. Doch seine äußere Ruhe konnte nicht darüber hinwegtäuschen, dass sein geschmeidiger Körper bis in die letzten Nervenfasern angespannt war. Mit gefährlich schmalen Augen fixierte er Weston, der Cathryn noch immer krampfhaft festhielt. Als er die Angst und den Schmerz in ihren tränenfeuchten Augen sah, verdüsterte sich Nicholas' Blick noch mehr.

»Tremayn«, zischte Lord Weston und grinste wirr. »Ich wusste, Ihr würdet nicht aufgeben. Aber Ihr kommt zu spät.« Seine schrille Stimme überschlug sich im Augenblick seines vermeintlichen Triumphes.

»Irrtum«, erwiderte der Earl gefährlich ruhig. »Ihr freut Euch zu früh.«

»Was? Was faselt Ihr da?«

Schweißperlen standen auf Westons Stirn. Unwillkürlich presste er seine Finger noch fester um Cathryns Arm und sie stöhnte vor Schmerz auf. Ungeheure Wut durchströmte Nicholas und er warf Weston einen vernichtenden Blick zu. Er würde dafür bezahlen, schwor sich Nicholas.

»Lasst sie los«, forderte er Weston auf und näherte sich ihm langsam, ohne ihn auch nur eine Sekunde aus den Augen zu lassen. »Sofort!«

»Sie gehört mir, Chambury«, presste Weston hervor. »Und ich werde sie niemals loslassen.«

»Ihr täuscht Euch wieder, Weston.« Der dunkle Blick des Earl streifte Cathryn. »Die Frist ist noch nicht abgelaufen. Der Vertrag, zu dem Ihr Miss Avondale gezwungen habt, ist noch nicht gültig. Und er wird es auch nicht werden.«

»Wie … wie meint Ihr das?«, stammelte Weston verwirrt. Der Earl von Chambury wirkte so verflucht sicher. Was konnte er gegen ihn in der Hand haben?

Langsam zog Nicholas ein Dokument hervor und entfaltete es vor Westons Nase. »Die Dame schuldet Euch nichts mehr. Die Last, die ihr Vater ihr vererbt hat, ist getilgt. Der Versuch, Euch eine Braut zu kaufen, ist misslungen, Weston.«

Verächtlich verfolgte Nicholas Westons Mienenspiel, das dessen Verwirrung deutlich zeigte. Endlich ließ er Cathryn los, um das Dokument zu lesen. Sie taumelte sofort von ihm weg und befürchtete schon, dass ihre Knie nachgeben würden, da fühlte sie plötzlich einen starken Arm, der sich beschützend um sie legte. Dieser Arm verhieß Wärme und Vertrauen, und instinktiv lehnte sie sich in seinen Schutz, während Weston mit bebenden Händen das Dokument sinken ließ.

»Ihr habt es getan, Chambury«, sagte er tonlos, während sein Gesicht weiß vor Wut wurde. »Ihr habt diese gottverdammte Summe aufgebracht!«

»Und somit Miss Avondales Verpflichtung eingelöst. Sie ist Euch nichts mehr schuldig, Weston. Ihr habt Eure grausame Macht über sie verloren.«

Wieder glänzte der Wahnsinn in Westons Augen auf.

»Sie gehört mir!«, schrie er. »Ich lasse mir nicht nehmen, was mir gehört! Auch nicht von Euch, Chambury!«

Damit stürzte er auf den Earl zu, um Cathryn aus dessen Armen zu reißen. Aber geistesgegenwärtig schob Nicholas Cathryn hinter sich und streckte Weston mit einem einzigen, gezielten Faustschlag zu Boden. Ohnmächtig brach er zu seinen Füßen zusammen.

Ein Aufschrei war durch die versammelten Gäste gegangen, als Weston sich auf den Earl gestürzt hatte, und jetzt löste sich die Spannung in aufgeregtes Gerede. Neugierig scharte man sich um Weston, der regungslos auf dem Boden lag, und warf dem Earl anerkennende Blicke zu. Nicholas schüttelte seine Hand aus, die von dem kräftigen Schlag, in den er all seine Wut auf Weston gelegt hatte, schmerzte. Dann zog er Cathryn wieder in seine Arme und hielt sie dicht an sich gepresst, wie er es sich so lange ersehnt hatte.

»Hat er dir weh getan?«, fragte er heiser in ihr Haar.

Sie nickte leicht.

»Ein bisschen«, sagte sie tränenerstickt und kämpfte um ihre Fassung.

»Mein Gott, fast wäre ich zu spät gekommen!« Wieder vergrub er sein Gesicht in ihrem duftenden Haar.

»Aber du bist gekommen«, sagte sie mit einem zaghaften Lächeln. Sie konnte selbst kaum glauben, was gerade geschehen war. Dankbar sah sie zu ihm auf. »Du hast mich nicht vergessen.«

Zärtlich sah er sie an und strich sachte über ihre zarte Wange. »Wie könnte ich das, mein unvergesslicher Engel?«

Inzwischen war die Countess von Ashford herangekommen.

»Nicholas, könntest du mir vielleicht erklären, was sich hier eben genau abgespielt hat?«, fragte sie nachdrücklich, sichtlich darum bemüht, Fassung und Würde zu bewahren.

Nicholas wandte sich zu ihr um, aber da erklang dicht neben ihr eine andere Stimme.

»Liebste Tante, das ist eine sehr lange Geschichte, die zu erzählen doch eine gewisse Zeit und Ruhe beanspruchen würde. Aber ich kann dir versichern, dass du das Beste schon mitbekommen hast. Nic hat ihr wirklich ein besonders dramatisches Ende verliehen.«

Lady Alicia fuhr herum und blickte in ein Paar Augen, das von ebenso intensivem Blau war wie ihre eigenen.

»Daniel«, rief sie aus.

»Tante Alicia.« Herzlich umarmte Lord Durban seine Tante. Dann sah er Cathryn an.

»Ich bin entzückt, Euch wiederzusehen. Und sehr erfreut, dass es noch rechtzeitig geschah.« Charmant küsste er ihre Hand.

»Du kennst sie?«, fragte Lady Alicia, die aus dem Staunen nicht mehr herauskam.

»Aber natürlich, Tante. Sie hat auf Nics Landsitz gelebt.«

»Wie bitte?« Lady Alicias elegante Brauen fuhren in die Höhe.

»Versteht das bitte nicht falsch, Mylady«, schaltete sich Cathryn ein. »Ich kannte den Earl damals ja noch gar nicht. Und genauer gesagt war ich Gast bei seinem Onkel.«

»Bei Sir James. Aber wie kommt Ihr denn dazu?«

»Ich sagte dir doch, Tante Alicia. Es ist alles eine viel zu lange Geschichte, als dass wir sie dir jetzt in aller Ausführlichkeit erzählen könnten. Außerdem macht es mir viel zu viel Freude, dich ausnahmsweise mal ein wenig auf die Folter zu spannen.«

Lady Alicia seufzte resigniert.

»Es wird ohnehin schon viel zu viel Gerede geben«, sagte sie, während sie mit den anderen beobachtete, wie der bewusstlose Lord Weston von seinen Dienern hinausgetragen wurde. »Ich hoffe nur, mein lieber Neffe, dass sich das alles auch zu meiner Zufriedenheit auflösen wird.«

»Lord Durban ist also Euer Neffe«, fragte Cathryn überrascht.

»Ja, das ist er«, erwiderte die Countess von Ashford und errötete zum Erstaunen der beiden Männer.

»Du brauchst dich nicht gleich so deutlich für mich zu schämen, Tante Alicia«, sagte Lord Durban gespielt erbost. »Miss Avondale hat mich nur von meiner manierlichsten Seite kennen gelernt.«

»Nein, darum geht es nicht«, setzte die Countess wieder an.

»Lady Alicia hatte nur den Hintergedanken, dass ich Euch heute Abend kennen lernen sollte«, erklärte Cathryn lächelnd. »Offenbar hielt sie uns für ein ideales Paar.«

Lord Durban brach in herzliches Lachen aus, während sich Nicholas' Arm noch etwas fester um Cathryn legte.

»Ich glaube, liebe Tante, diese Angelegenheit wird sich nicht zu deiner Zufriedenheit lösen«, sagte Lord Durban heiter. »Es sieht ganz so aus, als würde Miss Avondale die neue Countess von Chambury.«

Lady Alicias Blick wanderte von Cathryn zum Earl und wieder zurück und ein Lächeln legte sich auf ihr Gesicht.

»Da hast du wahrscheinlich Recht, Daniel«, sagte sie. »Da haben wir heute Abend doch noch eine Verlobung zu verkünden.«

Und ehe Cathryn wusste, wie ihr geschah, hatte jeder ein Glas Champagner in der Hand und bejubelte ihre Verlobung mit dem Earl von Chambury. Cathryn selbst war überhaupt nicht in der Lage, einen klaren Gedanken zu fassen. Alles, was ihr bewusst war, war der starke Arm, der sie noch immer umfangen hielt und ihr Sicherheit gab. Eine Sicherheit, die sie so lange vermisst hatte.

Kurze Zeit später hatten sich Lady Alicias Gäste verabschiedet. Jeder Einzelne fieberte schon der nächsten Gelegenheit entgegen, bei der man die spektakulären Ereignisse zum Besten geben konnte, deren Zeuge man an diesem Abend geworden war. Schließlich begleitete der Earl Cathryn zu ihrem Zimmer. Am liebsten hätte er sie noch an diesem Abend mit in sein Haus genommen, aber Lady Alicia war energisch eingeschritten.

»Das Mädchen bleibt in meinem Haus, Nicholas«, hatte sie entschieden erklärt. »Du wirst nach der Hochzeit noch ausreichend Gelegenheit haben, dich um deine entzückende Braut zu kümmern. Aber vorerst vertrete ich die Stelle ihres Vormundes und muss gewährleisten, dass ihr Ruf tadellos bleibt. Nach diesem Abend wird es ohnehin genug Gerüchte geben.«

Nicholas hatte widerstrebend nachgegeben. Die Hauptsache war, dass Cathryn in Zukunft nichts mehr von Lord Weston zu befürchten hatte. Sie war seine Braut. Noch konnte er das Glück kaum fassen, dass er sie für sich gewonnen hatte.

Cathryn hingegen war still geworden. Erschöpft und überrumpelt von den Ereignissen wollte sie sich an diesem Abend nicht mehr mit ihrer neuen Situation auseinander setzen. Insgeheim war sie ein wenig erleichtert, dass die Countess darauf bestanden hatte, dass sie noch in ihrem Haus blieb. Sie würde Zeit brauchen, um sich an alles zu gewöhnen. In Gedanken versunken seufzte sie.

Der Earl sah sie aufmerksam von der Seite an. Schließlich drehte er sie zu sich herum und sah ihr mit einem beruhigenden Lächeln in die Augen. Fast ungläubig betrachtete er ihr schönes Gesicht und umfing es mit seinen warmen, starken Händen. Langsam senkte er den Kopf, und mit angehaltenem Atem hob Cathryn ihm ihre Lippen entgegen, bis sie mit den seinen zu einem zärtlichen Kuss verschmolzen. Langsam strich sein Mund über ihre süßen, seidenweichen Lippen, bis er dem Verlangen nicht länger widerstehen konnte. Fordernd teilte er ihre Lippen und drang mit seiner Zunge in ihren Mund ein, tastete und erforschte, bis er spürte, dass sie seinen Kuss erwiderte und ihre Arme um seinen Hals schlang. Mit einem Stöhnen schlossen sich seine Arme wieder um Cathryns Taille und er zog sie dicht an sich, ohne den Kuss zu lösen. Nur zu deutlich konnte er ihren Körper an seinem spüren, die sanfte Rundung ihrer Brüste drängte sich an seinen muskulösen Oberkörper und seine Hände glitten hinab auf ihre entzückend geschwungenen Hüften.

Mühsam löste er sich schließlich von ihren Lippen und schob sie leicht von sich. Ihre sinnliche Nähe erregte ihn, wie es noch bei keiner Frau vor ihr geschehen war. Wenn er sich nicht schnell von ihr verabschiedete, würde er sich von seiner Leidenschaft hinreißen lassen und die Hochzeitsnacht vorverlegen. Atemlos schlug Cathryn die Augen zu ihm auf und er lächelte sie zärtlich an.

»Meine Schöne, du weckst eine viel zu aufwühlende Leidenschaft in mir, als dass ich jetzt noch länger in deiner Nähe bleiben könnte, ohne dabei Lady Alicias Bemühungen um deinen guten Ruf in die Quere zu kommen.«

Verlegen senkte Cathryn den Blick und legte den Kopf an seine Schulter.

»Aber bald werden wir uns keinen Vorschriften mehr beugen müssen. Du wirst meine Frau und ich werde dich immer bei mir haben.«

Plötzlich hob er ihr Kinn und zwang sie, ihm in die Augen zu sehen.

»Bist du glücklich, Cathryn?«, fragte er und sah ernst auf sie herab.

Verwirrt und etwas eingeschüchtert von der Ernsthaftigkeit seiner Frage überlegte Cathryn einen Augenblick. Sie war durcheinander und erleichtert, dass sie tatsächlich Lord Weston entkommen war. Aber sie konnte es noch kaum glauben. Der Druck, der monatelang auf ihr gelastet hatte, hob sich nur langsam, um Raum für neue Empfindungen zu schaffen. Trotzdem wusste sie, dass sie die Arme, die sie umfingen, um nichts auf der Welt missen wollte. Sie lächelte ihn an.

»Ja, ich bin glücklich. Ich bin sehr glücklich«, antwortete sie. Dann verabschiedete sie sich mit einem letzten schnellen Kuss und schlüpfte in ihr Schlafzimmer.

XIV

Während der nächsten Tage fand Cathryn kaum Zeit, wirklich über ihre neue Situation nachzudenken. Der Earl hatte darauf bestanden, dass die Hochzeit so schnell wie möglich stattfinden sollte, und es waren tausend Dinge vorzubereiten. Nebenbei strömten ständig Besucher in das Haus von Lady Alicia, die vorgaben, die Countess besuchen zu wollen. Aber insgeheim brannte jeder darauf, die Braut des Earl von Chambury kennen zu lernen.

Dass einer der begehrtesten Junggesellen eine in der Gesellschaft vollkommen unbekannte Frau heiratete, war eine Sensation. Außerdem kursierten die wildesten Gerüchte über Cathryn, so wie Lady Alicia es vorausgesehen hatte. Einerseits wurde sie als Betrügerin oder als hochschwangere Landpomeranze dargestellt, die sich dem Earl angehängt hatte. Dieser wiederum war viel zu ehrenhaft, das Flittchen zurück in die Gosse zu stoßen. Solche Gerüchte wurden hauptsächlich von den enttäuschten Damen in die Welt gesetzt, die sich selbst gerne an Cathryns Stelle gesehen hätten. Andererseits wurde ihre außergewöhnliche Schönheit gelobt und die dramatischen Ereignisse, die sich im Salon der Countess von Ashford abgespielt hatten, wurden wieder und wieder erzählt. Gierig stürzte man sich auf die wenigen, die tatsächlich dabei gewesen waren. Schließlich war man sich im Allgemeinen einig, dass der Earl zu beglückwünschen war, und jeder gönnte Lord Weston seine Niederlage. Es sah ihm ähnlich, ein unschuldiges Mädchen zu erpressen, seine Frau zu werden. Umso gerechter erschien jedermann die Demütigung, die er durch den Earl erfahren hatte. Nicholas Tremayn wurde in den Salons der Damen schon scherzhaft mit den Sagenhelden verglichen, die einen Drachen töten mussten, um eine schöne Prinzessin heimzuführen.

Die Familie Brooks war außer sich vor Freude, als sie hörten, dass das Unglück, das so lange über Cathryn geschwebt hatte, endlich von ihr gewichen war und sie einer strahlenden Zukunft entgegensah, die sich noch vor wenigen Tagen niemand ausmalen konnte.

Cathryns Brautkleid wurde bei Mrs. Mailley bestellt, die es sich nicht nehmen ließ, einen ganz besonderen Entwurf für ihre nunmehr berühmte Kundin anzufertigen.

Der erste ruhige Moment, den Cathryn wieder ganz für sich hatte, war, als sie in ihrem Brautkleid vor dem Toilettenspiegel in ihrem Schlafzimmer bei Lady Alicia saß. Sie schickte alle Dienerinnen, die ihr mit der weißen Pracht aus bestickter Seide geholfen hatten, hinaus. Aufmerksam betrachtete sie ihr Spiegelbild. Die hauchdünne Spitze umgab ihre

Schultern und das Dekolleté wie ein leichter Nebelschleier. Das Mieder schmiegte sich eng um ihre schlanke Taille, und der Schleier, den sie noch zurückgeschlagen hatte, wurde von einem schmalen Diadem gehalten, das mit herrlichen Diamanten besetzt war. Lady Alicia hatte es ihr geschenkt, und Cathryn war sich noch immer nicht sicher, ob es richtig gewesen war, es anzunehmen. Aber die Countess hatte darauf bestanden. Obwohl sie Nicholas' Frau wurde und nicht die ihres Neffen, kam es Lady Alicia so vor, als ob Cathryn in die Familie einheiraten würde.

Aber noch etwas anderes bedrückte Cathryn, und sie wusste, dass sie es sich schon seit Tagen nicht eingestehen wollte. Es war der Gedanke an die schöne Lady Stafford. Nicholas hatte sie mit keinem Wort mehr erwähnt, und Cathryn hatte nicht den Mut gehabt, ihn direkt nach seiner Geliebten zu fragen. Aber der Gedanke an Lady Stafford verunsicherte sie nach wie vor. Heiratete der Earl sie nur, weil er Mitleid für sie empfand? Er hatte ihr sehr großzügig geholfen. Aber war Großzügigkeit auch sein Beweggrund, sie zu heiraten? Hoffte er, mit ihr eine demütige Ehefrau zu bekommen, die sich nicht in seine Affären einmischen würde? Dass sie selbst den Earl von Chambury von ganzem Herzen liebte, dessen war sie sich in den letzten Tagen bewusst geworden. Aber liebte er auch sie? Er hatte es ihr nie gesagt. Zwar hatte sie eine tiefe Zärtlichkeit in seinen Augen gelesen, die so oft einer Leidenschaftlichkeit und einem Begehren wichen, in deren Sog Cathryn jedes Mal selbst geriet. Er begehrte sie, dessen war sie sich sicher. Aber liebte er sie? Zweifelnd betrachtete Cathryn ihr Spiegelbild.

In diesem Moment wurde laut an die Tür geklopft.

»Cathryn, mein Kind«, hörte sie Lady Alicias drängende Stimme. »Komm, es ist an der Zeit. Es schickt sich nicht für eine Braut, zu spät zu kommen.«

Cathryn straffte die Schultern und sah wieder in den Spiegel. Sie schuldete dem Earl von Chambury viel. Er hatte sie von Lord Weston befreit und ihr ein entsetzliches Schicksal erspart. Dafür war sie ihm dankbar. Aber sie heiratete ihn, weil sie ihn liebte. Und diese Liebe würde sie ihm zum Geschenk machen.

Wie im Traum durchschritt Cathryn das Kirchenschiff. Sie war sich gar nicht bewusst, vor dem Altar zu stehen, bis sie den inzwischen wohl vertrauten Griff des Earl an ihrem Arm fühlte und in seine schwarzen Augen sah, in deren Tiefe eine verborgene Glut zu leuchten schien. Er war ganz in Mitternachtsblau gekleidet und noch nie hatte er so gut ausgesehen wie an diesem Tag. Eng schmiegten sich die feinen Beinkleider um seine muskulösen Schenkel, und der Schnitt seines geschmackvoll bestickten Jacketts musste nicht erst mit den kleinen Tricks eines geübten Schneiders die breiten Schultern und die schmalen Hüften betonen. Cathryn spürte, wie allein sein Anblick tief in ihr eine Saite zum Schwingen zu bringen schien, und sie wagte kaum, ihn direkt anzuschauen.

Während der ganzen Zeremonie war sich Cathryn nur seiner hoch gewachsenen, kraftvollen Gestalt und des intensiven Blicks, der auf ihr ruhte, bewusst, und sie beantwortete die Fragen, die der Geistliche an sie richtete, wie in Trance. Plötzlich beugte er sich zu ihr und hob den Schleier von ihrem Gesicht. Endlich wagte sie, zu ihm aufzuschauen, und ihre Lippen zitterten leicht, als sie das kaum verborgene Begehren in seinem Blick erkannte. Er lächelte sie fast unmerklich an und hob behutsam ihr Kinn. Während sich seine Hand leicht um ihren Nacken legte, küsste er sie innig, und Cathryn erwiderte diesen Kuss mit ganzer Hingabe. Als er sich schließlich von ihr löste, lächelte sie ihn glücklich an. Sie war seine Frau. Zärtlich fuhr er noch einmal mit dem Daumen über die kleine Narbe an ihrem Kinn und lächelte ihr zu. Dann nahm er besitzergreifend ihren Arm und führte sie zum brausenden Spiel der Orgel durch die Kirche ins Freie.

Die anschließenden Feierlichkeiten sollten in Nicholas' Stadthaus in London stattfinden. Das Haus war Cathryn eher wie ein Palais vorgekommen, als sie es das erste Mal betrat, und noch immer empfand sie die hohen Räume als eindrucksvoll. Die Hochzeit war das gesellschaftliche Ereignis der Saison, dessen war man sich schon jetzt sicher, und jeder der Gäste fühlte sich ob dieser Einladung geehrt und wichtig. Es versprach ein herrliches Fest zu werden, da jeder dem Brautpaar nur das Beste wünschte und sich eine leichte, frohe Atmosphäre auf die Anwesenden legte. Der Earl hatte sich vergewissert, dass Lord Weston sich wenige Tage nach dem Vorfall bei der Countess von Ashford vor Wut schnaubend auf seinen Landsitz zurückgezogen hatte und dass mit einer Störung des Festes durch ihn nicht zu rechnen war. Ursprünglich hatte er Cathryns Zuhause, den Landsitz ihres Vaters, für sie zurückkaufen wollen, aber die unmittelbare Nähe zu Westons Landsitz war ihm dabei ein Dorn im Auge gewesen. Cathryn hatte schließlich selbst zugegeben, dass sie nicht wieder dorthin zurückkehren wollte, wo sie nichts als alte Erinnerungen erwarteten, und dass sie Braighton Hall inzwischen ebenso lieb gewonnen hatte.

Nach der Tafel versammelten sich die Gäste im Ballsaal und Nicholas eröffnete mit seiner frisch angetrauten Frau den Tanz. Er führte sie mit sicherer Hand über das spiegelnde Parkett und freute sich, wie leicht sich Cathryn zum Walzertakt in seine Arme schmiegte. Der Schein der Kerzen strahlte in ihren Augen wider und nie war sie ihm so schön vorgekommen. Wieder erfüllte ihn erwartungsvolle Ungeduld, als er an die bevorstehende Nacht dachte, in der sie ihm wirklich gehören würde.

Als sie schließlich die Tanzfläche verließen, trat Lord Durban zu ihnen. Überschwänglich gratulierte er dem Brautpaar.

»Cathryn, meine Liebe, Ihr seid die schönste Braut, die London je gesehen hat.« Charmant küsste er ihre Hand. »Siehst du, Nic, ein glückliches Ende für eine dramatische Geschichte. Wie ich überall höre, wirst du schon mit ruhmreichen Rittern verglichen.«

»Immerhin war der Drache, den ich besiegen musste, nicht in der Lage, Feuer zu speien. Sonst hätte ich womöglich doch das Nachsehen gehabt.«

Daniel stimmte in sein Lachen mit ein, aber dann betrachtete er seinen Freund neugierig. »Dass ich dich tatsächlich verheiratet vor mir sehe, will mir noch gar nicht in den Kopf, Nic. Ich hatte immer gedacht, falls einer von uns beiden diesen Bund eingehen würde, wäre ich es. Zumindest als Erster.« Er sah Cathryn an. »Wirklich, er war meine größte Konkurrenz bei den Frauen, Cathryn. Nicht nur in London, sondern über den ganzen Globus verteilt. Darauf, dass Ihr ihn eingefangen habt, könnt Ihr stolz sein.«

Wieder lachten die beiden Freunde herzlich auf, doch Cathryn konnte ihre Heiterkeit dieses Mal nicht wirklich teilen. Sie hatte Nicholas nicht eingefangen. Er hatte auf dieser Hochzeit bestanden, sagte sie sich eindringlich. Er war freiwillig die Ehe mit ihr eingegangen! Und er hatte es bestimmt nicht nur aus Mitgefühl getan. Ihre Schuld bei Lord Weston war getilgt, auch ohne dass sie die Countess von Chambury wurde. Aber was war mit ihrer Schuld beim Earl? Sie warf ihrem Ehemann einen schnellen Blick zu und erinnerte sich wieder an ihre Zweifel vom Vormittag. Liebte er sie?

Aber in diesem Moment wurde sie von Lord Durban aus ihren Überlegungen gerissen, der sie schwungvoll auf die Tanzfläche zog und einen ausgelassenen Walzer mit ihr begann. Und es war einfach unmöglich, von der Lebendigkeit und Lebensfreude dieser blauen Augen nicht mitgerissen zu werden. Schon nach wenigen Runden im Saal fühlte sich Cathryn wieder beschwingt und glücklich. Als der Walzer vorüber war, verteidigte Lord Durban seine Tänzerin gegen alle Bewerber, die den Tag der Hochzeit noch einmal nutzen wollten, um ungestört mit der schönen Braut tanzen zu können.

»Aber Daniel, Ihr könnt mich unmöglich den ganzen Abend beanspruchen«, tadelte ihn Cathryn lachend. »Man wird noch meinen, ich hätte lieber Euch geheiratet.«

»Hättet Ihr denn?«, fragte Lord Durban plötzlich ernst.

Überrascht sah Cathryn zu ihm auf. Sein veränderter Tonfall verunsicherte sie.

»Ich ... Lord Durban, Ihr glaubt doch nicht, dass ...«, begann sie stammelnd.

Da erschienen wieder die gewohnten, charmanten Lachfältchen um Lord Durbans Augen, und sie begriff, dass er sich einen Spaß mit ihr erlaubt hatte.

»Ihr seid wirklich kein Gentleman«, schimpfte sie, während sie selbst gegen das Lachen ankämpfen musste. »Mich so hereinzulegen, noch dazu auf meiner Hochzeit. Beinahe hätte ich Euch geglaubt!«

»Beinahe?«, fragte Daniel und zog amüsiert eine Braue hoch.

»Ach ...«, entfuhr es Cathryn ungehalten, und sie gab ihm einen leichten Klaps auf die Schulter.

»Ich hoffe nicht, dass du meine Frau belästigst, Daniel«, ertönte da neben ihnen eine dunkle Stimme. Der Earl unterbrach ihren Tanz und warf seinem Freund einen resignierten Blick zu. »Ich möchte gar nicht wissen, was du ihr jetzt wieder erzählt hast.«

Unschuldig schlug der Lord die blauen Augen auf. »Ich habe sie lediglich gefragt, ob sie nicht lieber mich geheiratet hätte.«

»Und was hat sie geantwortet?« Neugierig richtete sich der Blick des Earl auf Cathryn. Aber bevor sie antworten konnte, hatte schon wieder Lord Durban das Wort ergriffen.

»Sie hat gesagt, dass sie jederzeit mit mir auf einem weißen Pferd zu meinem Schloss reiten würde, wäre ihr Herz nicht längst an einen gut aussehenden Earl mit schwarzen Teufelsaugen vergeben, den sie bis an ihr Lebensende lieben wird.« Dramatisch griff er sich an die Brust. »Ich bin vernichtet!«

Lachend zog Nicholas Cathryn an sich. »Dann hast du ja die Antwort erhalten, die du verdient hast«, spöttelte er.

»Es war ohnehin nur eine rhetorische Frage«, erwiderte Daniel. »Ein Gentleman bemüht sich nicht ernsthaft um eine verheiratete Frau.«

»Wie wäre es dann, wenn du deinen Charme wieder an all die jungen Schönheiten versprühst, die das Glück haben, noch ohne einen lästigen Ehemann hier zu sein?«

Daniel salutierte grinsend und verließ das Brautpaar in Richtung einer hübschen Brünetten, die sich gerade um ein Glas Champagner bemühte.

»Ich habe das Gefühl, dass mein lieber Freund sich heute wieder selbst an Charme übertrifft«, meinte der Earl, während er interessiert zusah, wie Lord Durban das Mädchen zu umgarnen begann.

»An ihm ist dem Theater zumindest ein guter Schauspieler verloren gegangen«, erwiderte Cathryn lächelnd. »Aber ich mag ihn sehr gern. Er ist ein feiner Mensch.«

»Dass du an deinem Hochzeitstag deinem Bräutigam von einem anderen Mann vorschwärmst, hatte ich wirklich nicht erwartet«, neckte der Earl sie.

Cathryn warf ihm einen herausfordernden Blick zu. »Meinen Bräutigam brauche ich nicht mit Komplimenten zu überschütten. Sein Selbstbewusstsein ist ohnehin kaum zu übertreffen.«

»Aber was versteckt er hinter dieser glatten Fassade?«, fragte Nicholas mit einer plötzlich ernsten und eindringlichen Stimme, während er tief in Cathryns meergrüne Augen blickte. Sie erkannte die wilde Leidenschaft, die plötzlich in seinen schwarzen Augen aufloderte, und als er sanft ihr Kinn anhob, um sie zu küssen, hielt sie den Atem an. Ja, dachte sie, während sie seinen fordernden Mund auf ihren Lippen spürte und seinen Kuss unter dem Beifall der umstehenden Gäste hingebungsvoll erwiderte, er begehrt mich. Er begehrt mich wirklich. Wie eine Erkenntnis durchzuckte sie dieser Gedanke und begann, sie zu beherrschen.

Nicholas zog seine Frau für den nächsten Tanz an sich und hielt sie bewusst etwas fester an sich gedrückt, als es nötig war. Und es machte ihr nicht das Geringste aus. Sie genoss die Nähe seines Körpers, dessen lebendige Wärme sie auf ihrer Haut spürte. Sie genoss den festen Griff seiner Hand, die sich um ihre Finger schloss und besitzergreifend auf ihrer Taille lag. Und sie begann zu wünschen, dass das Fest endlich vorüber wäre, obwohl sie nicht eine Sekunde davon missen wollte.

Der Abend schien viel zu langsam zu vergehen. Cathryn hatte das unausgesprochene Versprechen in Nicholas' Augen gesehen und es beherrschte ihre Gedanken. Wie in Trance bewegte sie sich durch den Saal, unterhielt sich höflich mit den Gästen, trank Champagner und tanzte. Wenn sie nicht an Nicholas' Seite war, war sie sich seines dunklen, leidenschaftlichen Blickes nur zu bewusst. Seit er sie geküsst hatte, war in ihr eine erwartungsvolle Spannung gewachsen, die sie kaum noch auszuhalten glaubte. Und als der Earl endlich zu ihr trat und sie sich von ihren Gästen verabschiedeten, zitterte ihre Hand ganz leicht vor Ungeduld. In diesem Augenblick war nichts mehr wichtig für sie, sie dachte nicht mehr darüber nach, ob der Earl sie liebte oder ob er sie bemitleidete. Alles, was sie wusste, war, dass er noch in dieser Nacht zu ihr kommen würde, um das Versprechen einzulösen, das sie in seinen Augen gesehen hatte.

XV

Als sie den Saal verließen, glaubte Cathryn, dass sie sich zuerst in ihre Gemächer zurückziehen sollte, um ihr Hochzeitskleid auszuziehen und sich von ihren Zofen für die Nacht zurechtmachen zu lassen. Aber Nicholas hob sie am Fuß der breiten Marmortreppe einfach auf seine Arme und trug sie hinauf in sein Schlafzimmer. Im Kamin brannte ein einladendes Feuer, das den Raum in behagliche Wärme und weiches Licht tauchte. Auf einem Tisch standen Früchte und Champagner.

Langsam ließ Nicholas seine Frau zu Boden gleiten, wobei er sie dicht an sich gepresst hielt. Sanft strich seine Hand über ihre zarte Wange, die im Feuerschein matt schimmerte. Wieder erkannte Cathryn dieses Versprechen, das tief in seinen Augen zu glimmen begann und das sie mit ungeduldiger Erwartung erfüllte. Langsam senkte er den Kopf und strich unendlich zart mit seinem Mund über ihre Lippen. Wie weich und voll sie waren, dachte er unwillkürlich. Wie geschaffen für den Kuss eines Mannes. Für seinen Kuss! Und wieder entzückte sie ihn mit ihrer offenen Hingabe. Leicht schlang sie die Arme um seinen Hals und hob sich seinem Kuss entgegen, begierig darauf, ihn in jedem Augenblick auszukosten.

Nachgiebig öffneten sich ihre Lippen seinem fordernden Drängen und sie ging spielerisch und forschend zugleich auf die Bewegungen seiner Zunge ein.

Vorsichtig begann Nicholas, den Schleier und den Schmuck aus ihrem Haar zu entfernen. Eine nach der anderen entfernte er die Haarnadeln, bis die seidige, dichte Fülle wie eine bronzefarbene Flut über ihre Schultern und ihren Rücken fiel. Atemlos vergrub er sein Gesicht darin und sog ihren zarten Duft ein. Wie lange hatte er von ihr geträumt, sich danach gesehnt, sie so dicht bei sich zu spüren! Er nahm ihr Gesicht in beide Hände und spürte, wie sie unter seinem Kuss erbebte. Seine Frau!, dachte er. Seine wunderschöne, leidenschaftliche Frau.

Langsam begannen Nicholas' Finger, die Knöpfe und Häkchen ihres Kleides zu öffnen. Er stöhnte ungeduldig auf, da es so viele waren, und Cathryn musste unwillkürlich lachen.

»Wahrscheinlich gibt es ein ungeschriebenes Gesetz der Schneider, dass ein Hochzeitskleid besonders aufwändig geschlossen ist«, murmelte Nicholas leise. »Um die ungestümen Ehemänner zu bremsen.«

Cathryn lächelte ihn an und drehte sich um. Mit einer anmutigen Bewegung hob sie ihr Haar und bot ihm ihren Rücken, damit er ihr Kleid leichter öffnen konnte. Nicholas' Mund wurde trocken, als er ihre schlanke Gestalt betrachtete. Ihr graziler Nacken hob sich aus der seidenen Pracht, und zum ersten Mal wurde ihm wirklich bewusst, welches Vergnügen es einem Mann bereiten konnte, den Körper einer Frau zu erahnen. Er schluckte heftig.

»Oder um deren freudige Erwartung zu verlängern«, fügte er hinzu und trat dicht hinter Cathryn. Während er ihr Kleid öffnete, küsste er mit leichten, samtigen Berührungen ihren Hals und ihre Nackenbeuge. Cathryn glaubte zu vergehen, als das süße Gefühl sie wie flüssige Glut zu durchströmen begann, und instinktiv legte sie den Kopf zur Seite, um seinem Mund mehr von ihrer Haut darzubieten. Gierig ergriff er davon Besitz, und wieder spürte er den Rausch, den die Süße ihrer goldschimmernden Haut auf ihn ausübte. Endlich konnte er ihr Mieder lösen und das feine Hemd, das sie darunter trug, langsam von ihren Schultern streifen. Dabei küsste er ausgiebig jeden weiteren Zentimeter Haut, den er entdeckte.

Als das Hemd nur noch von ihren Brüsten gehalten wurde, spürte sie, wie sich seine Hände fest um ihre Taille legten und sie an ihn zogen. Unwillkürlich folgte sie seiner Bewegung, und als sie sich an ihn lehnte, spürte sie seinen festen, muskulösen Körper. Wieder nahm sie seine warme Ausstrahlung wahr, die ein behagliches und erregendes Gefühl zugleich in ihr auslöste. Langsam glitten seine Hände aufwärts, während sein warmer Atem ihr ins Ohr blies. Für den Bruchteil einer Sekunde durchzuckte sie die Erinnerung an jenen Abend, als Weston sie so angefasst hatte. Aber dies waren nicht Westons gierig grapschende Hände. Dies war Nicholas, ihr Mann, dessen warme, sensible Hände sich in diesem Moment um ihre Brüste legten, deren Spitzen sich schon kurz vor seiner endgültigen Berührung zu aufrechten Knospen gehoben hatten.

Als er jetzt den Druck seiner Berührung verstärkte und mit fordernden, aufreizenden Bewegungen über diese Knospen strich, die nur noch durch den dünnen Stoff ihres Hemdes von seiner Haut getrennt waren, sog sie scharf den Atem ein und legte mit einem unwillkürlichen Stöhnen den Kopf zurück an seine Schulter. Ihre Beine drohten unter ihr nachzugeben, und als sie die reizvolle Qual seiner geübten Finger nicht mehr auszuhalten glaubte, drehte sie sich mit einer raschen Bewegung um und suchte seinen Mund. Nicholas fing sie auf, entzückt über ihre Erregung. Er hatte geahnt, welche Leidenschaft in seiner Frau keimte, doch er hatte nicht damit gerechnet, sie so rasch erblühen zu sehen. Sie schien überhaupt keine Angst zu haben, sie vertraute ihm, als ob sie einander schon seit Jahren liebten. In diesem Moment spürte er ihre Hände, die zielstrebig an seinem Hemd zerrten.

»Langsam, meine Süße«, sagte er mit rauer Stimme und fing ihre Hände ein. »Wir haben noch die ganze Nacht für uns und wir sollten sie ausnutzen.«

Er lachte über ihre enttäuschte Miene und drehte sich um, um Champagner einzuschenken. Als er sich ihr mit den Gläsern wieder zuwandte, verschlug es ihm den Atem. Sie stand vor ihm, Kleid und Hemd bis zu ihrer schlanken Taille herabgerutscht, das Haar hing ihr in wilden Locken über den Rücken und ihre herrlich gerundeten Brüste schimmerten lebendig im flackernden Schein des Feuers. Ihre Lippen glänzten sinnlich-feucht und luden ihn ein, sie auf der Stelle wieder zu küssen. Stattdessen reichte er ihr das Glas und zog sie mit sich auf den Teppich vor dem Kamin. Sie lehnte sich an seine Brust und unwillkürlich legte er einen Arm um sie, seine Hand ruhte leicht auf einem Busen. Sie erschauerte, doch dann trank sie durstig einige Schlucke. Hingerissen sah er ihr zu, und als sie das Glas absetzte und der Champagner auf ihren Lippen perlte, konnte er sich nicht mehr zurückhalten. Er hatte vorgehabt, dass diese Nacht, dass ihr erstes Mal endlos dauern sollte, doch inzwischen war ihm klar geworden, wie schwierig sich das für ihn gestalten würde. Er war ein erfahrener Liebhaber, doch schon jetzt begehrte er sie so sehr, dass er sie sofort nehmen könnte. Aber er wollte unbedingt ihrem rückhaltlosen Vertrauen gerecht werden, mit dem sie ihn freiwillig beschenkte. Er wollte, dass sie die Liebe von ihrer reichsten Seite kennen lernte.

Er nahm ihr das Glas aus der Hand und beugte sich über sie, um sie zu küssen. Inzwischen lag sie fast auf seinem Schoß und sie erwiderte seinen Kuss mit sofort wieder entfachter Leidenschaft. Langsam begann er, ihre Röcke abzustreifen, und wieder verwünschte er innerlich die Schneiderin, die mindestens doppelt so viele Unterröcke genäht hatte, wie er für nötig hielt. Während er Cathryn entkleidete, liebkoste sein Mund ihren Hals, die empfindliche Nackenbeuge, glitt wieder hinauf zu ihrem Ohrläppchen, um sich schließlich immer weiter hinabzusenken. Atemlos spürte Cathryn, wie er ihre Brüste sanft mit Lippen und Zunge berührte.

»So schön ...«, murmelte er leise, als er die perfekte Rundung nachzog. Als sich sein Mund schließlich um ihre erregten Brustspitzen legte, stöhnte Cathryn erneut auf. Instinktiv wölbte sie sich ihm entgegen, während seine Hand ihren Bauch mit kräftigen und zugleich sanft erregenden Bewegungen streichelte. Schweiß begann auf ihrer Haut zu glänzen, und Nicholas ließ seine Lippen langsam zu ihrem Bauch wandern, um ihren Nabel spielerisch mit der Zunge zu liebkosen. Seine Hände legten sich dabei kraftvoll um ihre Hüften. Er ließ sie an der Außenseite ihrer Schenkel hinabgleiten, um dann unendlich sanft an der Innenseite wieder emporzustreichen. Ihre samtige Haut entzückte ihn, und als er schließlich mit der Hand leicht über ihr Geschlecht strich, warf er einen kurzen Blick auf ihr Gesicht. Er hatte Zögern erwartet, ein instinktives Zusammenschließen ihrer Beine, doch sie hielt die Augen hingebungsvoll geschlossen und überraschte ihn, indem sie ihre Beine unwillkürlich leicht spreizte. Es war nur eine angedeutete Bewegung, aber er erriet, dass sie bereit für seine Berührung war, und ließ seine Finger ganz leicht über ihre Scham gleiten, die bereits feucht von ihrer Erregung war.

»Nicholas …«, stöhnte sie auf, als er sie rhythmischer zu streicheln begann, und als er wieder aufsah, begegnete er ihrem Blick, der dunkel vor Verlangen war.

Langsam verließen seine Finger ihre Scham, was ihr einen kleinen, enttäuschten Seufzer entlockte, und er richtete sich leicht auf, um sich das Hemd über den Kopf zu ziehen. Sofort war Cathryns Aufmerksamkeit gebannt von seinem muskulösen Körper, den wohlgeformten, starken Armen und Schultern und seinem flachen Bauch, auf dem sich deutlich die Bahnen seiner Muskeln abzeichneten. Neugierig streckte sie die Hände aus. Sie sehnte sich danach, seine Haut zu spüren, die Lebendigkeit seines Körpers zu fühlen. Sie richtete sich auf und ihre Hände glitten über seine Brust und hinab zu seinem Bauch. Entzückt schloss Cathryn die Augen. Sie hatte nicht erwartet, dass es sich so gut anfühlen würde, ihn zu berühren. Nicholas ließ sie gewähren, aber als seine Erregung sich fast ins Unerträgliche gesteigert hatte, fing er ihre Hände ein.

»Deine entzückenden Berührungen sind im Augenblick etwas mehr, als ich ertragen kann, mein süßer Engel«, sagte er leise, während er auf sie hinabsah. Da bemerkte sie die deutliche Ausbuchtung seiner Hose und zu seiner Überraschung errötete sie leicht. Ihr plötzlicher Anflug von Scham amüsierte ihn. Sein Blick fiel auf ihren herrlichen, nackten Körper. Es war an der Zeit, ihr ihre Lust zu zeigen, beschloss er und hob sie auf. Er legte sie auf das Bett und begann erneut, sie zu streicheln. Federleicht tupfte er kleine Küsse auf ihre Brüste, ihren Bauch und glitt tiefer hinab zur Innenseite ihrer Schenkel. Schon fühlte er sie wieder erzittern, aber unbeirrt fuhr er mit seinen Zärtlichkeiten fort. Cathryn hielt den Atem an, als sie seinen Mund schließlich zwischen ihren Beinen spürte. Ein kehliges Stöhnen entrang sich ihr, als seine Zunge in ihre feuchte Scham drang und sie mit neckendem Spiel zu erregen begann. Wieder war Nicholas entzückt von ihrer Reaktion, aber keine Sekunde unterbrach er seine aufreizenden Berührungen. Schließlich löste er sich kurz von ihr, um aus seiner Hose zu gleiten. Cathryn sah ihm mit offenem Blick zu und Nicholas beobachtete ihre Miene. Als sie sein erregtes Glied sah, durchfuhr sie keine Angst, eher eine heiße, erwartungsvolle Unruhe, die ihre Augen leuchten ließ. Zufrieden setzte Nicholas sein erregendes Spiel fort. Schließlich umspielte er zielstrebig das Zentrum ihrer Lust und hörte zu, wie ihr Atem immer keuchender wurde. Ein Zittern durchlief sie und sie bäumte sich auf.

»Nicholas …«, rief sie ihn. »Bitte … ich …«

In diesem Moment spürte sie, wie Nicholas mit unendlicher Behutsamkeit in sie eindrang. Sie hatte Schmerzen erwartet, aber sie verspürte nur ein kurzes, intensives Ziehen. Sie stöhnte auf, aber da spürte sie Nicholas bereits ganz in sich. Sein Mund, auf dem ihr eigener Geschmack lag, legte sich zärtlich auf ihre Lippen und erstickte ihren Schmerzenslaut. Gespannt beobachtete Nicholas ihr Gesicht, um darin zu lesen. Als sie die Augen aufschlug, konnte er darin noch immer ihre leidenschaftliche Erregung sehen, und im gleichen Moment spürte er, wie sie sich zaghaft unter ihm bewegte.

»Bitte …«, flüsterte sie nur.

Das genügte. Nicholas konnte seine eigene Erregung nicht mehr zügeln, er begann, sich in ihr zu bewegen. Zuerst langsam und vorsichtig, da er ihr auf keinen Fall mehr Schmerzen zufügen wollte, als unbedingt nötig war. Aber als er spürte, wie sie sich seinen Bewegungen anpasste, wurden seine Stöße rhythmischer und kraftvoller. Gerade, als er wieder die Hand zwischen ihre Körper schieben wollte, um sie noch mehr zu erregen, spürte er, wie ein heftiges Zittern sie durchlief und sie vor Lust laut aufschrie.

»Nicholas!«

Cathryn bäumte sich ihm wild entgegen, und in diesem Moment durchfuhr auch ihn das erleichternde Glücksgefühl und er spürte, wie er sich in sie ergoss.

Atemlos blieb er auf ihr liegen. Die wohlige Ermattung, die ihn überkam, nahm ihm die Lust zu jeder Bewegung. An seiner Brust spürte er ihr noch immer wild klopfendes Herz, und tiefe Genugtuung durchströmte ihn, als er daran dachte, dass es für sie ebenso erfüllend gewesen war wie für ihn. So hatte er es sich vorgestellt. Dieses Geschenk hatte er ihr in der Hochzeitsnacht machen wollen. Als er sich schließlich daran erinnerte, wie schwer er für Cathryn sein musste, wollte er sich herunterrollen, doch ihre Hände griffen nach seinen Armen.

»Bleib«, flüsterte sie. »Noch ein bisschen.«

Cathryn spürte, wie ihr Pulsschlag sich langsam beruhigte. Aber noch immer war sie innerlich aufgewühlt von der Flut der neuen Empfindungen, die Nicholas ihr gerade bereitet hatte. Sie hatte gewusst, dass er rücksichtsvoll sein würde, und sie hatte sich nicht eine Sekunde vor dieser Nacht gefürchtet. Auch als Mrs. Brooks sie einige Tage vor der Hochzeit kurz beiseite gezogen hatte und sie mit wichtiger Miene gefragt hatte, ob sie denn noch etwas mit ihr besprechen solle, hatte Cathryn lächelnd den Kopf geschüttelt und gesagt, dass sie dem Earl ihr vollstes Vertrauen schenkte. Und er hatte sie nicht enttäuscht. Im Gegenteil, er hatte sie nicht nur weitestgehend vor den Schmerzen bewahrt, die sie erwartet hatte, er hatte ihr eine Lust bereitet, auf die sie nicht vorbereitet gewesen war. Umso rückhaltloser hatte sie sie genießen können.

Schließlich glitt Nicholas neben sie auf das Laken und schlang einen Arm um sie. Besitzergreifend zog er sie an sich, entzückt, ihren weichen Körper dicht an seinem zu spüren. Die Fingerspitzen seiner anderen Hand liebkosten sanft ihre Schulter. Genüsslich seufzte Cathryn und schloss erschöpft die Augen.

Sie erwachte davon, dass Nicholas' Hand sanft über ihre Hüften strich. Langsam glitt sie über ihre Taille und umfasste eine Brust. Auf ihr leises Aufstöhnen hin wurde sein Streicheln fordernder, und er freute sich, als Cathryn sich unwillkürlich in seine Berührung hineinlehnte. Zufrieden spürte er, wie sich die Spitze ihrer Brust zu einer aufrechten Knospe zusammenzog, und begann leicht ihren Hals zu küssen.

»Noch einmal ...?«, flüsterte sie überrascht.

Er beugte sich über sie und grinste. »Sooft du es willst, mein Liebling. Oder sagen wir, sooft ich dich dazu bringe, es zu wollen«, erwiderte er genüsslich und küsste sie ausgiebig.

Cathryn sah ihn unschuldig an. »Ich hätte ahnen müssen, dass sich deine bemerkenswerte Ausdauer nicht nur auf bestimmte Bereiche beschränkt.«

»Das wäre auch sehr schade«, murmelte er an ihrem Hals. »Da die wenigen Nächte unserer Ehe ohnehin schon kaum ausreichen werden, um meine Begierde nach dir zu stillen.«

»Du beschwerst dich?«, fragte sie lächelnd.

»Es würde mir nicht gelingen, jetzt auch nur einen einzigen unerfreulichen Gedanken zu fassen.«

Statt einer Antwort sog Cathryn scharf den Atem ein, da seine Hand zwischen ihre Beine geglitten war und seine Finger begonnen hatten, das Zentrum ihrer Lust erneut mit rhythmischen Bewegungen zu reizen. Leise stöhnte sie auf, während ihre Hände über seinen muskulösen Rücken glitten, die dynamische Linie seiner Arme nachzogen und schließlich, als ihre Lust sich fast bis zur Erschöpfung gesteigert hatte, seine Hand festhielten. Ihre Lippen verschmolzen zu einem leidenschaftlichen Kuss, während Nicholas sich auf sie legte und ihre Beine mit sanftem, aber unerbittlichem Druck spreizte. Als er vorsichtig in sie eindrang, verspürte sie ein wundes Gefühl, aber Nicholas entlockte ihr mit seinen geübten Bewegungen neue lustvolle Seufzer, und wieder erreichten sie gemeinsam den Höhepunkt der Liebe.

Cathryn erwachte, als das Zimmer schon von hellem Tageslicht durchflutet wurde. Lächelnd spürte sie Nicholas' Arm um sich, seine tiefen, regelmäßigen Atemzüge verrieten ihr, dass er noch schlief. Behaglich kuschelte sie sich an ihn, und ganz deutlich wurde ihr bewusst, wie glücklich sie war. Ihre Bewegungen weckten Nicholas auf. Cathryn spürte, wie seine Arme sich fester um sie schlangen, dann knabberte er leicht an ihrem Ohr.

»Guten Morgen«, flüsterte er leise, während seine Hände wieder begannen, sie zu streicheln. Cathryn drehte sich zu ihm um und lächelte ihn verschlafen an. Nicholas betrachtete amüsiert ihr Gesicht. Die vollen Lippen waren leicht geschwollen von den leidenschaftlichen Küssen der letzten Nacht und ihre Augen verrieten ihm ihre entspannte Zufriedenheit.

»Hunger?«, fragte er leise.

Cathryn nickte sofort.

»Und worauf?«, fragte er neckend. »Auf Frühstück oder auf einen Kuss?«

Cathryn lachte hell auf. Dann zog sie die Stirn kraus, als ob sie intensiv nachdenken müsste.

»Erst einen Kuss, dann das Frühstück und dann wieder einen Kuss?« Schelmisch sah sie zu ihm auf.

Nicholas grinste und zog sie an sich.

»Euer Wunsch ist mir Befehl, Mylady.« Damit beugte er sich über sie und küsste sie lange. Dann löste er sich zögernd von ihr, um nach dem Frühstück zu klingeln.

»Wäre es nicht schicklicher, wenn wir aufstehen würden?«, fragte Cathryn und errötete leicht.

Lachend zog Nicholas sie wieder in seine Arme.

»Welch ein müßiger Gedanke, meine Liebe, da sich in meinem Haus niemand Gedanken darüber macht, ob ich mich an das halten muss, was schicklich ist. Außerdem hat schickliches Verhalten meistens den Nachteil, schrecklich unbequem zu sein. Ich jedenfalls würde die Gemütlichkeit unseres Bettes jetzt nur äußerst ungern aufgeben.«

Cathryn lachte leise auf und gab sich wieder seinen Küssen hin, bis sie von einem Klopfen an der Tür unterbrochen wurden.

Sie frühstückten ausgiebig, bis es fast Mittag war. Als Cathryn danach aufstehen wollte, zog Nicholas sie wieder in seine Arme und liebte sie ein weiteres Mal. Als sie schließlich lachend bat, endlich ein Bad nehmen zu dürfen, hob er sie auf seine Arme und trug sie durch die Verbindungstür in ein angrenzendes Schlafzimmer. Cathryn sah sich überrascht um. Bisher hatte sie angenommen, in den Räumen auf der anderen Seite des Korridors zu wohnen. Aber Nicholas hatte das herrschaftliche Zimmer seiner Mutter, das lange unbewohnt gewesen war, wieder herrichten lassen. Elfenbeinweiße Seidentapeten und duftige Vorhänge verliehen dem geschmackvoll eingerichteten Raum eine frische und einladende Note.

»Nicholas ...«, flüsterte Cathryn überwältigt. »Es ist wunderschön!«

»Es wartet nur noch darauf, dass du hier wohnst«, erwiderte ihr Mann und stellte sie – zufrieden darüber, dass seine Überraschung gelungen war – auf den Boden. Cathryn lief ans Fenster und warf einen Blick in den Garten, in dem einige sehr alte Bäume ihre ehrwürdigen Kronen erhoben. Dann warf sie sich mit Schwung auf das elegante Bett, das mit einer wasserblauen Seidendecke bezogen war, und lachte vor Begeisterung glücklich auf. Nicholas konnte nicht widerstehen und einen Augenblick später lag sie schon wieder in seinen Armen. Nach einigen hingebungsvollen Küssen und geflüsterten Dankesworten klingelte er nach ihrer Zofe.

Cathryn stellte fest, dass in ihrem Ankleidezimmer bereits ihre gesamte Garderobe eingeräumt war und dass sie über ein herrliches Badezimmer verfügte.

Erfreut ließ sie sich ein Bad bereiten und glitt wohlig in das heiße Wasser. Mit einem Seufzer schloss sie die Augen. In diesem Moment empfand sie eine ungeheure Dankbarkeit, dass das Leben sie so reich beschenkt hatte.

Noch vor wenigen Wochen war ihre Lage so aussichtslos gewesen. Wie hätte sie damals ahnen sollen, dass sie den Mann heiraten würde, den sie liebte, und mit ihm eine berauschende Hochzeitsnacht verleben würde? Damals hatte nur die Angst vor Weston sie beherrscht. Aber ihn brauchte sie endlich nicht mehr zu fürchten. Er besaß keine Macht mehr über sie.

XVI

Lord Edward Weston stand im Arbeitszimmer seines Landsitzes am Fenster und sah hinaus in die Morgendämmerung. Kalter Hass stand in seinen grauen Augen, die von dunklen Schatten umgeben waren und die Schlaflosigkeit der vergangenen Nächte bezeugten. Das Zimmer wurde nur von einer Kerze erhellt, die in diesem Augenblick niederbrannte und ein letztes flackerndes Licht von sich gab.

Er wusste, dass dies die Hochzeitsnacht gewesen war. Cathryns Hochzeitsnacht, die sie eigentlich mit ihm hätte verbringen sollen. Ihm hätte sie gehören sollen, nicht diesem aufgeblasenen Gecken Chambury. Nie würde Weston ihm verzeihen, was im Salon der Countess von Ashford vorgefallen war. Die Stunde seines größten Triumphes hatte Chambury auf schändlichste Weise ruiniert. Er hatte ihm seine Macht über Cathryn genommen, weil dieser Idiot von einem Finanzverwalter den Empfang der Summe in Westons Namen bestätigt hatte. Weston bereute bitter, ihm jemals eine Vollmacht für solche Transaktionen gegeben zu haben, aber bei der großen Anzahl seiner Gläubiger war ein Mann in London für ihn unerlässlich gewesen. Hätte Chambury Leland aufgesucht, um Cathryns Schulden zu bezahlen, wäre es ihm nie gelungen, den Wechsel zu bekommen. Aber das hatte zweifelsohne auch der Earl gewusst. Inzwischen hatte er den Verwalter mit ein paar wohlgesetzten Briefen und geschäftlichen Forderungen ruiniert, aber sein Zorn war dabei kaum abgekühlt. Denn jede Rache konnte nicht ungeschehen machen, was passiert war. Cathryn war ihm entglitten.

Mit der sterbenden Flamme zündete sich Weston einen dünnen Zigarillo an. Im Halbdunkel der Dämmerung wandte er sich dann wieder dem Fenster zu, während der fahle Rauch in spärlichen Kräuseln aufstieg. Nachdem der Earl von Chambury ihn in Lady Alicias Salon bewusstlos geschlagen hatte, hatten seine Lakaien ihn in sein Stadthaus zurückgebracht, wo er am nächsten Morgen mit brummendem Schädel und vor Wut halb wahnsinnig aufgewacht war. Zunächst hatte er sich um seinen Londoner Verwalter gekümmert, der sehr schnell den Tag bereuen sollte, an dem er begonnen hatte, für Lord Weston zu arbeiten.

Als Weston schließlich die Anzeige in der Zeitung las, die den Termin der Hochzeit zwischen dem Earl von Chambury und Miss Cathryn Avondale bekannt gab, war sein erster Impuls gewesen, die Hochzeit unter allen Umständen zu verhindern. Aber eine vorsichtige Annäherung zeigte ihm schnell, wie sicher der Earl seine Braut abgeschirmt hatte, ohne dass sie selbst davon überhaupt etwas mitbekam. Offensichtlich rechnete der Earl damit, dass Weston versuchen würde, etwas zu unternehmen.

Die nächste Schmach, die er von Chambury hinnehmen musste, war einige Tage vor der Hochzeit geschehen, als Weston unter dem Vorwand, sich entschuldigen und dem Paar Glückwünsche überbringen zu wollen, am Vormittag im Haus des Earl vorsprach. Ohne eine Erklärung oder Antwort wurde er sofort von drei Lakaien im wahrsten Sinne des Wortes vor die Tür gesetzt, ohne dass Cathryn überhaupt mitbekommen hatte, dass er da war. Diese Szene wurde von einigen Passanten, die sie beobachteten und denen zweifelsohne die Gerüchte über die vorangegangenen Ereignisse zu Ohren gekommen waren, mit schadenfrohem Grinsen quittiert, und Weston zog sich voll Ingrimm auf seinen Landsitz zurück.

Er hatte beschlossen, zur Hochzeit nicht in London zu sein und Chambury in Sicherheit zu wiegen. Denn inzwischen hatte Weston längst den Entschluss gefasst, dass auch diese Hochzeit ihm Cathryn nicht nehmen würde. Wenn die Zeit gekommen war, würde er sie sich zurückholen. Wie eine Spinne würde er geduldig darauf warten, dass er sein Netz um sie erneut zuziehen konnte.

Aber er hatte nicht damit gerechnet, dass er nicht so schnell zu seiner gewohnten rationalen Kaltblütigkeit zurückfinden konnte. Die letzten Nächte, und vor allem diese letzte, hatte er keinen Schlaf gefunden. Er hatte nicht einmal versucht, sich zur Ruhe zu begeben. Immer wieder würde er Cathryns Antlitz vor sich sehen, wie sie in Verzückung die Augen schloss, wie sie sich zu einem Kuss beugte. Aber nicht er, Weston, würde es sein, der bei ihr war. Und dieser Gedanke war für ihn schwerer zu ertragen, als er gedacht hatte. Seine Machtlosigkeit schürte seine Verachtung für Chambury und seine Wut auf Cathryn, die sich ihm entzogen hatte. Aber sie würde seine Begierde noch kennen lernen und sie würde sich ihm unterwerfen. Für jede einzelne Stunde dieser Nacht würde er sie bezahlen lassen.

Weston wandte sich vom Fenster ab. Mit einer herrischen Bewegung klingelte er nach seinem Diener und verlangte Tee und ein karges Frühstück. Geduld war jetzt der Schlüssel zu seinem Ziel. Geduld und Unterstützung. So ungern er sich sonst auch auf fremde Hilfe verließ, aber in diesem Fall gab es eine Person, der mindestens ebenso viel daran lag, diese Ehe zu zerstören, wie ihm selbst. Er beschloss, am nächsten Tag nach London zurückzukehren und Lady Stafford aufzusuchen. Nach allem, was er über sie und ihre Beziehung zu Nicholas Tremayn gehört hatte, würde sie ihm eine eifrige Komplizin sein.

Die ersten Wochen nach der Hochzeit vergingen für Cathryn wie im Flug. Fast täglich waren der Earl und die Countess von Chambury, die eindeutig das interessanteste Paar der Saison waren, auf Bälle oder Soireen eingeladen. Sie besuchten die Oper oder das Theater und unternahmen an den Nachmittagen lange Kutschfahrten oder Ausritte in die Zentren und Parks von London.

Cathryn lernte das gesellschaftliche Leben Londons schnell kennen – mit all seinen Vor- und Nachteilen. Durch die meisten Meinungsführer der Gesellschaft, die zum überwiegenden Anteil auch zu den Freunden und Bekannten von Nicholas gehörten, erfuhr sie eine herzliche Aufnahme in deren erlauchte Kreise und gewann schnell Sympathien und Freundschaften. Aber vereinzelt kam es auch vor, dass ihr Neid und Verachtung entgegenschlugen.

Eine ganze Reihe von Müttern und Töchtern schien es ihr nicht verzeihen zu können, dass sie ohne weiteres den begehrtesten Junggesellen der Stadt eingefangen hatte. Und dass sie – natürlich mit falsch aufgesetzter Bescheidenheit – noch nicht einmal ausgiebig damit zu prahlen wusste. Andere hielten sie trotz ihrer Heirat einfach für nicht standesgemäß und versuchten, sie mit kalter Verachtung zu ignorieren. Da die neue Countess von Chambury aber immer deutlicher der ausgesprochene Liebling der wichtigsten gesellschaftlichen Kreise wurde, stellten sich diese wenigen von der eigenen Eitelkeit verblendeten Wichtigtuer eher selbst in den Schatten.

Für die Saison hatte Cathryn eine ganze Garderobe neuer Kleider für verschiedene Anlässe bekommen. Sie war begeistert von der exquisiten Qualität der Stoffe und den raffinierten, modischen Schnitten, die hier in London für eine Dame ihres Standes eine Selbstverständlichkeit zu sein schienen. Cathryn hatte anfänglich Schwierigkeiten gehabt, mit all der Pracht und dem Luxus in ihrem neuen Leben umzugehen. Sie war an ein weit bescheideneres Leben gewöhnt, in dem sie trotz allem nie das Gefühl gehabt hatte, auf etwas verzichten zu müssen. Der neue Überfluss, der zudem ganz von ihrem Ehemann finanziert wurde, schüchterte sie ein. Als sie einmal zaghafte Andeutungen in diese Richtung gemacht hatte, war Nicholas entrüstet aufgefahren und hatte ihr erklärt, dass es nun einmal die Pflicht eines Ehemannes sei, auf das Beste für seine Frau zu sorgen. Schließlich habe er genug Geld, um ihr problemlos jeden Luxus zu bieten, den sie sich wünschte. Und als seine Countess müsse sie immerhin einen gewissen Standard repräsentieren. Cathryn, der es nicht gelungen war, dem Earl klar zu machen, wie wenig ihr selbst an diesem Standard lag, machte ein unglückliches Gesicht. Nicholas zog sie zärtlich in seine Arme und flüsterte ihr zu, dass sie für ihn auch ohne Samt und Seide die schönste und sinnlichste Frau sei, die es geben könne. Er begann, sie zu küssen und die Diskussion endete damit, dass sie sich am hellen Nachmittag auf einem schmalen Kanapee im Salon liebten.

Sie liebten sich ausgiebig. Jede Nacht entführte Nicholas seine junge Frau in ein sinnliches Reich von Begehren und Befriedigung, Verlangen und Erfüllung. Cathryn folgte ihm willig, und es dauerte nicht lange, bis sie selbst die Wirkungen ihrer Berührungen und Zärtlichkeiten auf ihn zu entdecken begann. Aber so ausgefüllt und glücklich ihre Ehe auch begonnen hatte, es gab doch etwas, was Cathryn vermisste.

Über die Aufrichtigkeit ihrer Gefühle für Nicholas war sie sich inzwischen im Klaren. Sie liebte ihn aufrichtig. Aber sie hatte diese Worte, auf die sie schon so lange wartete, noch nicht von ihm gehört. Er hatte ihr jedes Kompliment gemacht, ihr zärtlichste Kosenamen gegeben und ihr seine Leidenschaft so überwältigend bewiesen, dass sie nicht daran zweifeln konnte. Aber noch nie hatte er ihr seine Liebe erklärt. Und bei der Verlobung hatte er, wie alle anderen auch, stillschweigend ihr Einverständnis vorausgesetzt. Und Cathryn, die die geheime Befürchtung in sich nährte, dass er sie doch nur aus Mitleid oder körperlichem Begehren geheiratet haben könnte, vergaß in ihrer Sorge völlig, dass auch ihr diese Worte, die sie so sehnlich hören wollte, noch nicht über die Lippen gekommen waren.

Einige Wochen nach ihrer Hochzeit wurde eines Tages unerwarteter Besuch bei Cathryn gemeldet. Sie war allein. Nicholas traf sich am Nachmittag mit einigen Freunden in seinem Club, als Lady Stafford sie aufsuchte. Überrascht und etwas zögernd ließ Cathryn Lady Stafford bitten. Sie fühlte sich in Gegenwart dieser Frau, die Nicholas' ehemalige Geliebte war, nicht wohl. Natürlich konnte sie ihrem Ehemann nichts vorwerfen, was in der Vergangenheit passiert war, und sie war sich seiner gegenwärtigen Treue sicher, aber Nancy Stafford wirkte in ihren Augen kalt und falsch wie eine Schlange. Trotzdem verdiente sie ihre Höflichkeit. Zumindest so lange, bis sie ihr Grund genug gab, ihr offen die Meinung zu sagen.

Lady Stafford schwebte in einer eisblauen Seidenpracht herein, die silbernen Löckchen wie ziselierte Spitze um ihr kunstvoll gemaltes Gesicht drapiert, und stürzte mit einem falschen Aufschrei der Freude auf Cathryn zu.

»Meine Liebe!«, rief sie und fiel Cathryn affektiert um den Hals, ohne sie dabei wirklich zu berühren. »Meine liebste Cathryn! Ich darf doch Cathryn sagen, wo wir uns doch schon so lange kennen?« Ein kunstvoller Augenaufschlag begleitete diese Worte.

Cathryn riss sich zusammen und erwiderte Nancys Lächeln, so gut sie konnte.

»Nehmt doch Platz, Mylady«, sagte sie und schob Lady Stafford auf das Sofa, während sie sich in einen zierlichen Fauteuil rettete. Cathryn klingelte nach Tee und Gebäck und wenige Minuten später saß ihr Lady Stafford plappernd und Tee nippend gegenüber.

»Ich hätte mich ja schon viel früher sehen lassen, aber die Gesellschaft lässt ihren Lieblingen ja kaum eine freie Minute. Sicher wisst Ihr das inzwischen selbst, Cathryn. Eure Hochzeit hat Euch ja in eine ganz wunderbare Position in London gebracht. Und das, nachdem Ihr in der tiefsten Provinz aufwachsen musstet. Ach, ich möchte Euch so herzlich dazu gratulieren. Nicholas ist aber auch ein charmanter Mann, und so reich! Wirklich, Ihr seid zu beneiden, meine Liebe.«

Interessiert beobachtete Cathryn, wie Lady Stafford es schaffte, während ihres Geplappers noch zwei Stücke Gebäck in den Mund zu schieben, ohne dass ihr Redefluss ins Stocken gekommen wäre. Und ohne eine Antwort von Cathryn abzuwarten, ging es auch schon weiter.

»Ihr habt wirklich Glück. Neulich hörte ich, wie Lady Fitzhurst zu Lady Covent sagte, Ihr wärt wirklich eine Bereicherung dieser Saison und natürlich aller zukünftiger, und dass der Earl von Chambury sich glücklich schätzen müsse, eine so gute Frau gefunden zu haben.« Nancy senkte den eisblauen Blick in ihre Teetasse.

Cathryn meinte, kurz ein seltsames Glimmen in ihrem Blick gesehen zu haben, aber dann verwarf sie diesen Gedanken wieder. Lady Stafford konnte sich jetzt unmöglich noch Hoffnungen auf Nicholas machen. Oder plante sie, sich bei der Ehefrau einzuschmeicheln, um desto leichter wieder in das Bett des Ehemannes steigen zu können? Ein plötzlicher, scharfer Stich der Wut und Eifersucht durchfuhr sie.

»Lady Stafford«, begann sie abrupt. »Ich danke Euch für die guten Wünsche, aber ich bin, wie Ihr selbst, eine viel beschäftigte Frau und habe diesen Nachmittag noch einige Pflichten zu erfüllen.«

Überrascht sah Nancy Stafford auf. Das aufgesetzte Lächeln war von ihrem Gesicht verschwunden.

»Natürlich möchte ich Euch bestimmt nicht aufhalten, meine Liebe«, erwiderte sie mit großen Augen. »Ich meine es wirklich nur gut mit Euch, Cathryn. Wir sind doch Freundinnen.«

Cathryn platzte der Kragen.

»Meines Wissens kennen wir uns nur unzulänglich, Mylady«, erwiderte sie scharf. »Und ich bin bereit, Euch mit genau der Höflichkeit zu behandeln, die dem Grad unserer Bekanntschaft entspricht. Und diese wünsche ich, wenn ich aufrichtig sein soll, nicht zu vertiefen. Ich bedanke mich für Eure Glückwünsche, biete Euch noch eine Tasse Tee an und wünsche Euch danach einen angenehmen Tag, Mylady.«

Nancy fixierte Cathryn mit eisigem Blick.

»Lord Durban hat ja schon angedeutet, dass Ihr eine scharfe Zunge besitzt. Aber dass Ihr so undankbar seid gegen die, die Euch nur warnen wollen! Das nenne ich schon fast einen Beweis mangelnder Urteilsfähigkeit und Menschenkenntnis.«

Cathryn, die sich ihrer Menschenkenntnis in Bezug auf Lady Stafford sicher war, sog scharf den Atem ein. Mühsam gewann sie ihre Gelassenheit zurück.

»Wenn Ihr mich warnen wollt, Mylady, wovor auch immer, dann tut es vor Eurer letzten Tasse Tee«, erwiderte sie spitz.

Klirrend setzte Lady Stafford ihre leere Tasse auf den Tisch zurück.

»Also gut. Da Ihr so auf Eile drängt, werde ich die Samthandschuhe ausziehen und Euch weniger schonend beibringen, was bereits die gesamte Londoner Gesellschaft denkt. So freundlich sich auch noch einige Euch gegenüber verhalten mögen, im Grunde denken sie alle das Gleiche. Ihr habt Euch mit Eurer Mitleidstour an den Earl von Chambury herangemacht, der viel zu sehr Gentleman ist, als dass er Euch seine Hilfe hätte verweigern können. Auf dem Landsitz seines verstorbenen Onkels, den ihr vor seinem Tod wohl leider nicht mehr dazu bekommen habt, Euch zu heiraten, habt ihr ihn verführt und unter Vortäuschung einer Schwangerschaft zur Ehe gezwungen. Warum sonst hätte der Earl von Chambury so überstürzt und so weit unter seinem Stand geheiratet?«

Cathryn schnappte nach Luft.

»Mylady, Ihr müsst selbst zugeben, wie absurd Eure Geschichte klingt«, rief sie hitzig.

»Ihr selbst habt Euch letztendlich natürlich gedacht, dass ein toter Ehemann wie der arme Sir James gut gewesen wäre«, fuhr Lady Stafford ungerührt fort. »Aber einen lebendigen, der Euch zu solchem Status verhilft und noch dazu ein gut aussehender Mann ist, verachtet Ihr selbstverständlich auch nicht. Ein Mann wie der Earl von Chambury verliebt sich nicht einfach in eine hergelaufene Provinzgans. Dafür ist sein Geschmack viel zu erlesen. Und er hatte durchaus schon interessantere Bekanntschaften als die Eure.« Herausfordernd sah Lady Stafford Cathryn direkt ins Gesicht.

»Es ist also nur eine Frage der Zeit, bis Nicholas Eurer erbärmlichen Reize überdrüssig sein wird«, fuhr sie fort. »Und da er seine Hochzeit mit Euch ohnehin schon bereut, wird er sich diesen interessanten Bekanntschaften auch bald wieder zuwenden.«

»Und Ihr wollt andeuten, dass Ihr nur zu bereit seid, ihm dabei entgegenzukommen«, stieß Cathryn blass vor Wut hervor.

»Ursprünglich wollte ich Euch wirklich nur warnen, da ich eine der wenigen bin, die Euch doch ein bisschen mögen. Aber wenn mir von Eurer Seite nur Verachtung entgegenschlägt, meine Liebe, Verachtung, die Ihr Euch im Augenblick wirklich nicht leisten könnt, dann kann ich meine Meinung ganz schnell ändern. Wer Feindschaft sät, wird Feindschaft ernten.«

Cathryn hatte genug.

»Hinaus!«, rief sie aufgebracht und erhob sich.

Mit aufreizender Langsamkeit sammelte Lady Stafford ihre Sachen und erhob sich graziös. Sie hatte ihre Sache gut gemacht, davon war sie überzeugt. Mit einem kalten Lächeln nickte sie Cathryn zu und drehte sich um.

»Mylady«, rief Cathryn, kurz bevor Nancy Stafford den Raum verlassen hatte. »Ich hoffe, dass Ihr Euch zu gegebener Zeit an Euren letzten Satz erinnern werdet.«

Das selbstsichere Lächeln auf Lady Staffords gemaltem Mund verrutschte ein wenig. Dann drehte sie sich abrupt um und rauschte aus dem Zimmer.

Cathryn sank auf ihren Fauteuil zurück. Sie spürte, wie ihr Herz wild klopfte, so heftig war ihre Wut über Lady Staffords unverschämtes Benehmen. Aber trotz der Dreistigkeit war Cathryn erstaunt über die Heftigkeit ihrer eigenen Reaktion. Sie kannte Lady Stafford und hatte vorher gewusst, dass diese Frau nichts lieber tat, als verleumderische Intrigen zu ihren eigenen Gunsten zu spinnen. Warum war sie so außer sich geraten? Schon allein der Anblick von Cathryns Wut musste eine Genugtuung für diese Frau gewesen sein, denn allein deswegen war sie hergekommen. Und sie selbst war so dumm gewesen, sich von Lady Stafford reizen zu lassen. Sie hätte ihr weiterhin mit kühler Gelassenheit begegnen sollen, statt sie ihre tatsächliche Aufgewühltheit sehen zu lassen.

Aber warum war sie so aufgewühlt? Zähneknirschend gestand sich Cathryn ein, dass sie gegenüber dieser unmöglichen Frau eine völlig absurde Eifersucht empfand. Dabei wusste sie, dass Nicholas die Beziehung zu Lady Stafford schon längst abgebrochen hatte. Aber sie hatte nie mit Nicholas darüber gesprochen, sie hatte ihn nie gefragt, welche Bedeutung Nancy Stafford noch für ihn hatte. Sie war sich einfach zu albern vorgekommen, als eifersüchtige Ehefrau über seine vergangenen Affären zu diskutieren. Und im Grunde war Lady Stafford auch aus ihren Gedanken verschwunden gewesen, weil sie Nicholas vertraute. Aber nach dieser Szene spürte Cathryn, wie schnell diese alte Wunde wieder aufriss. Sie erinnerte sich an den Nachmittag auf Braighton Hall, als sie sich sicher war, dass Lady Stafford Nicholas' Geliebte war und wahrscheinlich seine Frau werden würde. Und wie sie einen Moment gedacht hatte, wie wunderbar die beiden äußerlich zusammenpassen würden. Die elegante und so feminine Lady Stafford hätte wahrscheinlich eine repräsentablere Countess abgegeben als sie selbst mit ihren »unscheinbaren Reizen«.

Verzweifelt spürte Cathryn, wie ihr gesamtes Vertrauen in ihr neues Glück zu schwinden begann. Und es wollte ihr einfach nicht gelingen, ihr aufgewühltes Inneres mit vernünftigen Argumenten wieder zu beruhigen.

Hatte Lady Stafford Recht gehabt, als sie Cathryns Position in London beschrieb? Cathryn fühlte sich wohl. Sie war sogar positiv überrascht gewesen, wie freundlich die meisten dieser hohen Persönlichkeiten, die sie bisher kennen gelernt hatte, tatsächlich waren. Hatte Lady Stafford Recht? War die Freundlichkeit, die ihr entgegenschlug, nur ein Produkt höflicher Toleranz, die man ihr entgegenbrachte, weil sie den Earl von Chambury geheiratet hatte? Und bereute Nicholas vielleicht längst diese Heirat?

Als plötzlich Tränen in ihre Augen traten, setzte Cathryn sich abrupt auf. Wie aus einer Trance erwacht, wurde ihr bewusst, was sie gerade gedacht hatte. Wie konnte sie sich durch einige intrigante Bemerkungen von Lady Stafford nur dazu hinreißen lassen, an der Aufrichtigkeit der Menschen zu zweifeln, die sie liebten? Lady Alicia hatte ihr niemals etwas vorgespielt. Sie hatte sich von Anfang an gut mit ihr verstanden. Lord Durban war ihr ausgesprochen sympathisch, und auch er freute sich jedes Mal, ihr zu begegnen und mit ihr zu sprechen. An den interessanten und ungezwungenen Gesprächen, die sie beide schon geführt hatten, konnte keine Heuchelei oder zwanghafte Höflichkeit gewesen sein. Und Nicholas? Er war der aufmerksamste Ehemann, den sie sich wünschen konnte. Er behandelte sie mit Respekt und Vertrauen, und sie war sich sicher, dass er sie mochte. Aber konnte er sie wirklich lieben?

XVII

Auch in den nächsten Tagen gelang es Cathryn nicht, dieses ungute Gefühl abzuschütteln. Scharf beobachtete sie Nicholas und versuchte, jede Geste und jedes Wort zu interpretieren. Nach wie vor war er aufmerksam um sie besorgt. Sobald mehrere Personen im Zimmer waren, fühlte Cathryn regelmäßig seinen Blick auf sich ruhen. Aber wenn sie auch früher eine warme Zärtlichkeit darin zu lesen glaubte, so war sie jetzt fast davon überzeugt, dass Gleichgültigkeit oder Langeweile in seinen schwarzen Augen standen.

Nicholas hingegen machte sich Gedanken, warum seine Frau plötzlich so still und verschlossen war. Immer seltener sah er ihr herzliches Lachen oder hörte scherzende Worte und Schlagfertigkeiten, mit denen sie früher immer zu entzücken gewusst hatte. Kurzfristig hatte er daran gedacht, dass es Weston in irgendeiner Weise gelungen war, Kontakt zu Cathryn aufzunehmen. Aber schnell war er sicher, dass er davon etwas hätte mitbekommen müssen, und verwarf den Gedanken wieder. Er beschloss schweren Herzens, wieder einmal darauf zu warten, dass Cathryn sich ihm von sich aus anvertrauen würde.

Wenige Tage nach Lady Staffords Besuch arrangierte Cathryn ein kleines Picknick. Lord Durban wollte sie begleiten und kurz entschlossen stießen auch noch Lord und Lady Sherdow dazu, die das Haus neben dem Palais der Tremayns bewohnten. Die Sherdows waren knapp ein Jahr verheiratet, und Cathryn verstand sich ausgezeichnet mit Carolyn, obwohl sie zwei Jahre jünger war als sie selbst. Der freundschaftliche Kontakt zu einer fast gleichaltrigen Frau war für sie eine ganz neue Erfahrung, die sie mit jedem Tag, den sie in Carolyns Gesellschaft verbrachte, mehr genoss.

Carolyn war eine hübsche Frau mit haselnussbraunen Augen und Haar von fast derselben Farbe, aber mit einem rötlichen Schimmer. Sie war lebhaft, ohne geschwätzig zu sein, und erfrischend aufrichtig. Ihren Mann Philip kannte Nicholas schon seit frühester Kindheit, und obwohl sie sich nur selten gesehen hatten, war daraus eine freundliche nachbarschaftliche Beziehung entstanden. Durch die Sympathie zwischen ihren Ehefrauen begannen auch die beiden Männer, mehr Zeit miteinander zu verbringen, was sie schnell als gegenseitige Bereicherung betrachteten.

Das Picknick sollte ursprünglich auf dem Land stattfinden, aber da Carolyn sich in einer fortgeschrittenen Schwangerschaft befand und die ausgedehnte Fahrt aus der Stadt nur ungern auf sich genommen hätte, änderte Cathryn ihrer Freundin zuliebe das Ziel und man fuhr in einen nahe gelegenen Park. Kurz vor Mittag brach die offene Kutsche vor dem Haus der Tremayns auf. Den geschäftigen Passanten auf der Straße widmeten sie keine Aufmerksamkeit, und keinem der gut gelaunten jungen Leute fiel die Kutsche auf, die ein Stück weit die Straße hinauf im Schatten der gegenüberliegenden Häuser stand und dem Gespann der Freunde jetzt in einigem Abstand folgte.

Der Himmel strahlte in einem leuchtenden Blau und der Tag versprach warm und sonnig zu werden. Auf die wohlwollenden Bemerkungen ihrer Gäste über das Wetter antwortete Cathryn lachend, dass sie es genauso bestellt hätte und äußerst ungehalten gewesen wäre, wenn sich auch nur die geringfügigste Änderung eingeschlichen hätte.

»Eine Frau, die dem Wetter befiehlt«, schmunzelte Lord Durban. »Wenn du sie nur im Zaum halten kannst, Nic!«

»Die Kunst besteht darin, das Zaumzeug in den Schrank zu legen und einfach so mit seiner Ehefrau auszukommen«, erklärte Philip und zog seine Frau liebevoll an sich, um ihr einen Kuss auf die Schläfe zu drücken.

»Bei einer sanften, braven Frau wie Carolyn sehe ich da auch keine Probleme«, erwiderte Daniel trocken. »Aber Cathryn hat ein Temperament wie ein Vulkan, wenn sich der geeignete Anlass bietet.«

»Und Ihr scheint es im Augenblick tatsächlich darauf anzulegen, mir diesen Anlass auch zu bieten?«, fragte Cathryn neckend. Dann ergriff sie Nicholas' Hand und sah ihn unschuldig an. »Aber ich verspreche, dass ich handzahm sein werde.«

»Für wie lange?«, fragte der Earl lachend.

Cathryn zog die Brauen in gespielter Erbostheit zusammen.

»Es sind immer nur die widrigen Umstände, die mich veranlasst haben, hier und da spontan etwas zu tun, was vielleicht nicht immer den allgemeinen Erwartungen entsprach. Und ich möchte betonen, dass ich in der Vergangenheit spreche!«

»Und der Vergangenheit gehören auch all diese Umstände an«, erwiderte Nicholas und wurde ernst. »Du brauchst keine Angst mehr zu haben, mein Herz.«

Das Lächeln verschwand von Cathryns Lippen. Nicholas' Worte waren wie ein Versprechen gewesen, das sie immer wieder hören konnte. Aber warum sprach er nicht weiter? Warum sagte er nicht, was sie so gern hören wollte? Dass er sie liebte? Aber sein Arm um ihre Schultern versprach ihr Schutz, und sie kuschelte sich an ihn, bevor sie ihre Aufmerksamkeit wieder den anderen zuwandte.

Nicholas betrachtete sie von der Seite. Er hatte ihr die Möglichkeit geben wollen, ihm mitzuteilen, ob sie etwas bedrückte. Und für einen Moment hatte er den Eindruck gehabt, als ob sie es auch tun wolle. Aber dann war der Moment vorüber und schon hörte er sie wieder mit den anderen scherzen und lachen. Wahrscheinlich war es ohnehin ein schlecht gewählter Moment gewesen, aber immerhin erschien sie ihm heute gelöster und entspannter. Er freute sich, den alten Charme ihrer Anwesenheit wieder genießen zu können.

Sie erreichten ihr Ziel und breiteten weiche Wolldecken im Gras aus. Philip hatte einen Platz im Halbschatten einiger alter Eichen gewählt, damit Carolyn nicht zu sehr der Sonne ausgesetzt wurde, die jetzt im Zenit stand und die Luft mit sommerlichem Flirren erfüllte. Cathryn arrangierte den Inhalt der Picknickkörbe zu einem appetitlichen Buffet und jeder griff nach Herzenslust zu. Es gab gebratenes Geflügel und Obst, dazu leichten Weißwein und Fruchtsaft für Carolyn.

»An diesen herrlichen Sommertagen erscheint das Leben unendlich leicht und so ganz ohne Probleme«, sinnierte Daniel vor sich hin, während er genüsslich einige Weintrauben naschte.

»Du wirst doch nicht etwa eine poetische Ader in dir entdecken?«, fragte Nicholas mit hochgezogenen Brauen. »In deinem Alter, erspar uns das!«

»Mein Alter ist, ganz im Gegensatz zu meiner Lebenserfahrung, noch sehr gemäßigt, mein lieber Nic«, sagte Daniel seelenruhig und steckte sich eine weitere Traube in den Mund.

»Wenn etwas eine ungeahnte poetische Ader in einem Menschen hervorrufen kann, dann ist es ohnehin nur die Liebe«, warf Carolyn ein, worauf ihr ihr Mann mit einem zärtlichen Lächeln die Hand küsste.

Plötzlich war Cathryn fast neidisch auf ihre Freundin, denn in dieser einfachen Geste lag so viel Liebe. Hatte Nicholas jemals so ihre Hand geküsst? Cathryn fühlte das bittere Gefühl der letzten Tage wieder in sich aufsteigen und senkte den Blick. In diesem Augenblick legte sich eine warme Hand auf ihren Nacken, deren festen Druck sie unter Tausenden wieder erkannt hätte. Sie wandte den Kopf und begegnete Nicholas' dunklem Blick, in dem sie sofort jene feurige Leidenschaft entdeckte, die sie inzwischen so gut kannte. Leidenschaft schon – aber Liebe?

»Ich hoffe jedenfalls, dass mich die eine wahre Liebe noch lange nicht erwischt«, sagte Daniel unbekümmert. »Welch ein Gedanke, was ich alles verpassen würde, müsste ich auf eine einzige Frau Rücksicht nehmen!«

»Und der Gedanke, dass Ihr nichts lieber tun wollt, als diese Rücksicht zu nehmen, und was Ihr dadurch alles gewinnen würdet, ist Euch wohl noch nicht gekommen?«, fragte Philip neugierig.

Daniel tat, als würde er angestrengt nachdenken. »Sagen wir, ich habe schon oft gedacht, dass ich vielleicht sehr dicht dran bin, aber irgendetwas ist mir letztendlich doch immer dazwischengekommen.«

»Meistens war es ein wütender Ehemann«, warf Nicholas sarkastisch ein. Alle lachten.

»Nicht immer, mein lieber Freund, durchaus nicht immer …«, hob Daniel an, sich zu verteidigen.

»Ich würde sagen, einmal ist schon mehr als genug«, sagte Carolyn mit sanftem Tadel. »Dass Männer immer so lange brauchen, um die Werte von Treue und Liebe zu erkennen.«

»Ich meine mich zu erinnern, dass ich sie sehr schnell begriffen habe, als ich dich kennen gelernt habe«, warf Philip ein.

»Aber auch du hattest deine Vorgeschichten.« Carolyn lächelte ihren Mann an. »Aber die sind jetzt völlig unwichtig.«

Die beiden beugten sich für einen Kuss zueinander und Daniel seufzte übertrieben ergriffen auf. Nicholas warf einen Blick auf Cathryn.

»So schweigsam, meine Liebe?«, fragte er und betrachtete sie aufmerksam. »Willst du uns nicht an deinen Gedanken teilhaben lassen?«

Cathryn erwiderte seinen Blick. »Ich denke an nichts anderes als ihr«, antwortete sie wahrheitsgemäß. »An die Werte von Treue und Liebe.«

»Ich hoffe doch, du überlegst dir nicht, mir untreu zu werden?«, fragte Nicholas scherzend und ergriff ihre Hand.

»In diesem Fall stünde ich Euch sofort zur Verfügung, Mylady.« Daniel grinste frech.

»Nicht im Traum denkst du daran«, fiel ihm Nicholas ins Wort und warf mit einer Weintraube nach seinem Freund.

»Aber was bedeuten dir die Werte von Treue und Liebe?«, fragte Cathryn eindringlich. Überrascht über ihren ernsten Ton wandte sich Nicholas ihr wieder zu. In ihren meergrünen Augen lag etwas, das ihm signalisierte, wie wichtig dieser Moment für sie war. Aber er wusste noch nicht, worauf sie hinauswollte. Bevor er antworten konnte, ertönte neben ihnen eine melodische Frauenstimme.

»Es sind sicher die schönsten Werte, die es gibt. Aber sie sind so vergänglich.«

Alle wandten sich um und sahen zu Lady Stafford auf, die, in feine, irisierende Seide gekleidet, neben dem Picknickarrangement stand. Trotz ihres gewaltigen Hutes drehte sie graziös einen aufgespannten Sonnenschirm aus der Seide ihres Kleides über ihrer Schulter.

Die Männer erhoben sich, um Lady Stafford zu begrüßen. Sie reichte jedem die Hand zum Kuss und wieder fiel Cathryn die Affektiertheit ihrer Bewegungen auf. Mit heimlicher Genugtuung beobachtete sie, wie Nicholas sich nur über Lady Staffords Hand beugte, sie aber nicht mit den Lippen berührte.

»Nehmt doch auf unseren Decken Platz, Mylady«, bot Philip höflich an. »Wünscht Ihr eine Erfrischung, etwas Saft oder Wein?«

»Aber ich möchte diese nette Gesellschaft doch nicht stören«, flötete Nancy und ließ sich mit rauschenden Röcken nieder. Geziert nahm sie ein Glas Wein von Philip entgegen. Auch Daniel und Nicholas setzten sich wieder, obwohl durch Lady Staffords ausladende Garderobe der Platz nun beträchtlich eingeschränkt war.

»Zufällig erkannte ich Nicholas vom Weg aus, auf dem ich mit einigen Freunden spazierte.«

»Und Ihr besitzt tatsächlich die Grausamkeit, diese Freunde unseretwegen warten zu lassen?«, fragte Daniel spöttisch. »Sie müssen untröstlich sein, auf Eure reizvolle Anwesenheit verzichten zu müssen.«

»Lord Durban«, antwortete Nancy etwas schärfer. »Hättet Ihr Euch nur wenige Sekunden früher umgedreht, hätte mich die Kenntnis Eurer Anwesenheit womöglich von meinem kurzen Besuch abgehalten.« Sie nippte an ihrem Wein. »Aber ich hätte wissen müssen, dass ich Euch dort finden müsste, wo sich Lady Chambury aufhält.«

Cathryn warf ihr einen blitzenden Blick zu. Worauf wollte dieses Weib jetzt schon wieder hinaus? Wollte sie sie etwa gegen Nicholas aufhetzen?

»Selbstverständlich«, unterbrach Nicholas ihre Gedanken. »Cathryn pflegt sich meistens in meiner Nähe aufzuhalten, und da Daniel unser beider Freund ist, sieht man uns häufig zu dritt, wie Mylady mit messerscharfer Logik festgestellt haben.«

Lady Stafford biss sich ob dieser Zurechtweisung auf die Lippen. Sie musste unbedingt vorsichtiger sein. Nicholas würde nicht auf zu plumpe Versuche, ihm die Freude an seiner schönen, jungen Frau zu verderben, hereinfallen.

»Aber natürlich, zu dritt«, lenkte sie ein. »Cathryn, meine Liebe, würdet Ihr mir bitte die Weintrauben reichen? Sie sehen zu köstlich aus.«

»Sie sind hervorragend«, erwiderte Cathryn und reichte ihr die Schüssel mit einem unschuldigen Lächeln gerade so weit, dass sich Lady Stafford fast erheben musste, um sie entgegenzunehmen. »Süß und rein. Sie werden Euch vorzüglich bekommen.«

Erstaunt blickte Carolyn von einer zur anderen. Sie kannte Lady Stafford nur flüchtig, aber sie merkte doch, dass ihr eine sehr kühle Form von Höflichkeit entgegenschlug, die sie von ihrer Freundin nicht kannte.

»Ihr seid demnach schon länger mit den Tremayns befreundet«, fragte sie. »Wie seltsam, dass wir Euch noch nicht getroffen haben.«

»Nun, ich muss zugeben, dass ich eine ältere Bekanntschaft mit dem Earl pflege«, erwiderte Lady Stafford mit einem intensiven Seitenblick auf Nicholas, dessen Anzüglichkeit Carolyn eine verlegene Röte auf die Wangen trieb. »Seine entzückende Frau kenne ich selbst noch nicht viel länger als Ihr. Ich hatte erst wenige Wochen vor der überstürzten Hochzeit das Vergnügen, Lady Chamburys Bekanntschaft zu machen. Selbstverständlich hieß sie damals noch Avondale und war, meines Wissens, mit einem anderen Mann verlobt.«

Cathryn wurde bleich.

»Es reicht, Mylady«, sagte der Earl scharf. Das Entsetzen in Cathryns Augen tat ihm selbst weh und versetzte ihn in unbändige Wut auf Lady Stafford.

»Wir wollen Euch nicht länger aufhalten, Mylady«, sagte er in eindringlichem Ton, in dem die Aufforderung, sich zu verabschieden, allzu deutlich mitschwang.

Langsam zog Lady Stafford die fein geschwungenen Brauen hoch. »Es scheint mir tatsächlich so, dass Ihr mich loswerden wollt, Mylord«, sagte sie süß. »Das ist nun wirklich eine neue Erfahrung für mich. Bisher wart Ihr immer sehr erfreut über meine Anwesenheit und strebtet danach, sie so lange wie möglich zu genießen.« Sofort erkannte sie die scharfe Antwort, die auf Nicholas' Lippen lag, und kam ihr zuvor, indem sie sich elegant erhob und ihre Seidenröcke glättete. Die Herren standen ebenfalls auf und Lady Stafford reichte erneut jedem die Hand zum Kuss.

»Nun, ich bin untröstlich, dass ich mich tatsächlich verabschieden muss«, säuselte sie und sah Nicholas tief in die Augen, die gefährliche Wut, die darin schwelte, missachtend. »Ich werde Euch wieder ganz den Aufmerksamkeiten Eurer entzückenden kleinen Frau überlassen, Mylord.«

Lady Stafford warf einen zynischen Blick auf Cathryn, die vor ihr auf der Decke saß und dadurch die

Herablassung in Lady Staffords Worten umso deutlicher empfand.

Wieder kam sie einer Antwort des Earl zuvor, indem sie sich mit einem raschen Nicken in die Runde umdrehte und mit wiegendem Gang entfernte. Cathryn sah ihr nach, wie sie ihren Sonnenschirm aufspannte und ihn triumphierend über ihrer Schulter drehte. Wenn sie nicht noch so erschrocken über Lady Staffords Erwähnung ihrer ersten Verlobung gewesen wäre, wäre ihr mit Sicherheit die Schamesröte ins Gesicht gestiegen. Diese Frau hatte sie wie ein kleines Mädchen bloßgestellt und mit ihren zweideutigen Bemerkungen bitter gekränkt. Und Nicholas hatte zu allem kaum ein Wort verloren! Ungläubig sah sie zu ihm auf und bemerkte, dass er noch immer mit finsterer Miene Lady Stafford nachsah. Wahrscheinlich war er ungehalten darüber, sich von seiner entzückenden Geliebten trennen zu müssen, schoss es Cathryn durch den Kopf. Der scharfe Stich der Eifersucht überdeckte sogar die leise Stimme in ihrem Inneren, die ihr sagte, dass sie sich nicht auf dieses Geplänkel einlassen durfte. Und dass Nicholas schon lange nicht mehr an Lady Stafford interessiert war.

»Was für eine ungewöhnliche Person«, brach Carolyn zaghaft das Schweigen, das nach Lady Staffords Abschied entstanden war.

»Ungewöhnlich durchaus«, pflichtete Philip ihr hastig bei. »Wenn nicht sogar etwas unhöflich.«

»Daraus dürft Ihr ruhig ›unverschämt‹ machen«, erboste sich Daniel und ließ sich neben Cathryn auf der Decke nieder. »Diese Frau hat es nur darauf abgesehen, Unfrieden zu stiften. Ich habe noch nie verstanden, was manche Leute an ihr finden.« Dabei warf er einen schnellen Blick auf seinen Freund, der Cathryn nicht entging. Finden!, dachte sie. Daniel spricht in der Gegenwart! Ein dumpfer Schmerz breitete sich in ihrem Körper aus.

»Zumindest können wir uns wieder unserem Picknick widmen«, fuhr Daniel schon wieder fröhlicher fort. »Immerhin war die Dame so nett, uns ein paar Weintrauben übrig zu lassen.« Er griff nach der fast leeren Schüssel.

Es wurde noch ein ruhiger Nachmittag, den die kleine Gesellschaft im Schatten der Bäume verbrachte. Die gute Laune war schnell zurückgekehrt und alle schienen den Zwischenfall mit Lady Stafford vergessen zu haben. Auch Cathryn scherzte und lachte wieder mit den anderen, aber von Zeit zu Zeit spürte Nicholas einen schnellen Seitenblick Cathryns auf sich ruhen. Aber wenn er sich nach ihr umwandte, gelang es ihm nicht, ihre Augen zu treffen. Sie war beunruhigt, dessen war er sicher. Und er nahm sich vor, sie später danach zu fragen und ihr keine Möglichkeit für Ausflüchte zu lassen.

Am frühen Abend kehrten sie von ihrem Ausflug zurück. Die Sherdows verabschiedeten sich herzlich von Cathryn und dankten ihr für die entzückende Idee mit dem Picknick.

»Wir müssen uns unbedingt revanchieren, Philip«, sagte Carolyn und sah ihren Mann aufmunternd an. »Sobald das Kind da ist.«

Lächelnd legte Philip seine Hand auf den gewölbten Bauch seiner Frau. »Sobald du die Zeit und Ruhe dazu findest, mein Schatz.«

Erwartung strahlte aus Carolyns Augen, als sie sich ihrer Freundin zuwandte, um sich zu verabschieden.

»Es war ein so wunderbarer Tag, Cathryn.«

Sie umarmten sich zum Abschied.

Lord Durban hatte sich schon im Park verabschiedet, da er noch Pläne für den Abend hatte.

»Wie heißen deine Pläne denn?«, fragte Nicholas grinsend. »Annabel? Sophia?«

»Nur weil du verheiratet bist, heißt das nicht, dass auch für mich alle anderen Frauen reizlos geworden sind«, erwiderte Daniel und empfahl sich mit einem charmanten Gruß in Richtung der beiden Frauen.

In ihrem Schlafzimmer begann Cathryn, die Bänder ihres Hutes aufzuknüpfen. Ihre Gedanken kreisten um die Geschehnisse des Nachmittags, als sie plötzlich Nicholas' Hände auf ihren Schultern spürte. Er war eingetreten, um endlich eine vernünftige Antwort aus seiner Frau herauszubringen, aber ihre anmutige, von der Abendsonne überstrahlte Gestalt weckte augenblicklich eine andere Idee in ihm.

»Darf ich dir dabei helfen?«, fragte seine raue Stimme, in der Cathryn sofort die Nuance der Leidenschaft spürte, die in ihrem Innersten eine spontane Antwort hervorrief. Wäre sie nicht in ihrer hilflosen Eifersucht gefangen gewesen, hätte sie gemerkt, dass diese süße Spannung schon den ganzen Nachmittag zwischen ihr und Nicholas geflirrt hatte.

»Schon fertig«, sagte sie lächelnd und warf ihren Hut auf einen zierlichen Seidenfauteuil.

Sanft strich Nicholas' Atem über ihren Hals. Seine Arme legten sich von hinten um ihre Taille und er zog sie begierig an sich.

»Es gibt da noch andere Dinge, die du ausziehen kannst, meine Liebe.« Neckend küsste Nicholas ihren Nacken, während seine Hände begannen, die Häkchen ihres Mieders mit geschickten Bewegungen zu öffnen.

Mit geschlossenen Augen ließ Cathryn ihn gewähren und genoss die aufreizenden Berührungen seiner Lippen auf ihrer samtigen Haut. Sie spürte, wie er ihr Kleid abstreifte und das feine Batisthemd, das sie darunter trug, von ihren Schultern schob.

»Cathryn«, murmelte er, während seine Hände sich um ihre Brüste legten. Als er sie mit den Daumen liebkoste, zogen sich die rosigen Spitzen zu kleinen Knospen zusammen. Wohlig seufzend lehnte Cathryn sich instinktiv in seine Berührung. Sie hob die Arme, um ihr Haar zu lösen, da sie wusste, wie sehr ihm diese Bewegung gefiel. Als die goldbraune Flut in lockigen Kaskaden über ihre Schultern fiel und sein Gesicht bedeckten, stöhnte er verlangend auf. Mit einer besitzergreifenden Bewegung drehte er sie zu sich um und suchte gierig ihren Mund. Fordernd teilte er ihre Lippen und umspielte ihre Zunge mit sanftem und doch energischem Kreisen. Leidenschaftlich erwiderte Cathryn seinen Kuss. Jede Eifersucht war vergessen, es gab nur noch Nicholas und sie. Und die Zärtlichkeiten zwischen ihnen, die sie vor Erwartung erbeben ließen.

»Nicholas«, hauchte sie, während ihre Hände längst das Hemd von seinen kräftigen, bronzefarbenen Schultern gestreift hatten. Ihre Lippen erkundeten das warme, feste Fleisch seiner Brust. Mit der Zunge umspielte sie seine Brustwarzen, die sich zu ihrem Entzücken ähnlich wohlig zusammenzogen wie ihre eigenen.

Mit einer energischen Bewegung hob er Cathryn hoch und trug sie mit zwei schnellen Schritten zu ihrem Bett. Sie lag nackt auf dem Rücken und sah zu ihm auf. Ihr herrliches Haar, in dem vereinzelte Lichter der Abendsonne spielten, breitete sich wie eine Aura um ihr schönes Gesicht. Die meergrünen Augen hatten die Sturmfarbe der Leidenschaft angenommen.

»Komm zu mir«, flüsterte sie und streckte die Arme nach ihm aus.

Dass er sein eigenes Verlangen in ihren Augen widergespiegelt sah, erregte Nicholas nur noch mehr. In einem kurzen Lächeln blitzten die weißen Zähne in seinem gebräunten Gesicht, dann senkten sich seine Lippen zu einem glutvollen Kuss auf ihren Mund. Seine Hand glitt zwischen ihre Schenkel, die sie bereitwillig ein wenig spreizte. Mit sanften, aber bestimmten Bewegungen begann er, ihre empfindlichste Stelle zu liebkosen.

Den Kopf wohlig zurückgeworfen, schlang Cathryn ihre Arme um seinen muskulösen Rücken und versuchte, ihn näher zu sich zu ziehen. Ihre instinktive Geste entzückte Nicholas, und so schwer ihm die Beherrschung auch fiel, er wartete, bis Cathryn wirklich für ihn bereit war. Er schob ein Bein zwischen ihre Schenkel und spreizte sie weiter. Erwartungsvoll stöhnte Cathryn auf, und als er in sie eindrang, wölbte sie ihm ihre Hüften entgegen. Ein animalischer Laut entrang sich seiner Brust, als sie ihn warm und feucht umfing.

Mit einem festen Griff riss er Cathryn an sich, während er selbst auf den Rücken rollte, damit sie auf ihm zu sitzen kam. Ihren Oberkörper hielt er an sich gepresst, sodass ihre Brüste sich an ihn drängten. Cathryn verstand intuitiv und begann, sich rhythmisch auf ihm zu bewegen. Auf dem Gipfel ihrer Lust richtete sie sich auf, und sie spürte seine kraftvollen Hände von ihren Brüsten zu den Hüften gleiten und sie ein letztes Mal kraftvoll an sich reißen. Befriedigt stöhnte er auf und zog Cathryn wieder dicht an seinen Körper.

Atemlos lag sie auf ihm und spürte, wie ihrer beider Herzen aneinander schlugen. In einer beruhigenden und zärtlichen Bewegung streichelte Nicholas' Hand über ihren Rücken und blieb besitzergreifend auf ihrem Po liegen. Cathryn verspürte ein überwältigendes Gefühl der Zusammengehörigkeit, das sie in solch intensiver Form noch nie erlebt hatte. Sie hob den Kopf und sah Nicholas an. Er lag mit geschlossenen Augen noch in der gleichen Position da, einen Arm um seine Frau geschlungen. Sein Gesicht wirkte entspannt und ruhig, und als ob er ihren Blick spüren würde, drückte er sie an sich, ohne die Augen zu öffnen. Cathryn lächelte dem markanten Profil zu und kuschelte ihren Kopf wieder an seine Schulter. Einen Moment später war sie eingeschlafen.

XVIII

Als Cathryn erwachte, stand die Sonne bereits hoch am Himmel und ließ die wasserblauen Farben in ihrem Schlafzimmer leuchten. Sie streckte die Hand neben sich aus, aber Nicholas war schon fort. Cathryn lächelte, als sie an die leidenschaftliche Liebesnacht dachte, die sie mit ihm verbracht hatte. Noch zweimal hatte er sie mit neckenden Küssen und aufreizenden Berührungen geweckt und sie waren gemeinsam in Leidenschaft und Ekstase versunken. Sie bewegte die Beine und verzog leicht das Gesicht. Die wundervollen Strapazen der letzten Nacht hatten ihre Spuren hinterlassen. Wenn sie länger untätig im Bett bliebe, würde sie morgen einen schönen Muskelkater haben. Mit einem Schwung hob sie die Beine aus dem Bett und warf sich einen seidenen Morgenmantel über.

Nachdem sie gebadet und ein schlichtes, aber elegantes Tageskleid aus elfenbeinfarbenem Organza angezogen hatte, lief sie gut gelaunt nach unten, um Nicholas zu suchen. Ein Lächeln stahl sich auf ihr Gesicht, als sie an die tiefe Liebe dachte, die sie für ihren Mann empfand. Und nach dieser Nacht war sie sicher, dass Nicholas für sie dasselbe empfand. So innig war das Gefühl dieser Nacht gewesen, dass Cathryn sich fragte, wie sie jemals an der Liebe zwischen ihnen beiden wirklich hatte zweifeln können. Nur ihre dumme und völlig unbegründete Eifersucht auf Lady Stafford war daran schuld, aber das hatte sie jetzt überwunden. Ein für alle Mal.

In der Halle traf sie auf den Kammerdiener ihres Mannes.

»Guten Morgen, Jasper«, begrüßte sie ihn strahlend. »Wo finde ich den Earl?«

»Guten Morgen, Mylady«, grüßte der Butler sie mit einer formvollendeten, aber freundlichen Verbeugung zurück. »Der Earl befindet sich in seinem Arbeitszimmer.«

»Danke«, rief Cathryn über die Schulter, ohne die sorgenvolle Miene des Butlers zu sehen, der noch die Hand nach ihr ausstreckte, als ob er sie zurückhalten wollte.

Mit schwingenden Röcken durchquerte sie die Halle und trat voller Elan in Nicholas' Arbeitszimmer, ohne vorher anzuklopfen.

Wie angewurzelt blieb sie auf der Türschwelle stehen, den Türgriff noch in der Hand. Vor Entsetzen wich das Blut aus ihren Wangen, als sie tatsächlich sah, was sie sich in ihren schlimmsten Alpträumen vorgestellt hatte: Nicholas stand in der Mitte des Raumes und hielt Nancy Stafford um die Taille, während er sie leidenschaftlich küsste. Hingebungsvoll erwiderte die blonde Frau seinen Kuss und hatte ihre Arme fest um seinen Nacken geschlungen. Ihrer Kehle entrang sich ein lustvoller Seufzer.

Erschrocken fuhren die beiden bei Cathryns Eintreten auseinander.

»Cathryn!« Sofort schob Nicholas Lady Stafford von sich, aber in den Augen dieser Frau sah Cathryn ein triumphierendes Glitzern, das alle ihre Befürchtungen innerhalb von Sekunden zur Gewissheit machte. Jetzt waren es keine Hirngespinste mehr, die sie sich einbildete. Mit eigenen Augen hatte Cathryn Nancy Stafford in Nicholas' leidenschaftlicher Umarmung gesehen.

»Lady Chambury«, grüßte diese zuckersüß. »Ich wünsche einen guten Morgen.«

Cathryn war zu schockiert, um auf den blanken Hohn in diesen Worten zu reagieren. Verzweifelt suchte sie Nicholas' Blick. In den schwarzen Augen las sie maßlosen Zorn, der nur ihr gelten konnte, da sie gestört hatte.

»Lady Stafford wollte sich eben verabschieden«, sagte er kalt und packte Nancy am Arm.

»Selbstverständlich«, lächelte Lady Stafford und ergriff ihren mit Rüschen überladenen Sonnenschirm. »Auf Wiedersehen, Nicholas, mein Liebster.«

»Raus«, erwiderte der Earl in gefährlich wütendem Ton. Lady Stafford verlor keine Zeit. Schnell schlüpfte sie aus dem Salon, und während sie durch die Halle schritt, brach sie in das laute, kehlige Lachen einer Siegerin aus.

Nicholas hatte die Tür des Arbeitszimmers wieder geschlossen, doch Cathryn hörte das Echo dieses teuflischen Triumphs, und es war ihr, als ob eine eiskalte Hand ihr Herz umklammert hielt. Sie war einige Schritte in den Raum hineingestolpert, als Nicholas Lady Stafford zur Tür gebracht hatte, und stand jetzt reglos da, das Gesicht immer noch der

Stelle zugewandt, wo sie vor wenigen Minuten das Unglaubliche mit eigenen Augen gesehen hatte.

Nicholas wandte sich ihr zu. Mit vor der Brust verschränkten Armen lehnte er sich gegen die Tür und betrachtete den schmalen Rücken seiner Frau. Die braungoldenen Locken, in denen er noch in der letzten Nacht sein Gesicht vergraben hatte, fielen, nur von zwei goldenen Kämmen zurückgehalten, locker herab, und er verspürte den drängenden Wunsch, sie zu berühren. Doch zuerst musste er dieses dumme Missverständnis zwischen ihnen beseitigen. Und er wusste nicht, wie er anfangen sollte. Immerhin hatte Cathryn ihn mit der Frau, von der sie wusste, dass sie seine ehemalige Geliebte war, in einer für sie eindeutigen Situation gesehen.

Er entschloss sich, ihr alles so zu erklären, wie es sich zugetragen hatte.

»Cathryn, sieh mich an!« Er stieß sich von der Tür ab und ging auf sie zu. Cathryn spürte, dass er dicht hinter ihr stehen blieb, aber sie wagte nicht, sich zu ihm umzudrehen. Schmerzlich erinnerte sie seine Nähe an den gestrigen Abend, als er genauso hinter ihr gestanden hatte.

»Sieh mich an«, wiederholte er sanft und drehte sie langsam zu sich um. Sie senkte den Kopf, um seinem Blick auszuweichen, aber er hob ihr Kinn und zwang sie, ihn anzusehen. Der Schmerz in ihren Augen tat ihm weh, aber er wusste, dass er sehr behutsam vorgehen musste, damit sie ihm glaubte.

»Lady Stafford war nicht auf meinen Wunsch hier«, begann er. »Sie kam aus eigenem Antrieb und hat mich bei der Arbeit überrascht. Ich habe sie nicht zum Bleiben aufgefordert. Ganz im Gegenteil. Ich wollte, dass sie sich so schnell wie möglich wieder verabschiedet.«

Cathryn nickte unglücklich.

»Und was du gesehen hast, war nicht das, wonach es aussah. Nicht wir haben uns geküsst, sondern sie hat mich geküsst. Sie hat mich einfach überrumpelt, als ich sie zur Tür begleiten wollte. Verstehst du?«

»Ich verstehe«, sagte Cathryn tonlos, aber in ihren Augen las Nicholas, dass sie ihm nicht glaubte. Er seufzte.

»Zwischen mir und Nancy Stafford ist nichts mehr, Cathryn«, sagte er eindringlich. »Du bist meine Frau und ich werde dir treu sein. Ich gehöre nicht zu den Männern, die das, was sie von anderen verlangen, nicht selbst zu geben bereit sind.«

»Ich verstehe«, wiederholte Cathryn erstickt.

Er sah sie fest an. »Ich liebe dich, Cathryn.«

Gequält stöhnte sie auf. Endlich sagte er die Worte zu ihr, auf die sie so lange und sehnsüchtig gewartet hatte, und nun sagte er sie als Lüge, nachdem sie ihn mit einer anderen Frau ertappt hatte! Er benutzte diese wertvollen Worte, um sie zu besänftigen, damit sie ihn nicht weiterhin verdächtigte. Der Schmerz war fast mehr, als sie ertragen konnte.

»Ich verstehe«, sagte sie zum dritten Mal und senkte den Kopf. Ja, sie verstand ihn wirklich. Er hatte sie aus Mitleid geheiratet, und jetzt konnte er nicht auf die Frau verzichten, die er eigentlich liebte.

»Cathryn!« Es klang fast wie ein Stöhnen, aber Cathryn erkannte darin nicht den Schmerz, den ihre

Unfähigkeit, ihm zu glauben, bei ihm auslöste. Sie hielt es für den Ausdruck seiner Gefangenschaft in der Ehe mit ihr. Und es gab nichts, was sie tun konnte. Die Gedanken wirbelten durch ihren Kopf, aber sie konnte nicht einen davon in brauchbare Bahnen lenken. Der einzige Ausweg wäre, Nicholas zu verlassen. Aber wohin sollte sie gehen?

Nicholas war verzweifelt, dass er ihr den Schmerz nicht nehmen konnte. Schließlich konnte er die Distanz zwischen ihnen nicht mehr ertragen und zog Cathryn an sich. Aber wie eine Puppe ließ sie sich umarmen, ohne seine Berührung zu erwidern.

»Was kann ich tun?«, murmelte er tonlos in ihr Haar, das genauso süß duftete wie in der letzten Nacht. Die Nacht, die jetzt einer ganz anderen Welt anzugehören schien.

Endlich erwiderte sie seinen Blick. Langsam schüttelte sie den Kopf. Noch immer konnte sie keinen klaren Gedanken fassen.

»Was erwartest du von mir?«, fragte sie leise.

Plötzlich hielt sie es nicht mehr aus. Sie riss sich von ihm los und stürzte aus dem Zimmer. Hals über Kopf lief sie die Treppe hinauf und warf sich auf ihr Bett. Und endlich konnten die Tränen, die sie so mühsam zurückgehalten hatte, ungehindert fließen.

Nicholas blieb zurück. Nie hatten sich seine Arme so leer angefühlt wie in diesem Augenblick. Nichts wünschte er sich sehnlicher, als seine Frau wieder zärtlich zu umfangen und in ihren Augen die Liebe zu sehen, die er vergangene Nacht dort gelesen hatte. Aber er wusste, dass er im Augenblick nichts würde ändern können. Cathryn brauchte Zeit. Wenn sie nur logisch nachdachte, würde sie von selbst erkennen, wie infam die ganze Szene von Lady Stafford eingefädelt worden war. Er fragte sich nur, warum Nancy das getan hatte.

Schwer ließ er sich auf dem Lederfauteuil nieder, der vor seinem Schreibtisch stand. Sie kannte ihn und musste doch längst akzeptiert haben, dass die Chancen, die sie sich einmal ausgerechnet hatte, längst verloren waren. Andererseits kannte er sie wiederum gut genug, um zu wissen, dass diese Frau mit Sicherheit bestimmte Pläne verfolgte. Was also bezweckte sie mit ihren Versuchen, einen Keil zwischen ihn und Cathryn zu treiben? Was steckte dahinter?

Eine Ewigkeit schien vergangen zu sein, seit Cathryn aus dem Arbeitszimmer geflohen war. Inzwischen waren ihre Tränen versiegt, aber sie lag regungslos auf ihrem Bett, die Arme ausgebreitet und den Blick auf den Baldachin über sich gerichtet. Sie zuckte zusammen, als plötzlich kurz an ihre Tür geklopft wurde. Erschrocken sprang sie auf. Sie konnte Nicholas jetzt unmöglich gegenübertreten. Aber es war die Stimme ihrer Zofe, die nach ihr fragte.

»Mylady? Mylady, seid Ihr wach?«

»Was gibt es, Mary?«, fragte Cathryn, ohne die Tür zu öffnen.

»Verzeiht die Störung, Mylady, Mr. Brooks ist unten und wünscht Euch in einer dringenden Angelegenheit zu sprechen.«

»Mr. Brooks?« Benommen stand Cathryn auf.

»Ja. Er sagt, dass er Euch unbedingt sofort sprechen muss. Es geht anscheinend um ein Schiff.«

Wie erstarrt blieb Cathryn in der Mitte des Raumes stehen. Ein Schiff! Das konnte nur ihr Schiff, die »Seagull«, sein! Erbittert schluchzte sie auf. Brachte der Reeder ihr endlich die Gewissheit, dass die letzte tollkühne Unternehmung ihres Vaters gescheitert war? Ausgerechnet heute!

Wie dem auch sei, sie konnte ihn nicht einfach abweisen. Rasch warf sie einen Blick in den Spiegel. Ihre Augen waren gerötet, doch mit ein wenig kaltem Wasser ließ sich der Schaden wohl beheben. Sie begegnete ihrem Blick im Spiegel. Wo war Nicholas? Saß er womöglich bei Mr. Brooks im Salon?

»Wo ist seine Lordschaft?«, fragte sie durch die Tür.

»Der Earl hat kurz bevor Mr. Brooks eintraf das Haus verlassen, Mylady. Ich weiß nicht, wohin er gegangen ist.«

Er ist fort, dachte Cathryn und war überrascht, dass ihr diese Neuigkeit wehtat. Sie hatte ihm doch gar nicht begegnen wollen.

»Es ist gut, Mary. Serviere Mr. Brooks eine Tasse Tee, ich bin sofort unten.«

Cathryn kühlte ihr Gesicht und legte etwas Puder auf, um die Tränenspuren von ihrem Gesicht zu tilgen. Der verzweifelte Ausdruck in ihren Augen jedoch blieb. Es gab nichts, was sie dagegen hätte tun können. Sie straffte die Schultern und atmete tief durch. Dann ging sie nach unten.

Anthony Brooks rührte aufgeregt in seiner Tasse. Als Cathryn eintrat, stellte er sie sofort ab und sprang auf.

»Cathryn, es ist einfach unglaublich!«, rief er aus. Dann hielt er erstaunt inne. »Aber was ist mit Euch? Freut Ihr Euch nicht?«

»Freuen? Aber worüber?«

»Ich dachte, dieses geschwätzige Wesen von einer Zofe hätte Euch bereits die gute Nachricht überbracht. Das Schiff Eures Vaters – ach, was sage ich – Euer Schiff, die ›Seagull‹ ist gesichtet worden!«

Verständnislos sah Cathryn ihn an. »Sie ist nicht gesunken?«

»Nein!« Aufgeregt ruderte Mr. Brooks mit den Armen, bis er endlich Cathryns Hände ergriff und sie fest drückte. »Sie läuft gerade in den Hafen ein!«

»Sie ist in London?«, fragte Cathryn ungläubig.

»Aber ja!« Der Reeder lachte glucksend auf. »Ach Cathryn, ich kann Eure Überraschung gut verstehen. Mir ging es nicht anders, bis ich sie gesehen habe. Zieht rasch etwas über und kommt mit zum Hafen, Ihr müsst Euch selbst überzeugen.« Eifrig zog Mr. Brooks die erstaunte Cathryn in die Halle. Er winkte Mary heran.

»Schnell, Mädchen. Bring deiner Herrin einen Mantel.«

Cathryn ließ sich von ihm den Mantel umhängen und mit in seine Mietdroschke ziehen, die vor der

Tür gewartet hatte. Das Ganze kam ihr vor wie ein Traum. Wie konnten sich an einem Vormittag die Dinge nur so überschlagen?

Als sie an den Hafen kamen, konnte Cathryn zunächst nicht viel erkennen. Zu verwirrend war die Vielzahl von Schiffen, Menschen und Wagen, die sich auf engstem Raum drängten. Schiffe wurden be- und entladen, gewaltige Lasten schwebten an Flaschenzügen über die Relings und es herrschte unbeschreiblicher Lärm.

»Wo ist sie denn?«, fragte Cathryn ungeduldig und reckte sich in ihrem Sitz empor. Und dann sah sie das Schiff. Es war tatsächlich die »Seagull«, deren mächtige Taue gerade an einem Pier festgemacht wurden. Die riesigen Segel waren bereits eingeholt, aber Cathryn erkannte die Takelage und den edel geschwungenen Bug. Wie oft hatte sie ihren Vater dabei beobachtet, wie er in das Ölgemälde in seinem Arbeitszimmer versunken war. Hastig sprang sie aus der Kutsche und lief gefolgt von Mr. Brooks an Bord.

Ihre Ankunft erregte sofort allgemeine Aufregung. Sven Gijldstrom, der hünenhafte, schwedische Kapitän, rückte seine mitgenommen aussehende Uniform zurecht und salutierte vor Cathryn.

»Miss Avondale«, donnerte er ihr entgegen. »Ich habe die große Ehre und Freude, Ihnen das glückliche Eintreffen der ›Seagull‹ zu melden!«

Cathryn konnte es kaum fassen, dem langen Schweden tatsächlich gegenüberzustehen. »Mr. Gijldstrom, ich kann Ihnen gar nicht sagen, was für eine außerordentliche Überraschung Sie uns bereiten!«, rief sie lachend und reichte ihm die Hand, die er ehrerbietig küsste.

»Wir hatten das Schiff und seine Mannschaft längst aufgegeben«, warf Mr. Brooks ein. »Sie müssen verzeihen, aber Sie sind mehr als überfällig.«

Der Kapitän lachte, dass seine weißen Zähne in dem wettergegerbten Gesicht aufblitzten. »Da waren Sie nicht die Einzigen. Die ›Seagull‹ wurde von einer derartigen Pechsträhne verfolgt, dass wir selbst Zweifel hatten, ob wir es jemals zurück nach London schaffen würden. Aber ich kann Ihnen und Mr. Avondale alles erklären. Ist er nicht mit Ihnen gekommen?«

Das Lächeln verschwand von Cathryns Lippen, und als er ihre traurige Miene sah, ahnte der Schwede bereits, was Mr. Brooks aussprach.

»Mr. Avondale ist leider in der Zwischenzeit verstorben.«

Sven Gijldstrom senkte den Kopf und nahm seine Kappe ab. Ehrliche Trauer zeichnete sich auf seinem Gesicht ab. Allistaire Avondale war für ihn mehr als nur sein Arbeitgeber gewesen. Die beiden Männer hatten sich gut verstanden und reibungslos zusammengearbeitet.

»Er hat so sehnsüchtig auf die ›Seagull‹ gewartet«, sagte Cathryn leise. »Aber er hat nie die Hoffnung aufgegeben. Ich sehe ihn noch vor mir, wie er mir auf der Karte genau erklärte, welche Route Sie nehmen würden und welche Verzögerungen auftreten könnten.«

Wie oft sie selbst genau das Gleiche getan hatte, nachdem ihr Vater gestorben war und ihr die Ehe mit Lord Weston drohte, verschwieg Cathryn.

»Miss Avondale, es tut mir aufrichtig Leid. Ihr Vater war ein sehr guter und intelligenter Mann.« Der riesige Schwede wirkte seltsam verletzlich. »Ich wünschte wirklich, er könnte erleben, welche Schätze seine Pläne ihm eingebracht haben. Der ganze Rumpf der ›Seagull‹ ist gefüllt mit exquisiter Ware, die, wie wir schon erfahren haben, derzeit in London hoch im Preis steht. Ihr Vater hatte einen ausgezeichneten Geschäftssinn, Miss Avondale.«

»Miss Avondale ist inzwischen die Countess von Chambury«, fühlte sich Mr. Brooks verpflichtet, den Kapitän aufzuklären.

»Verzeihung, Miss … äh … Mylady. Wenn ich das geahnt hätte. Meinen Glückwunsch!«

Cathryn hob abwehrend die Hand.

»Sie konnten es nicht wissen«, sagte sie, und die Erinnerung an Nicholas durchfuhr sie schmerzlich.

»Wie soll es denn nun weitergehen?«, fragte der Kapitän nach einer längeren Pause. Es war ihm deutlich anzumerken, dass er nicht wusste, wer jetzt die Zuständigkeit übernommen hatte. Auch Mr. Brooks sah Cathryn erwartungsvoll an.

Sie biss sich auf die Lippe. Dann straffte sie die Schultern und sah die Männer direkt an.

»Die ›Seagull‹ ist das Einzige, was mir vom Erbe meines Vaters geblieben ist. Mr. Brooks, bitte kümmern Sie sich darum, die Ladung umgehend zu löschen und zu verkaufen. Im Anschluss wird zuerst die Mannschaft angemessen entlohnt. Danach können wir unsere Ansprüche miteinander klären.«

Der Reeder nickte knapp.

»Sollen wir Ihren Gemahl nicht informieren?«, hob er an. »Vielleicht möchte er die Geschäfte selbst ...«

»Es handelt sich um mein Schiff«, schnitt Cathryn ihm scharf das Wort ab. »Ich bin durchaus in der Lage, solche Geschäfte selbst zu beurteilen. Mein Gemahl wird schon noch davon erfahren, Mr. Brooks. Lassen Sie das meine Sorge sein.«

Sie wandte sich dem Kapitän zu. »Mr. Gijldstrom, es reicht, wenn heute das Nötigste erledigt wird. Gönnen Sie sich und Ihrer Mannschaft eine fröhliche Heimkehr. Wir werden uns in den nächsten Tagen bei Mr. Brooks sehen.« Sie nickte ihm zu und verließ mit dem Reeder das Schiff.

Als sie in die Kutsche stieg, hielt Mr. Brooks inne. Aufmerksam betrachtete er die junge Frau, die eine Miene der Entschlossenheit zeigte, die er nur zu gut an ihr kannte.

»Ich nehme an, Ihr habt konkrete Pläne?«

Cathryn nickte.

Auffordernd sah der Reeder sie an. »Gedenkt Ihr, mich einzuweihen?«

Sie lächelte ihn an und klopfte mit der Hand auf den Sitz neben sich.

»Das werde ich wohl müssen«, erwiderte sie. »Immerhin werdet Ihr ein ganzes Stück Arbeit damit haben.«

»Und was ist mit Eurem Gemahl? Wollt Ihr Euch nicht mit ihm in dieser Angelegenheit beraten?«

Cathryns Miene verfinsterte sich wieder. »Ich habe doch deutlich gemacht, dass ich meine Entscheidungen selbst treffe«, sagte sie kühl.

Seufzend ließ sich der Reeder neben ihr auf dem Ledersitz nieder. Irgendetwas stimmte nicht. Cathryn konnte ihm nichts vormachen. Aber sie konnte verstockt schweigen, das wusste er. Es würde klüger sein, sie vorläufig in Ruhe zu lassen.

XIX

Cathryn ließ sich zu Hause absetzen und verabschiedete Mr. Brooks mit dem Versprechen, sich sehr bald mit ihm in Verbindung zu setzen. Als sie die Halle betrat, hielt sie für einen Moment inne. Es war noch immer dasselbe Haus wie gestern und vorgestern. Die Möbel und Gemälde waren an ihrem Platz, und es war selbstverständlich, dass eine Zofe angeeilt kam und ihr Mantel, Hut und Handschuhe abnahm. Fast hätte sie aus alter Gewohnheit heraus gefragt: »Gibt es etwas Neues?«

Aber es schien Cathryn nicht mehr ihr Zuhause zu sein. Gerade wollte sie in ihr Zimmer hinaufeilen, um in Ruhe darüber nachzudenken, was sie als Nächstes tun würde, als eine Stimme sie erstarren ließ.

»Wo bist du gewesen?«

Langsam drehte Cathryn sich um. Nicholas lehnte scheinbar lässig im Türrahmen der Bibliothek. Aber Cathryn ließ sich nicht täuschen. Sie wusste, dass jeder Muskel seines Körpers angespannt war und die Beiläufigkeit, mit der er gesprochen hatte, ihn viel Beherrschung kostete.

Er ist noch immer wütend auf mich, dachte sie, und mit ungeahnter Heftigkeit stürzte die Szene vom Vormittag wieder über sie herein. Wie angewurzelt blieb sie auf der Treppe stehen, ohne zu antworten.

»Willst du mir nicht sagen, wo du gewesen bist?« Aufmerksam beobachtete Nicholas sie. Er hatte erfahren, dass Mr. Brooks hier gewesen war, um Cathryn abzuholen. Aber mehr wusste die Dienerschaft auch nicht. Nicholas konnte nur vermuten, worum es sich gehandelt hatte.

»Hat Mr. Brooks Neuigkeiten über das Schiff deines Vaters gebracht?«

Cathryn fühlte sich ertappt. Spionierte Nicholas ihr auch noch nach? Wäre das nicht eher ihre Rolle? Immerhin war er keine halbe Stunde, nachdem sie ihn mit einer anderen Frau erwischt hatte, verschwunden, ohne eine Nachricht zu hinterlassen.

»Und du?«, entgegnete sie ungewollt spitz. »Du hast es auch nicht für notwendig erachtet, mir eine Nachricht zu hinterlassen.«

Mit wenigen Schritten war Nicholas bei ihr, nahm ihren Arm mit bestimmtem Griff und zog sie in sein Arbeitszimmer. Diese Diskussion wollte er nicht in der Eingangshalle fortsetzen. Cathryn verstand und folgte ihm bereitwillig.

»Ich wollte einen Weg finden, um dich davon zu überzeugen, dass die Szene, deren Zeugin du heute Morgen unglücklicherweise geworden bist, nichts weiter als eine Intrige von Lady Stafford war«, erklärte Nicholas, als er die Tür hinter sich geschlossen hatte.

Cathryn war sprachlos. »Du bist ihr gefolgt?«

Ruhig erwiderte Nicholas ihren Blick. »Ja, ich bin ihr gefolgt.«

Sie schnappte nach Luft.

»Natürlich«, rief sie ungehalten aus. »Ich bin untröstlich, dass ich euch heute Morgen gestört habe. Wie taktlos von mir!«

»Cathryn«, rief Nicholas sie etwas schärfer zur Ordnung. »Du weißt selbst, dass das lächerlich ist.«

»Lächerlich?«, wiederholte Cathryn aufgebracht. Allmählich ließen ihre Kräfte nach, und sie spürte, wie der Schmerz und die Wut in ihr Oberhand gewannen. »Ich kann daran nichts Lächerliches finden, wenn du deine Geliebte in dem Haus küsst, in dem du mit deiner Frau lebst!«

»Ich habe dir bereits gesagt, dass sie mich überrascht hat«, erklärte Nicholas fest. »Diese Frau hat ein außerordentliches Gespür dafür, wie sie ihre Ziele erreichen kann, erkennst du das denn nicht?«

»Welche Ziele? Etwa Lady Chambury zu werden?«

»Ja.«

Cathryn verstummte betroffen. »Und dabei bin ich im Weg«, murmelte sie schließlich.

Nicholas riss der Geduldsfaden. »Im Augenblick scheinst du eher dir selbst im Weg zu stehen.« Cathryn zuckte zusammen wie unter einem Schlag. Augenblicklich bereute Nicholas seine heftigen Worte.

»Cathryn«, sagt er sanft. »So kann es doch nicht weitergehen. Mit jedem Wort, das wir sagen, drehen wir uns im Kreis. Du bist eine intelligente Frau, komm endlich zu dir!« Langsam war Nicholas auf sie zugekommen. Cathryn spürte bereits die Wärme seines Körpers, sie roch den leichten Duft nach Tabak, der von seiner Kleidung ausging. Als er sie in die Arme nahm, spürte sie, wie Wut und Zorn in ihr erloschen. Aber noch immer spürte sie tief in sich eine tiefe Traurigkeit. Sie fühlte sich, als hätte sie unwiederbringlich etwas verloren. Sie würde nicht weiter mit Nicholas streiten und ihm Vorwürfe machen. Das hatte er nicht verdient, nach allem, was er für sie getan hatte. Aber sie würde ihm auch nicht wieder mit der Liebe und Hingabe vertrauen können, die sie ihm törichterweise geschenkt hatte. Sie würde wieder auf eigenen Füßen stehen. Und sie würde ihre Schuld begleichen. Dann würde Nicholas sie in keiner Weise mehr bemitleiden müssen, und dann würde sie sehr schnell herausfinden, welchen Platz in seinem Herzen sie wirklich einnahm.

Die folgenden Tage war Cathryn damit beschäftigt, sich um die »Seagull« und ihre Fracht zu kümmern. Sie hatte Nicholas erzählt, was vorgefallen war, und ihn gebeten, die Angelegenheit selbst und im Sinne ihres Vaters erledigen zu dürfen. Der Earl hatte zugestimmt, dankbar für die Ablenkung, die Cathryn dadurch haben würde. Außerdem war er davon überzeugt, dass Cathryn hervorragende Arbeit leisten würde.

Sven Giljdstrom hatte nicht übertrieben, als er auf den Wert der Handelsware, die sich im Rumpf des Schiffes befand, anspielte. Allistaire Avondale hatte schon immer einen Instinkt für das Besondere und für kommende Moden gehabt. Durch die Verzögerung der Ankunft traf die Ladung genau zu einem Zeitpunkt ein, an dem die Nachfrage nach den erlesenen Stoffen und exotischen Genussmitteln hoch war und das Angebot bei weitem nicht ausreichte. Die Nachricht, dass unerwartet ein Schiff eingelaufen war, dessen Ware gelöscht werden sollte, hatte sich wie ein Lauffeuer verbreitet, und am nächsten Morgen war Mr. Brooks' Büro überfüllt mit interessierten Käufern.

Auch Cathryn stürzte sich in die Arbeit, wobei sie allerdings darauf bedacht war, im Hintergrund zu bleiben. Eine Frau, auch wenn sie eine der höchsten Damen der Gesellschaft war, würde nicht als Verhandlungspartner für geschäftliche Beziehungen anerkannt werden.

Die Summe, die schließlich nach allen Abzügen für Zölle, Heuer, Löhne und Instandsetzung des Schiffes erzielt wurde, übertraf Cathryns kühnste Vorstellungen. Da das Vermögen aus dem Erbe stammte, das Cathryn vor ihrer Ehe angetreten hatte, hatte Nicholas ihr die alleinige Verfügung über das Geld zugebilligt. Von einer direkten Tilgung ihrer Schuld bei ihm wollte er nichts wissen.

»Ich bin dein Ehemann, Cathryn. Du hast keine Schulden bei mir«, erklärte er ihr immer wieder. Schließlich konnte sie ihn dazu bewegen, eine Summe ihres Geldes für seine Geschäfte zu benutzen, die in etwa ihrer Schuld bei Weston entsprach. Damit glich sie seinen Nachteil aus den entgangenen Optionen aus, und er versprach ihr eine entsprechende Gewinnbeteiligung. Aber auch jetzt verfügte Cathryn noch über ein erstaunliches Vermögen.

Den Earl sah sie nur wenig in diesen Tagen. Sie kehrte spät aus Mr. Brooks' Büro zurück. Wenn sie keine Einladung angenommen hatten, dinierten sie gemeinsam, wobei sie sich freundlich, aber distanziert über die jeweiligen Ereignisse des Tages unterhielten.

Qualvoll waren für Cathryn die Nächte, die sie allein in ihrem Schlafzimmer verbrachte. Zum ersten Mal seit ihrer Hochzeit schlief sie allein. Schmerzlich war sie sich Nicholas' Anwesenheit auf der anderen Seite der Tür bewusst. Sie lauschte seinen Bewegungen und sehnte sich mit jeder Faser ihres Körpers nach seiner zärtlichen Berührung. Nach einer endlos scheinenden Zeit fiel sie schließlich erschöpft in tiefen Schlaf und bemerkte nicht, dass der Earl jede Nacht an ihr Bett trat und sehnsuchtsvoll ihr Gesicht betrachtete, ihre Wange zart mit den Fingerspitzen berührte und einen Kuss auf ihre leicht geöffneten Lippen hauchte.

»Ich bestehe darauf!« Mit funkelnden Augen fixierte Cathryn Mr. Brooks.

»Cathryn, ich sehe wirklich keinen Grund, warum …«, setzte der Reeder an.

»Es ist das Haus meines Vaters!«, sagte Cathryn scharf. »Und vermutlich das Einzige, was ich aus meinem Erbe zurückbekommen kann.« Unruhig lief sie vor dem schweren Mahagonischreibtisch auf und ab.

»Es ist ein grandioser Glücksfall, dass Weston es tatsächlich zum Verkauf angeboten hat.« Mit einer energischen Geste legte sie beide Hände auf die

Schreibtischplatte und sah den Reeder durchdringend an. »Das Landgut ist für mich verloren, aber unser Stadthaus werde ich wieder besitzen. Koste es mich, was es will.«

Mit ruhigem Blick betrachtete der Reeder die aufgebrachte junge Frau. Er kannte sie lange genug, um zu wissen, dass sie es ernst meinte.

»Cathryn«, begann er bedächtig. »Was das Landgut angeht, da habt Ihr wahrscheinlich Recht. Weston hat sich die Ländereien längst einverleibt. Und ich verstehe gut, dass Ihr das alte Londoner Stadthaus wieder in Euren Besitz bringen wollt. Ich fürchte nur, dass das nicht die vollständige Wahrheit ist. Was verheimlicht Ihr mir?«

Cathryn fühlte, wie ihr das Blut in die Wangen stieg. Die weisen, grauen Augen schienen ihr in die Seele zu blicken, und für einen Moment war sie versucht, Mr. Brooks alles zu erzählen. Sie brauchte das Stadthaus, weil sie dort leben würde. Sie würde Nicholas' Palais verlassen und ihm freie Hand lassen – und die freie Wahl. Erst wenn er sie aus freien Stücken Nancy Stafford vorziehen würde, würde sie wissen, ob er sie wirklich liebte.

Aber unter keinen Umständen wollte sie den Reeder, der ihr schon so aufopfernd zur Seite gestanden hatte, mit neuen Schwierigkeiten belasten. Nicht, nachdem er sie endlich in wohl behüteter Sicherheit glaubte.

»Ihr bemüht Euch so sehr um mich«, sagte sie leise und mit gesenkten Lidern. »Ich bitte Euch, gebt mir das Haus meines Vaters zurück. Findet jemanden, der inkognito als unser Käufer fungiert.«

Der Reeder strich sich nachdenklich über seinen weißen Bart. Er war klug genug, die junge Frau nicht zu drängen. Bisher war Cathryn immer zu ihm gekommen, wenn sie ihn gebraucht hatte. Und jetzt brauchte sie ihn, um an den Besitz ihrer Familie zu kommen. Gut, er würde alles tun, um ihr diesen Wunsch zu erfüllen. Und er war gespannt, was der Earl zu der Unternehmungslust seiner jungen Frau sagen würde.

Als Cathryn nach Hause zurückkehrte, fand sie Lady Sherdow im Salon vor. Die beiden hatten sich einige Zeit nicht gesehen und mit aufrichtiger Freude begrüßte Cathryn ihre Freundin.

»Mein Gott«, rief sie erstaunt aus, als sie Carolyns beträchtlichen Leibesumfang betrachtete. »Das werden doch mindestens zwei!«

Carolyn lachte belustigt auf.

»Du hast wohl noch nicht viele schwangere Frauen gesehen«, sagte sie, während sie stolz die Hände auf ihren gewölbten Leib legte. »Meine Cousine Lily war mindestens noch drei Zentimeter dicker und sie hat auch nur ein Kind zur Welt gebracht.«

»Was wünschst du dir?« Atemlos ließ sich Cathryn auf der Chaiselonge nieder und legte ihre Hände neben die von Carolyn. »Einen Sohn oder eine Tochter?«

»Mir ist es ganz egal, nur gesund und lebhaft soll es sein«, sagte Carolyn versonnen. »Aber ich habe

Philip im Verdacht, dass er doch gewissen Wert auf einen Stammhalter legen würde.«

In diesem Augenblick fühlte Cathryn einen heftigen Stoß gegen Carolyns Leib und stieß einen überraschten Schrei aus.

»Es möchte heraus«, sagte Carolyn. »Wahrscheinlich ist es ihm viel zu langweilig, nur durch eine dicke Wand am Leben teilzunehmen.«

Cathryn lachte auf. »Na, das kann ich aber gut verstehen. Das Leben ist viel zu aufregend, um sich zu verkriechen.«

»Du hast ja auch allen Grund, begeistert zu sein«, sagte Carolyn. »Ich habe gehört, dass das Schiff deines Vaters endlich in London eingetroffen ist.«

Cathryn nickte. »Ich hatte schon längst nicht mehr daran geglaubt.«

»Und Nicholas? Was hat er dazu gesagt?«

Unwillkürlich verdüsterte sich Cathryns Miene. »Er ... er war natürlich auch überrascht«, antwortete sie ausweichend.

Aufmerksam betrachtete Carolyn das Gesicht ihrer Freundin. »Ist etwas nicht in Ordnung?«, fragte sie. »Cathryn, wenn du mit mir reden möchtest ...«

»Wie kommst du darauf?«, fiel Cathryn ihr ungewollt heftig ins Wort. »Über was sollte ich mit dir reden wollen?«

Carolyn betrachtete besorgt die schmaler gewordenen Züge ihrer Freundin. Die meergrünen Augen wirkten unnatürlich groß und dunkle Schatten zeichneten sich darunter ab. »Cathryn, ein Blick auf dich nach so langer Zeit reicht, um zu wissen, dass du nicht glücklich bist.«

»Ich habe viel zu tun. Nicholas überlässt mir die Geschäfte mit der ›Seagull‹, und ich bin es dem Andenken meines Vaters schuldig, auf das Beste für alles zu sorgen.« Trotzig hob Cathryn das Kinn.

»Und ich bin sicher, dass du diese Aufgabe perfekt erledigst.« Noch immer ruhte Carolyns aufmerksamer Blick auf Cathryn. »Vor allem, weil sie dich ablenkt.«

Cathryn holte Luft, um sich erneut zu verteidigen, aber sie spürte, wie die Kraft sie verließ. Wie sehr hatte sie sich in den letzten Tagen jemanden gewünscht, mit dem sie sich aussprechen konnte. Aber weder Lady Alicia noch Mrs. Brooks wollte sie mit solchen privaten Angelegenheiten belasten. Und auch Carolyn hätte sie sich nicht freiwillig anvertraut. Daher war die Versuchung jetzt fast mehr, als sie ertragen konnte. Aber sobald sie mit jemandem über ihre geheimen Pläne sprechen würde, bestand die Möglichkeit, dass Nicholas davon erfuhr und nicht mehr unbeeinflusst sein würde, wenn sie ihn vor die Wahl stellte.

Und etwas, das sie jetzt unter keinen Umständen preisgeben wollte, war, dass sie regelmäßig eine Morgenübelkeit verspürte, die sie sich nur mit einer Schwangerschaft erklären konnte. Aber noch war sie sich überhaupt nicht sicher und ein Kind würde Nicholas' freien Willen nur einschränken. Schweren Herzens entschloss sie sich, ihrer Freundin etwas vorzuspielen.

»Ach, was du dir immer einbildest«, rief Cathryn betont lebhaft und sprang auf. »Komm, ich zeige dir lieber die schönsten Stücke aus der Ladung der ›Seagull‹. Die habe ich für mich selbst reserviert und ich möchte dir unbedingt etwas davon schenken.« Sie zog die Freundin in die Höhe. »Du musst dir gleich etwas aussuchen!«

Angesichts der erlesenen Stoffe, Tees, Gewürze und Porzellanfayencen vergaß Carolyn vor Entzücken ihren Verdacht. Als Nicholas zurückkehrte, fand er die beiden Frauen mit vor Erregung geröteten Wangen inmitten der orientalischen Pracht. Ein stechender Schmerz durchbohrte ihn, als er sah, wie Cathryns Lächeln bei seinem Eintreten verschwand. So konnte es nicht weitergehen. Bei der nächsten Gelegenheit würde er mit ihr sprechen, und wenn sie ihre Vernunft wieder ausschaltete, würde er die Sprache ihrer Körper sprechen lassen.

»Ich werde in der nächsten Zeit im Haus meines Vaters leben.«

Für einen Moment dachte Nicholas, er hätte nicht richtig verstanden. Cathryn saß ihm beim Dinner gegenüber und rührte nervös in ihrer Teetasse.

»Wie bitte?«

Sie schluckte mühsam und wiederholte ihre Worte leise. »Ich hatte die Möglichkeit, das Stadthaus zu einem guten Preis zurückzukaufen.« Sie betrachtete aufmerksam den silbernen Löffel in ihrer Hand. »Es ist alles, was mir von meiner Familie geblieben ist. Und ich möchte jetzt dort leben.«

Entgeistert betrachtete Nicholas seine Frau.

»Das kannst du nicht im Ernst meinen, Cathryn!«, sagte er ungewollt scharf. »Dein Platz ist hier. Du gehörst an die Seite deines Ehemannes.«

Abrupt hob Cathryn ihren meergrünen Blick und sah Nicholas direkt an. »Ich bin nicht von dir abhängig«, sagte sie wütend. »Und ich kann selbst bestimmen, wohin ich gehöre.«

Nicholas' Lippen wurden schmal. Angespannt lehnte er sich zurück und betrachtete seine Frau. Er konnte kaum glauben, was er eben gehört hatte. Hatte er sich so in Cathryn täuschen können? Zog sie es jetzt, wo das Vermögen ihres Vaters sie unabhängig gemacht hatte, vor, nicht mehr bei ihm zu leben? Der Schock traf ihn überraschend hart. Sein erster Impuls war, ihr zu befehlen, in seinem Palais zu bleiben, wie es sein gutes Recht gewesen wäre. Aber die Kälte, mit der sie sprach, traf ihn ins Mark. Und, was viel schlimmer war, es kam ihm ein entsetzlicher Verdacht: Hatte sie ihn vielleicht nur wegen seines Geldes geheiratet? Hatte sie sich nur aus ihrer unglücklichen Lage befreien wollen und ihn benutzt, ihm ihre Liebe vorgeheuchelt? War sie nicht besser als dieses verabscheuungswürdige Weib Nancy Stafford?

Cathryn zitterte. Sie konnte kaum glauben, was sie eben gesagt hatte. Jetzt musste er sie verachten! Plötzlich verspürte sie den dringenden Wunsch, ihm all ihre Gefühle zu offenbaren. Ihm ihr ganzes Leid zu erklären und ihm um den Hals zu fallen und ihre Liebe zu beschwören und von dem Kind zu erzählen, das vielleicht in ihr heranwuchs. Aber dann hatte sie mit einem Mal wieder die Szene in seinem Arbeitszimmer vor Augen, als er Nancy Stafford an sich presste und leidenschaftlich küsste. Die Worte blieben ihr im Hals stecken.

»Also gut«, sagte Nicholas endlich und stand auf. »Tu, was du willst. Ich bin kein Mann, der seiner Frau befiehlt, was sie zu tun hat.« Er stand auf und warf seine Serviette neben den Teller.

»Selbstverständlich kannst du jederzeit ...«, begann Cathryn leise.

»Bemühe dich nicht«, fiel Nicholas ihr knapp ins Wort. »Ich bin auch kein Mann, der sich Besuchszeiten bei seiner Frau vorschreiben lässt. Entweder du lebst mit mir in unserem Zuhause, in diesem Palais, oder du lebst ohne mich im Haus deines Vaters.« Er machte eine Pause, und Cathryn spürte die Anspannung, die von ihm ausging, mit jeder Faser ihres Körpers.

»Die Saison ist fast zu Ende«, sagte Nicholas. »Es wird nicht viel Aufsehen erregen, wenn du ausziehst.«

Nicht mehr als deine Liaison mit Lady Stafford, dachte Cathryn traurig.

»Ich werde morgen übersiedeln«, sagte sie. Und nie zuvor hatte sie sich mehr nach seinen Lippen gesehnt als in diesem Augenblick.

Cathryn wachte mit einem Ruck auf. Über sich sah sie Nicholas' Gesicht. Seine Augen waren tiefschwarz, und die Flammen, die aus dem Kamin in seinem Zimmer durch die geöffnete Verbindungstür hereinfielen, malten dramatische Schatten auf seine Züge.

»Nicholas ...?« Schläfrig versuchte Cathryn sich aufzusetzen, aber Nicholas' Hände hielten die Bettdecke zu beiden Seiten ihres Körpers fest auf die Matratze gepresst.

»Scht!«, keuchte er schwer atmend, und Cathryn roch den Brandy, den er seit Stunden allein in seinem Zimmer getrunken hatte, um sein Verlangen nach Cathryn zu betäuben. Schließlich war er schwerfällig in ihr Zimmer getreten und hatte sich über sie gebeugt. Sie schlief unruhig und murmelte unverständliche Dinge, aber alles, was er sah, waren ihre rosigen, leicht geöffneten Lippen. Dann schlug sie die Augen auf.

»Cathryn«, murmelte er benommen und sank schwer auf sie nieder. Seine gierigen Lippen fanden, was ihnen so lange vorenthalten worden war. In einem leidenschaftlichen Kuss zwang er ihre Lippen auseinander, bis sie nachgiebig und einladend wurden. Seine Hände glitten in ihr volles Haar und legten sich um ihren Kopf. Stark und sanft zugleich bog er ihr Gesicht zu sich und begann Augen, Schläfen und Wangen mit einer glühenden Spur des Verlangens zu überziehen.

»Nicholas, was ...?«, begann Cathryn erneut, aber sofort verschloss er ihre Lippen mit den seinen und forderte Zugang zu ihrem Mund. Lustvoll stöhnte er auf, während seine Finger ungeduldig die Bänder ihres Nachtgewandes zu öffnen versuchten. Er knurrte unwillig, als die filigranen Verschlüsse sich seinem Bestreben entzogen, und mit einem festen Griff riss er den hauchdünnen Stoff, der ihn noch von Cathryns Körper trennte, bis zu ihren Hüften auf. Golden schimmerten ihre Brüste im Flammenlicht und mit einem Laut der Erlösung vergrub er sein Gesicht in dem seidigen Tal.

Noch halb vom Schlaf benommen, fühlte Cathryn Nicholas' Berührungen und konnte nicht anders, als mit ihrem eigenen, ehrlichen Begehren darauf zu reagieren. Und obwohl in ihrem Kopf die Gedanken durcheinander wirbelten, konnte sie nicht anders, als den Regungen ihres Körpers zu folgen. Längst streichelten Nicholas' Hände sie wissend und liebkosend und führten sie dem Gipfel ihrer Lust immer näher.

»Nicholas ...«, stöhnte sie, und es gab nichts mehr außer den beiden Körpern, die sich in der Gewalt ihrer Gefühle befanden. Als Nicholas in sie eindrang, erwartete Cathryn ihn feucht und verlangend. Unwillkürlich zogen ihre Hände seine Lenden fester an sich heran, ihre Schenkel spreizten sich noch ein wenig mehr, und mit einem Aufschrei übergab sie sich ganz den Wellen der Lust, die ihren Körper durchfluteten.

Einen Augenblick später entrang sich auch Nicholas ein kehliger Schrei, und mit wollüstiger Befriedigung ließ er sich neben sie auf die zerwühlten Laken fallen und schlief auf der Stelle ein.

Noch angenehm benommen stützte sich Cathryn auf die Ellenbogen und betrachtete ihren schlafenden Mann.

»Eine Frau gehört zu ihrem Mann«, dachte sie mit plötzlicher Deutlichkeit. »Es ist falsch, fortzugehen.«

Mit einer leichten Bewegung strich sie über seine geschlossenen Augen. Dann beugte sie sich über ihn und hauchte einen leichten Kuss auf seine Stirn.

Was denkst du wirklich?, fragte sie sich verzweifelt. Was fühlt dein Herz?

»Geliebter«, flüsterte sie. »Es bricht mir das Herz, dich zu verlassen, aber es gibt nur einen Weg herauszufinden, wem du deine wahre Liebe schenkst.«

XX

Mit einem wohligen Gähnen streckte Nicholas seine vom Schlaf noch warmen Glieder. Ohne die Augen zu öffnen, griff er nach seiner Frau, aber er spürte nur die leeren, kalten Laken neben sich. Mit einem Ruck setzte er sich auf. Das Zimmer war leer. Die Koffer, die am Abend vorher noch hier gestanden hatten, waren verschwunden.

Mit einem Satz sprang er aus dem Bett und riss heftig an der Klingel.

»Wo ist Lady Chambury?«, herrschte er das verschüchterte Dienstmädchen an, das verwirrt an der Tür stehen blieb, als sie sah, dass der Earl nur notdürftig in ein Laken gehüllt war.

»Aber … aber sie ist doch abgereist?«, stammelte das Mädchen.

»Abgereist?«, explodierte Nicholas. So nannte sie das also vor dem Personal.

»Vor mehr als einer Stunde schon. Ihr habt noch geschlafen, aber Mylady sagte, Ihr wüsstet schon Bescheid.«

»Bescheid!«, wiederholte Nicholas außer sich.

Dann erkannte er die Verwirrung des Mädchens und riss sich zusammen.

»Es ist gut, du kannst gehen«, entließ er sie knapp.

Dankbar verschwand das Mädchen und ließ Nicholas mit seinen Gedanken allein. Cathryn war fort. Nach dieser Nacht hatte sie ihn verlassen. Angeblich, um im Haus ihres Vaters zu leben. Nicholas schnaubte verächtlich. Was für eine Ausrede! Wahrscheinlich konnte sie es gar nicht abwarten, so viel Abstand wie möglich zwischen sich und ihren Ehemann zu bringen. Und die Gründe dafür waren mehr als offensichtlich: Sie hatte ihn nie geliebt und war seiner überdrüssig, nachdem er seinen Zweck erfüllt hatte.

Blitzschnell durchzuckte Nicholas die Erinnerung an die letzte Nacht. Cathryns leidenschaftliche und innige Umarmungen. Hatte er sich das alles nur eingebildet? War sie eine solche Heuchlerin, dass sie in der einen Nacht das Bett mit ihm teilte, um ihn am anderen Tag eiskalt zu verlassen?

Dumpfe Enttäuschung überfiel ihn. Nie hätte er geglaubt, dass die große Liebe seines Lebens ein solches Ende nehmen würde. Vor Wut und Schmerz pressten sich seine Finger um ein zierliches Porzellanfigürchen, bis es in tausend Stücke zersprang.

Die Kutsche hielt vor den hellen Mauern, die Cathryn so gut kannte. Die Fassade war schlicht, aber sie zeugte von der ausgesuchten Eleganz, die Cathryn an ihrem Vater so bewundert hatte. Unwillkürlich beschleunigte sich ihr Herzschlag, als sie den Schlag öffnete und den Blick an dem Gebäude hochgleiten ließ. Es schien Jahrzehnte her zu sein, dass sie das letzte Mal hier war, und doch waren es in Wirklichkeit nicht mehr als drei Jahre. Drei Jahre, in denen sich ihr Leben grundlegend verändert hatte.

Sie stieg aus und ging auf die Treppe zu. In ihrer Versunkenheit bemerkte sie den Burschen nicht, der sich hinten auf ihrer Kutsche festgehalten hatte und nun flink wie ein Wiesel absprang und mit einem letzten Blick auf das Portal ihres neuen Zuhauses um die nächste Ecke verschwand.

Mit angehaltenem Atem stieg sie die Stufen zu dem schwungvollen, hölzernen Portal hoch. Sie wusste nicht, wer inzwischen hier gelebt hatte. Sie wusste nicht, was sie im Inneren erwartete. Sie hatte lediglich den Schlüssel von Mr. Brooks erhalten. Der hatte zwar eine noch immer missbilligende Miene dabei gezeigt, aber ihr letztendlich doch eine »Glückliche Heimkehr« gewünscht.

Mit zitternden Händen steckte Cathryn den Schlüssel in das Schloss und öffnete die schwere Tür. Eine halb düstere Stimmung empfing sie. Sie erkannte sofort, dass alle Vorhänge zugezogen waren, aber schon nach wenigen Minuten hatten sich ihre Augen an die Dunkelheit gewöhnt und die Konturen und Schatten nahmen Gestalt an. Mit einem freudigen Schauer erkannte sie, dass die Halle fast genauso geblieben war, wie sie sie in Erinnerung hatte. In der Mitte schwang sich die breite Treppe zu den oberen Stockwerken empor. Geschmackvolle Vasen und Statuen waren zwischen den weißen Flügeltüren aufgestellt, die in die anliegenden Salons führten. Der alte, venezianische

Kronleuchter schwebte mit einem Laken verhüllt wie ein riesiger Vogel unter der Decke.

Fast unbewusst ging Cathryn weiter in die Halle. Ihr Blick fiel auf die Wand, vor der sich die Treppe auf halber Höhe zur oberen Etage in zwei Richtungen teilte. Ein ungewohnter Vorhang befand sich dort. Mit zögernden Schritten trat Cathryn näher. Obwohl sie wusste, was sie dort finden würde, musste sie alle Kräfte zusammennehmen, um den Vorhang mit einem einzigen Ruck zur Seite zu reißen.

Von der düsteren Wand blickte ihr das ernste, gütige Gesicht ihres Vaters entgegen. Das Porträt war Cathryn schmerzlich vertraut. Bis zu diesem Augenblick hatte sie es ganz vergessen, aber mit seinem Erscheinen überflutete sie die Erinnerung wie eine gewaltige Welle. Tränen traten ihr in die Augen, und endlich konnte sie den Schmerz ganz empfinden, von dem sie die Verwicklungen ihres Lebens immer abgehalten hatten. Mit einem verzweifelten Schluchzen sank sie vor dem Bild auf die Knie und weinte wie noch nie in ihrem Leben. Sie weinte um ihren Vater – und um ihre Liebe.

»Mein Gott, Cathryn!«

Bei der vertrauten Stimme Lord Durbans schrak Cathryn aus ihrer Abwesenheit auf.

»Was ist passiert? Fühlt Ihr Euch nicht wohl?« Mit besorgter Miene stürzte Daniel die Treppe hinauf und beugte sich über Cathryn.

»Aber Ihr weint ja!«

Verzweifelt versuchte Cathryn ihre Tränen zu trocknen. Als ihr zartes Spitzentüchlein sich als denkbar ungeeignet dafür erwies, reichte Daniel ihr sein eigenes Schnupftuch aus festem, weißem Batist. Nach einigen Momenten hatte Cathryn sich wieder in der Gewalt.

»Es … es war nur der Anblick des Bildes«, erklärte sie mit erstickter Stimme und hob den Blick zum Porträt ihres Vaters. »Ich hatte nicht damit gerechnet, dass es noch hier ist.«

Besorgt betrachtete Daniel ihr unglückliches Gesicht. »Ihr hättet nicht allein hierher kommen dürfen«, sagte er fest. »Wie konntet Ihr Euch so etwas zumuten?«

Cathryn wandte ihm ihren meergrünen Blick zu. »Aber Ihr wisst doch längst, was geschehen ist«, seufzte sie. »Ihr wart bei Nicholas, sonst wüsstet Ihr nicht, dass ich hier bin.«

Zu ihrer Überraschung wurde Daniel ein wenig rot.

»Ihr habt Recht«, gab er zu. »Ich habe eben mit Nic gesprochen.«

Wie gebannt sah Cathryn ihn an.

»Wie … was sagt er?« Sie konnte nicht anders. Sie musste diese Frage stellen.

Daniels Miene verfinsterte sich.

»Er ist außer sich«, sagte er schließlich. »Er gibt es nicht zu, aber als sein bester Freund lese ich es in jeder seiner Bewegungen. Er ist außer sich. Und er weiß nicht, was er tun soll.«

Mit einem unterdrückten Stöhnen senkte Cathryn den Kopf und spürte, wie ihr erneut die Tränen in die Augen traten.

»Zum ersten Mal habe ich ihn in einer Situation erlebt, aus der er keinen Ausweg findet.« Lord Durbans eindringlicher Blick ruhte auf dem zarten Nacken, der sich so kummervoll vor ihm beugte. »Und deswegen bin ich hier. Cathryn, erklärt mir, was um alles in der Welt ist eigentlich vorgefallen? Aus Nicholas war lediglich herauszubringen, dass Ihr Euch entschlossen habt, allein im Haus Eures Vaters zu leben, aber ich begreife das nicht! Was steckt wirklich dahinter? Cathryn, wenn Ihr wollt, dass ich Euch helfe, müsst Ihr mir alles erzählen!«

Cathryn sah ihn aus tränenfeuchten Augen an.

»Aber Ihr werdet mir nicht helfen können, Daniel«, seufzte sie. »Niemand kann mir helfen – außer Nicholas. Er muss wählen.«

Verwirrt sah Daniel auf sie nieder. »Wie soll ich das verstehen? Zweifelt Ihr denn an seiner Liebe?«

Cathryn zögerte. Aber dann siegte das dringende Bedürfnis, endlich mit einer vertrauten Seele über ihr Unglück zu sprechen. Sie erzählte Lord Durban von dem Morgen, an dem sie Nicholas mit Lady Stafford ertappt hatte. Von ihrem inneren Zweifel an seiner Liebe und von ihrem Wunsch, ihn ganz frei wählen zu lassen, um endlich Gewissheit über seine innersten Gefühle zu erlangen.

»Aber Cathryn«, flüsterte Daniel eindringlich. »Nicholas liebt Euch! Ich habe ihn nie mit einer anderen Frau so erlebt, wie er mit Euch ist. Allein Eure Gegenwart macht einen glücklichen und zufriedenen Menschen aus ihm. Und die Szene mit Lady Stafford ... bitte missversteht mich nicht, Cathryn, aber ich habe so etwas schon seit längerem erwartet. Diese Frau ist von solcher Niedertracht, dass sie vor nichts zurückschreckt. Und sie ist wild entschlossen, Euch so übel mitzuspielen, wie sie nur kann.«

Cathryns Stimmung schwankte. Daniels Worte begannen sie zu überzeugen. Und irgendwie fühlte sie, dass seine Worte bestätigten, was sie selbst in ihrem Inneren immer gespürt hatte. Aber wie konnte sie jemals sicher sein?

»Cathryn, ich kann Eure Befürchtungen verstehen, aber Ihr müsst Nicholas eine Chance geben.«

»Aber er hat sie doch. Jetzt kann er aus freien Stücken zu mir kommen!«

»Nachdem Ihr ihm unmissverständlich zu verstehen gegeben habt, dass Ihr Euch nichts aus seiner Anwesenheit macht?« Besorgt sah Daniel die junge Frau an. »Ich fürchte, Ihr unterschätzt seinen Stolz. Und seinen Dickkopf. Denn in beidem steht er Euch nicht im Geringsten nach, meine Liebe.«

Plötzlich erkannte Cathryn das ganze Ausmaß ihres tollkühnen Plans. Daniels Worte hatten sie wieder ernüchtert. Wie hatte sie es nur so weit kommen lassen können? Ihr blinder Hass auf Lady Stafford erschien ihr mit einem Mal ebenso verrückt wie der Gedanke, Nicholas zu verlassen.

»Daniel, was soll ich tun?«, fragte sie kläglich.

Nachdenklich rieb Lord Durban sich das Kinn.

»Wenn Ihr ihn hier sehen wollt, müsst Ihr ihm ein eindeutiges Zeichen geben, Cathryn.«

Schwungvoll stand Cathryn auf. »Ich werde sofort zu ihm fahren«, sagte sie entschieden und wandte sich der Treppe zu. »Es wird höchste Zeit, diese vertrackte Situation aus der Welt zu schaffen.«

»Das wird nicht möglich sein«, erwiderte Lord Durban. Als er Cathryns überraschten und ein wenig erschrockenen Blick sah, fuhr er hastig fort: »Er hat das Haus eben mit mir verlassen. Unglücklicherweise ohne einen Hinweis darauf, wohin er wollte.«

»Dann werde ich ihn suchen«, erklärte Cathryn bestimmt. Wieder hielt Lord Durban sie zurück.

»Nehmt es mir nicht übel, Cathryn, aber zu vielen Orten, an denen er sich aufhalten kann, ist Euch als Frau leider der Zutritt verwehrt.«

Abrupt blieb Cathryn stehen.

»Verdammt!«, entfuhr es ihr, und Daniel musste über ihre Impulsivität lächeln.

»Und Ihr macht Euch auch noch lustig darüber!«, fuhr sie ihn erbost an.

»Aber nicht doch, Cathryn«, versuchte er sie zu besänftigen. »Ganz im Gegenteil. Ich werde Nicholas an Eurer Stelle suchen, und ich verspreche Euch, dass ich ihn in aller Kürze zu Euch bringe.«

»Und was soll ich tun? Etwa hier herumsitzen?« Ihre Miene spiegelte deutlich ihre Empörung wider.

»Ihr, meine Liebe, steigt wieder in Eure Kutsche und fahrt nach Hause. Und wenn Nicholas zurückkommt, habt Ihr hoffentlich alle Eure Koffer wieder dort ausgepackt, wo Ihr hingehört.«

Wo sie hingehörte ... Ein Stein fiel Cathryn vom Herzen und sie umarmte Lord Durban stürmisch. Die ganze furchtbare Anspannung der letzten Tage fiel von ihr ab. Sie konnte es kaum erwarten, Nicholas gegenüberzustehen und ihm ihre Liebe zu gestehen. Ganz gleich, wie seine Reaktion sein würde, diese

Chance musste sie ihrem gemeinsamen Glück einfach geben.

»Ich danke Euch«, flüsterte sie ergriffen über den Dienst, den Lord Durban ihr erwiesen hatte. »Ich danke Euch, mein Freund.«

»Nicht doch«, wehrte Daniel schwach ab, während er sie noch einmal fest an sich drückte und dann losließ. Nicht ohne ein leises Bedauern tief in seinem Innersten sah er ihr nach, wie sie die Treppe hinablief und in ihre Kutsche stieg. Dass schon hinter der nächsten Ecke ein junger Bursche mit tief in die Stirn gezogener Kappe geschmeidig hinten auf die Kutsche aufsprang, konnte er nicht sehen.

Lord Durban hatte versprochen, Nicholas sofort nach Hause zu bringen. Deshalb befahl Cathryn dem Kutscher, sie so schnell wie möglich wieder zum Palais Chambury zu bringen. Kurz bevor sie ihr Ziel erreichten, sprang der blinde Passagier unbemerkt ab und verschwand unauffällig um die nächste Hausecke. Cathryn ließ ihr Gepäck wieder ausladen und bat die verdutzten Dienerinnen, alles wieder auszupacken.

»Mylady verreisen nun doch nicht?«

Cathryn lächelte. »Nein, ich bleibe hier«, sagte sie versonnen. »Zu Hause.«

Vor Aufregung ging sie im Salon auf und ab. Wie würde Nicholas reagieren?

Daniel spornte seinen Fuchs an und überlegte fieberhaft, wo er mit der Suche beginnen sollte. Zuerst wollte er in den Clubs und Handelsplätzen beginnen, in denen Nicholas sonst seinen Geschäften und gesellschaftlichen Angelegenheiten nachging. Aber als er wieder daran dachte, was an diesem Morgen geschehen war, war er sicher, dass Nicholas gerade dort nicht anzutreffen sein würde.

Plötzlich wusste er, wo er suchen musste. Schnell trieb er sein Pferd in Richtung Hafen. Schiffe! Wo Schiffe waren, würde er auch Nicholas finden. Der Earl war fasziniert von den stolzen Großseglern, davon hatte sich Lord Durban auf mehr als einer Reise überzeugen können. Und auch heute würde er dort Trost und Ruhe suchen. Angespannt trabte er die Kaimauern entlang, und als er von weitem endlich eine vertraute, große Gestalt erkannte, stieß er einen Seufzer der Erleichterung aus.

»Nicholas!«, rief er und sprang schwungvoll von seinem Pferd, als er ihn erreicht hatte. »Gott sei Dank, dass ich dich so schnell gefunden habe!« Außer Atem beugte er sich vor und stützte eine Hand auf die Knie. Keuchend grinste er seinen Freund an und ignorierte dessen finsteren Blick.

»Suchst du dir schon einen schnittigen Segler aus, um Kap Horn zu umrunden?«

»Weshalb sollte ich auch in London bleiben?«, fragte Nicholas düster.

Daniel richtete sich auf und sah den Earl aufmunternd an. »Nun, vielleicht weil die wunderbarste Frau Londons dich sehnsüchtig mit einem Herzen voller Reue und Liebe in eurem gemeinsamen Haus erwartet?«

Nicholas' Augen blitzen wütend auf. »Daniel, nicht einmal dir erlaube ich, über diese Geschichte Witze zu machen!«, zischte er.

»Witze machen? Ich? Das würde ich nicht wagen!«, rief Lord Durban mit gespielter Entrüstung. Aber als Nicholas drohend einen Schritt auf ihn zu machte, wurde er sofort ernst.

»Ich sage die Wahrheit. Cathryn ist in deinem Palais und wartet auf dich.«

»Wieso sollte sie ihre Meinung geändert haben?«, knurrte Nicholas misstrauisch.

»Mein Gott, weil ihr endlich jemand klar gemacht hat, dass ihr beide Fehler gemacht habt und eure Liebe nicht zwischen euren Dickschädeln zerreiben dürft!«

»Was für Fehler?«, fragte Nicholas ehrlich überrascht.

Daniel rollte die Augen gen Himmel. »Die Szene mit Lady Stafford hättest du dir und vor allem Cathryn wirklich ersparen können!«, wies er Nicholas zurecht.

»Sie hat dir davon erzählt?« Zu Daniels Überraschung wurde Nicholas ein wenig rot. »Das war nichts weiter als eine jämmerlich inszenierte Intrige«, verteidigte er sich. »Wie konnte ich ahnen, dass Cathryn so töricht ist, darauf hereinzufallen?«

»Wie konntest du so töricht sein, nicht zu sehen, wie geschickt Nancy ihre Treffer zu landen versteht?«, konterte Lord Durban. »Deine Vergangenheit dient nicht gerade dazu, dich in dieser Situation als Unschuldslamm zu präsentieren. Du hättest diese Frau gar nicht erst hereinlassen dürfen. Wer weiß, was sie sonst noch im Schilde führt?«

Nicholas presste die Lippen aufeinander. »Aber Cathryn hat mich heute verlassen«, sagte er düster. »Wie konnte sie das nach der letzten Nacht tun?«

»Sie wollte dir die Möglichkeit zur freien Wahl lassen«, erklärte Daniel. »Sie wollte wissen, zu welcher Frau du dich wirklich hingezogen fühlst.«

»Aber ich habe ihr doch gesagt, dass ich sie liebe!«, brauste Nicholas auf.

»Sie wollte Beweise, Nic. Leider hat sie nicht begriffen, dass sie es deinem Dickschädel durch ihren Auszug unmöglich macht, sie je wieder zurückzuholen.« Daniel hob resignierend die Schultern. »Ihr benehmt euch wirklich wie die Kleinkinder!«

Endlich glimmte ein leises Verständnis in Nicholas' Augen auf. Nach Daniels Worten schien alles so eindeutig. Und so unnötig. Nicholas verfluchte sich innerlich, dass er nicht schon längst für eine klare Aussprache mit Cathryn gesorgt hatte. Dass er nicht bis zu ihren innersten Gefühlen vorgedrungen war. War es dazu jetzt zu spät?

»Was soll ich tun?«, fragte er leise, und Daniel erkannte seinen aufrichtigen Wunsch, alle Probleme zwischen sich und Cathryn endgültig aus der Welt zu schaffen.

»Nun, du solltest sie treffen, bevor ihr beide neuen Unfug anstellen könnt«, sagte er trocken.

Cathryn rang nervös die Hände. Warum dauerte es so lange, bis Daniel mit Nicholas zurückkam? Hatte er ihn überhaupt schon gefunden? Oder vielleicht wollte Nicholas gar nicht mit Daniel zurückkommen? Wie konnte er ihr auch verzeihen, dass sie ihn verlassen hatte! Würde sein Stolz ihm jemals erlauben, sich ihr wieder zu öffnen? Zum tausendsten Mal verwünschte sie ihre törichte Entscheidung vom Morgen. Und zum tausendsten Mal stellte sie sich die bange Frage, ob Nicholas genug Liebe empfinden würde, um zu ihr zu kommen und ihr zu verzeihen.

Das Geräusch von Pferdehufen, das vor dem Haus erstarb, riss sie aus ihren Gedanken. Atemlos stürzte sie zum Fenster und sah hinaus. Draußen hielt eine Mietdroschke, und schon wollte sie sich enttäuscht abwenden, als der Kutscher abstieg und sich der Haustür näherte.

Nur wenige Sekunden später trat das Dienstmädchen ein und reichte ihr einen Brief. »Eine Nachricht, Mylady.«

Hastig entfaltete Cathryn das Papier. In Nicholas' energischer Schrift stand in wenigen Zeilen auf dem Bogen: »Ich muss dich sofort sehen. Die Kutsche wird dich zu mir bringen.«

Cathryns Herz machte einen freudigen Satz. Nicholas wollte sie sehen! Er würde ihr verzeihen!

In ihrer Aufregung dachte Cathryn nicht einen Augenblick darüber nach, warum Nicholas ihr eine

Mietdroschke schickte, anstatt selbst zu kommen. Und warum der Brief kein Siegel trug.

Sie eilte aus dem Salon.

»Rasch! Mein Mantel! Ich treffe seine Lordschaft«, rief sie dem Dienstmädchen zu und drückte ihr den Brief in die Hand. Dann lief sie mit fliegenden Schritten zur Kutsche. Als sie die Tür öffnete, hielt sie inne, denn wegen der zugezogenen Vorhänge war es im Inneren so dunkel, dass sie kaum etwas erkennen konnte. Und schon im nächsten Augenblick schoss eine Hand aus dem Dunkel hervor und zerrte sie grob in die Kutsche, die sich sofort in Bewegung setzte. Ihr überraschter Aufschrei wurde auf der Stelle von einem Knebel erstickt, der ihr in den Mund gezwungen wurde, und nur eine Sekunde später waren ihre Hände mit festen Stricken gefesselt.

Verzweifelt wehrte sie sich, doch ihr Angreifer hatte sie längst überrumpelt. Sie war in seiner Gewalt.

»Cathryn, meine Schöne. Hattet Ihr mich ganz vergessen?«

Der Klang von Westons Stimme ließ Cathryn das Blut in den Adern gefrieren.

»Es würde mich zu Tode betrüben, wenn ich einen so geringen Eindruck auf Euch gemacht hätte, Liebste.«

Cathryns Kehle entrang sich ein gedämpfter Seufzer.

Weston lachte böse. »Ich wusste doch, dass Ihr mich wieder erkennen würdet.«

Seine Hand legte sich um ihre Taille und er zog Cathryn dicht an sich heran. Inzwischen hatten sich

Cathryns Augen an die Finsternis in der Kutsche gewöhnt und sie konnte das gierige Glitzern in Westons Blick erkennen. Langsam strich seine Hand über ihren samtigen Hals. Sein keuchender Atem streifte ihr Gesicht.

»Eigentlich sollte ich dich sofort nehmen«, sagte er heiser. »Du hast dich mir lange genug entzogen. Aber ich habe etwas ganz Besonderes mit dir vor, meine Schöne.« Er lachte glucksend. »Du und ich, wir werden ein Fest zelebrieren, das Fest unserer Vereinigung.«

Cathryn gab einen entsetzten Laut von sich.

»Freue dich, mein Herz. Dieses Mal wird uns niemand stören. Denn niemand weiß, wo wir sein werden!«

Wieder kicherte er und vergrub sein Gesicht in ihrer Halsbeuge. Cathryn spürte seine feuchten Lippen auf ihrem Brustansatz. Verzweifelt versuchte sie, sich ihm zu entwinden, aber sein Griff war unnachgiebig. Wie hatte sie ihm nur so töricht in die Falle laufen können?

»Ich schulde Lady Stafford Dank«, flüsterte seine Stimme, als ob er ihre Gedanken erraten hätte. »Sie ist eine brillante Intrigantin und eine ebenso gute Fälscherin. Hat sie nicht ein wunderbares Händchen für Chamburys Schrift?«

Entsetzt riss Cathryn die Augen auf. Wieder steckte Lady Stafford dahinter! Wurde sie diese Frau denn nie los? Langsam dämmerten ihr die Zusammenhänge.

»Ja, sie ist meine Komplizin«, wisperte Weston verschwörerisch. »Und sie wird den Earl von Chambury nur zu gerne trösten, wenn an deinem tragischen Tod keine Zweifel mehr bestehen, meine Schöne. Und wenn wir ihn davon erst einmal überzeugt haben, dass er dich nie wiedersehen wird, werden wir für immer unsere Ruhe vor diesem Kerl haben.«

Verzweifelt schluchzte Cathryn auf.

XXI

Mit großen Schritten, zwei bis drei Stufen auf einmal nehmend, stürzte Nicholas die Treppe zu seinem Palais so schnell hinauf, dass Daniel ihm kaum folgen konnte. Das Dienstmädchen wich erschrocken vor ihm zurück, als er die Tür, die sich gerade einen Spalt geöffnet hatte, schwungvoll aufstieß und mit unvermindertem Tempo die Halle durchquerte.

»Cathryn?« Seine Stimme donnerte durch das ganze Haus und einige Dienstboten erschienen beunruhigt auf der Treppe. Ungestüm riss Nicholas die Tür zum Salon auf.

»Cathryn!« Mit wenigen Schritten hatte er den Raum umrundet und kehrte in die Halle zurück, wo Daniel außer Atem von dem rasanten Ritt quer durch London stehen geblieben war.

»Wo ist Mylady?«, wandte sich Nicholas ungewollt barsch an das Mädchen, das ihm die Tür geöffnet hatte. Völlig eingeschüchtert wurde die Arme erst blass, dann rot und brach schließlich in Tränen aus.

»Himmel, ich erwarte nichts weiter als eine einfache Antwort auf eine einfache Frage. Wo ist Mylady Chambury?«

Aber inzwischen hatte das Mädchen vollends die Fassung verloren und schluchzte haltlos.

»So kommen wir nicht weiter«, stellte Lord Durban sachlich fest und schob sich an Nicholas vorbei. »Ist Mylady noch nicht zurück?«, wandte er sich an Cathryns Zofe, die mit einigen anderen Dienstboten unschlüssig oben an der Treppe stehen geblieben war.

»Doch, Mylord«, antwortete sie leise. »Wir packen ja gerade ihre Koffer wieder aus.«

Innerlich atmete Daniel erleichtert auf. Immerhin hatte Cathryn ihre Meinung auf dem Weg hierher nicht wieder geändert. »Wo ist sie jetzt?«

»Aber … aber Mylord haben doch nach ihr geschickt«, schluchzte das Mädchen am Eingang. Mit schnellen Schritten war Nicholas bei ihr. Obwohl er innerlich bebte, zwang er sich zu einem ruhigen Ton.

»Wer hat nach ihr geschickt?«

Verzweifelt sah das Mädchen zu ihm auf.

»Ihr selbst, Mylord. Eine Kutsche hielt vor dem Haus und ich überbrachte Mylady eine Botschaft von Euch.«

»Ich habe ihr keine Botschaft geschickt!«, brauste Nicholas auf. Mit zitternden Händen reichte ihm das Mädchen den Brief, den sie Cathryn ausgehändigt hatte.

Mit einer raschen Geste entfaltete Nicholas den Bogen und überflog die Zeilen.

»Das habe ich nicht geschrieben«, schnaubte er und reichte den Brief an Daniel weiter. Der warf einen kurzen Blick darauf.

»Es ist deine Schrift, Nic.«

Grimmig erwiderte Nicholas seinen Blick. »Was ist dann passiert?«, fragte er, und eine böse Ahnung stieg in ihm auf.

Unsicher sah das Mädchen zu Nicholas, dessen schwarzer Blick düster wie ein Gewittersturm war. »Mylady sagte, sie würde Euch treffen, und stieg in die Kutsche.«

Nicholas wurde blass.

»Was war das für eine Kutsche?«, fragte er leise.

»Eine ganz gewöhnliche Mietkutsche, Mylord«, schluchzte das Mädchen wieder. »Ich wollte bestimmt nichts falsch machen, Mylord. Wie hätte ich denn wissen können, dass die Nachricht nicht von Euch war? Mylady hat ja selbst daran geglaubt.« Ihre Stimme ging in haltlosem Weinen unter.

»Jemand hat sie entführt«, stieß Daniel hervor. »Jemand hat sie mit einer falschen Nachricht aus dem Haus gelockt und sie entführt!«

Finster sah Nicholas nach draußen. »Und ich kann mir auch schon denken, wer dahinter steckt. Es gibt nur einen Menschen, der sich immer damit gerühmt hat, meine Handschrift täuschend ähnlich zu imitieren. Aber wenn sie Cathryn auch nur ein Haar krümmt, dann gnade ihr Gott. Komm!« Mit schnellen Schritten stürzte er wieder nach draußen.

»Wohin? Von wem redest du, Nic?« Daniel rannte hinterher.

»Ich werde Lady Stafford einen Besuch abstatten, den sie nie wieder vergessen wird.«

»Mein lieber Nicholas, wie ich mich freue, dich endlich wieder hier zu sehen!«

Nancy Staffords honigsüße Worte erstarben auf ihren kunstvoll gemalten Lippen, als sie den Zorn in Nicholas' düsterer Miene erkannte. Das war nicht der vor Kummer über den tragischen Tod seiner jungen Ehefrau verzweifelte Mann, den sie trösten sollte! Irgendetwas war bei Westons Plan schief gelaufen, und sie hatte nicht die leiseste Ahnung, was. Fieberhaft versuchte sie, Zeit zu gewinnen.

»Aber was ist denn nur passiert?«, hauchte sie und riss die veilchenblauen Augen in nicht nur gespielter Überraschung weit auf.

»Bravo!«, spottete Daniel zynisch. »Warum vergeudet Ihr Euer Talent so weitab der Bühne, Madame?«

Nancy fuhr herum.

»Ihr hier?« Die blauen Augen wurden eiskalt. Der Earl allein wäre schon nicht leicht zu besänftigen und jetzt musste auch noch Lord Durban auftauchen.

»Ich liebe großartige Aufführungen. Sollte ich mir diese Vorstellung etwa entgehen lassen?« Daniel grinste sie höhnisch an.

Empört holte Lady Stafford Atem, um ihn zurechtzuweisen.

»Genug!«

Die gefährlich ruhige Stimme duldete keinen Widerspruch. Mit offenem Mund wandte sich Nancy um und starrte Nicholas an. Beunruhigt erkannte sie, dass sie seine Stimmung nicht im Geringsten einordnen konnte.

»Ich denke, dass ich die Vorgeschichte als bekannt voraussetzen kann«, sagte Nicholas leise und kam langsam auf Lady Stafford zu.

»Kommen wir also sofort zur Sache. Wo ist sie?« Er stand jetzt nur wenige Zentimeter vor ihr.

»Was?« Verwirrt blinzelte Lady Stafford zu Nicholas auf.

Mit einer kraftvollen Bewegung packte er ihre Schultern und stieß sie auf ein zerbrechlich anmutendes Sofa.

»Nicholas!«, keuchte Nancy überrascht. »Was um alles in der Welt ...«

Mit einem Schritt war Nicholas über ihr. Seine Hand legte sich um ihre Kehle.

»Wo ist sie?«

Panik stieg in Nancy Stafford auf, als sich Nicholas' Hand fester um ihren weißen Hals schloss. Mit einem Mal erkannte sie, wie unsinnig ihr Plan war, die Rivalin aus dem Weg zu räumen und Nicholas wieder zurückzugewinnen. Diese Frau hatte dem Earl of Chambury vollständig den Verstand geraubt, und für sie, Nancy Stafford, war längst kein Platz mehr an seiner Seite. Die Erkenntnis dieses Verlustes verwandelte ihre Angst in Wut. Mit aller Kraft versuchte sie, Nicholas' Hand von ihrer Kehle zu lösen.

»Woher soll ich wissen, wo sie ist?«, würgte sie hervor. Bei ihrem Versuch zu sprechen ließ Nicholas sie los. Sie rang um Atem und rieb sich die misshandelte Kehle. Mit blitzenden Augen sah sie zu Nicholas auf.

»Ich habe lediglich das Billett geschrieben, das sie in die Kutsche locken sollte. Alles Weitere habe ich ihm überlassen.«

In Nicholas stieg ein schrecklicher Verdacht auf.

»Ihm ...?«

Nancy erkannte seine Angst und weidete sich daran. »Ja, ihm«, schleuderte sie Nicholas entgegen. »Ihm, Lord Edward Weston, der seit Wochen danach dürstet, sich sein Eigentum zurückzuholen. Deine süße Cathryn ist in seiner Gewalt, und ich kann dir versprechen, dass sie weder die Möglichkeit noch die Zeit haben wird, ihm wieder davonzulaufen.«

»Was hat er mit ihr vor?« Nicholas' Gesicht war weiß geworden.

»Nun, gewiss will er nicht mit ihr alt werden!«, höhnte Nancy Stafford. »Alles, was er will, ist ihr zauberhafter Körper und ihre Unterwerfung. Und seine absonderlichen Vorlieben werden ihr nicht so gefallen wie deine zärtliche Hand.«

Blitzschnell hatte Nicholas ausgeholt und ihr mit ungebremster Kraft eine schallende Ohrfeige versetzt. Nancy taumelte zu Boden, während Daniel sich auf Nicholas stürzte, um ihn von ihr abzuhalten.

»Nic! Komm zu dir!«

»Wo ist sie?«, schrie Nicholas außer sich vor Wut.

Nancy blickte mit billigem Triumph zu ihm auf und wischte sich das Blut aus dem Mundwinkel. Sollte er sie doch finden, seine süße kleine Frau. Sollte er sie doch finden, nachdem Weston mit ihr fertig war. Und dann würde man ja sehen, was von der großen Liebe noch übrig blieb.

»Weston hat sich gerade ein kleines Anwesen bei Cloustershire gekauft«, sagte sie böse. »Am besten, du beeilst dich!«

Entsetzliche Angst schnürte Cathryn die Kehle zu. Eine gute Stunde hinter London hatte Lord Weston sie an einem Fluss grob aus der Kutsche gezerrt und ihr den Mantel und das Schultertuch abgenommen. Mit einer schnellen Bewegung hatte er ihr Kleid am Dekolleté gepackt und die exquisite Spitze, die ihre Brust und die Schultern bedeckte, abgerissen. Entsetzt hatte Cathryn befürchtet, dass er jetzt und hier über sie herfallen würde. Aber zu ihrer Überraschung hatte er die Stofffetzen ins Wasser getaucht und sie über einige Büsche, die weit ins Wasser hineinragten, verteilt. Verständnislos verfolgte Cathryn das Geschehen.

Inzwischen hatten der Kutscher und sein Knecht eine zweite Kutsche aus einem nahe gelegenen Gebüsch gezogen und die Pferde davorgespannt. Mit angehaltenem Atem beobachtete Cathryn, wie die Männer die Kutsche, mit der sie hierher gekommen waren und die man Nicholas ohne Zweifel beschreiben würde, die kleine Böschung zum Fluss hinunterrollten. Krachend zerschellte sie auf den großen Felsen und langsam trieb die Strömung die einzelnen Wrackteile auseinander. Mit grausiger Gewissheit erkannte Cathryn, welchen Plan Lord Weston verfolgte.

»Ist es nicht brillant?« Weston kicherte böse und begutachtete mit außerordentlicher Genugtuung sein Werk.

»Für den unwahrscheinlichen Fall, dass Chambury uns folgt, ist dafür gesorgt, dass er spätestens hier den Mut verliert.«

Dann fiel sein Blick auf Cathryn, deren weit entblößte Brust nur noch von ihrem Mieder und wenigen Resten der Spitze verhüllt wurde. Seine Augen wurden glasig vor Begierde und unwillkürlich griff er grob wie ein Bauernlümmel nach ihrem Busen. Reflexartig hob Cathryn die Hände und ihre Nägel hinterließen tiefe, rote Spuren auf Westons Wange. Unbeherrscht schlug er ihr ins Gesicht und unter der Wucht seines Schlages fiel Cathryn zu Boden.

»Das wagst du nicht noch einmal, Weib!«, drohte er und zerrte sie in die andere Kutsche.

Benommen sank Cathryn in die Polster, während die Kutsche anfuhr und sie einem ungewissen Ziel und einem ungewissen Schicksal entgegenbrachte. Kurz bevor sie in eine gnädige Ohnmacht versank, schimmerte noch ein hoffnungsvoller Gedanke in ihrem Bewusstsein auf. Weston zog also in Betracht, dass Nicholas ihr folgen könnte. Er nannte es einen »unwahrscheinlichen Fall«, aber wenn Nicholas sie wirklich liebte, würde er sie finden. Wenn er sie wirklich liebte …

Lord Daniel Durban fühlte, wie seine Kräfte ihn langsam, aber sicher verließen. Seit London waren sie in halsbrecherischem Tempo über die Wege gedonnert. Immerhin war die Straße nach Cloustershire in ausgezeichnetem Zustand. Aber das bedeutete auch, dass Weston mit seiner Kutsche rasch vorangekommen war.

Wenn er überhaupt auf dem Weg dorthin war. Lord Durban presste die Lippen zusammen bei dem Gedanken, dass Nancy Stafford absichtlich eine falsche Spur gelegt haben könnte. Aber es war die einzige, die sie hatten. Und zum ersten Mal hatte sogar er geglaubt, dass das verdammte Luder die Wahrheit sagte.

Um nicht die Konzentration zu verlieren, fixierte Durban den Reiter vor sich. Nicholas hatte sich weit über den Hals seines Hengstes gebeugt und forderte das Letzte von sich und dem Tier. Daniel war so versunken in den Anblick von Nicholas' Rücken, dass er beinahe mit seinem Pferd auf den Hengst geprallt wäre, als Nicholas abrupt hielt. Schrill wiehernd stieg der Hengst, doch der Earl hatte ihn nach wenigen Augenblicken wieder unter Kontrolle.

»Nic, um Himmels willen! Wieso hältst du mitten in der Wildnis plötzlich an?« Ärgerlich machte Daniel seiner Überraschung Luft.

Als er sein Pferd neben das des Earl trieb, konnte auch er sehen, was Nicholas zu diesem gewagten Haltemanöver veranlasst hatte: In dem Fluss, der die Straße schon seit einer geraumen Weile friedlich begleitete, lagen die wild verstreuten Trümmer einer Kutsche. Einer typischen Mietkutsche, wie man sie aus London kannte.

»Mein Gott …«, flüsterte Daniel, als ihm bewusst wurde, was das zu bedeuten hatte. Normalerweise verirrten sich keine Mietkutschen aus London hierher.

Mit aschfahlem Gesicht starrte Nicholas sekundenlang auf das schreckliche Bild. Dann sprang er mit einem Satz vom Pferd und kletterte die Felsen herab, bis er das Wrack erreichte. Daniel folgte ihm, so schnell er konnte.

»Kannst du etwas erkennen?«

Mit großen Schritten watete Nicholas ins Wasser. Sein Puls hämmerte wie wild, als er sich über die Kutsche beugte.

Sie war leer.

Erleichterung durchströmte Nicholas, aber nur einen Moment später war er sich des Ernstes der Lage wieder bewusst. Cathryn war zwar nicht in der Kutsche, aber trotzdem konnte ihr bei dem Unfall etwas Schreckliches zugestoßen sein.

»Nic!«

Beim Klang von Daniels erstickter Stimme sah der Earl auf. Daniel stand einige Meter stromabwärts und hielt ein tropfnasses Stück Stoff in der Hand.

Mit zwei Schritten war der Earl bei ihm. Er erkannte die zierliche Spitze trotz ihres erbärmlichen Zustandes sofort.

»Cathryns Kleid«, identifizierte er tonlos. »Sie war in der Kutsche!« Panik flackerte in seinen Augen auf. Er machte ein paar schnelle Schritte auf die Kutsche zu und hielt dann mitten in der Bewegung inne.

»Dieser hinterhältige Hund!«, donnerte er plötzlich los.

Erschrocken zuckte Daniel zusammen. »Nic, noch ist doch gar nicht sicher, ob Cathryn wirklich etwas zugestoßen ist.«

»Aber etwas anderes ist sicher!«, tobte Nicholas und war mit zwei Sätzen wieder bei Daniel. Anklagend hielt er den Fetzen der Spitze hoch. »Die ganze Sache stinkt gewaltig zum Himmel!«

Verständnislos sah Daniel seinen Freund an.

»Daniel, wir sind der Strömung dieses Flusses seit über einer Stunde entgegengeritten und da war nicht die Spur von irgendwelchen Trümmern oder Kleidungsstücken. Ganz zu schweigen von Menschen oder Tieren!«

Triumphierend breitete er die Arme aus. »Schau dich um! Hier ist nichts außer einer zertrümmerten Kutsche und einer Hand voll Spitze! Kein Pferd hätte den überraschenden Sturz unverletzt überlebt, es sei denn ...«

»... es sei denn, er war gar nicht so überraschend«, beendete Daniel den Satz.

»Genau!« Mit großen Schritten kletterte der Earl den Abhang wieder hinauf. »Weston hat den ganzen Unfall inszeniert, um uns abzuschütteln!« Er ergriff die Zügel seines Hengstes und schwang sich wieder in den Sattel. »Und ich Idiot wäre auch beinahe darauf hereingefallen. Wir haben viel kostbare Zeit verloren!«

»Aber einen Vorteil hat die Sache doch.« Daniel schwang sich ebenfalls in den Sattel. »Wir wissen jetzt, dass wir auf der richtigen Spur sind!«

Grimmig spornte Nicholas seinen Hengst an.

Nach einer Zeit, die ihr wie eine Ewigkeit vorkam, hielt die Kutsche vor einem großen, dunklen Haus. Inzwischen war die Nacht hereingebrochen, und die Umrisse, die sich gegen den dunklen Himmel abzeichneten, wirkten wenig einladend.

»Willkommen zu Hause, Teuerste«, sagte Lord Weston zuckersüß, während er Cathryn aus der Kutsche und zum Haus zerrte.

»Bill! Pete! Ihr kümmert euch um die Pferde. Danach will ich von euch nichts mehr sehen oder hören!«

Cathryn spürte, wie ihre Kräfte sie allmählich verließen. Sie konnte sich kaum noch gegen Westons Griff wehren und war inzwischen bis auf die Knochen durchgefroren. Aus ihrer Ohnmacht war sie nach kurzer Zeit wieder erwacht, nur um Westons Hand erneut angeekelt von ihrer Haut zu stoßen. Sein maliziöses Lächeln war die schlimmste Antwort, die Cathryn sich vorstellen konnte. Sie schickte ein stummes Gebet zum Himmel, dass Nicholas ihr nicht nur folgte, sondern dass er sie noch rechtzeitig finden würde.

Vor der Tür riss Weston sie dicht an sich und hob sie auf seine Arme. »Erlaubt, dass ich die neue Herrin des Hauses mit der gebührenden Ehre behandle«, sagte er hämisch und trug sie über die Schwelle in eine düstere, kalte Halle. Die Möbel waren mit weißem Leinen verhängt und über allem lag ein leichter Modergeruch.

Hier ist seit Jahren kein Mensch mehr gewesen, dachte Cathryn verzweifelt. Wohin hat er mich gebracht? Und ihre leise Hoffnung, an Westons Ziel auf andere Menschen zu stoßen, die sie um Hilfe bitten konnte, fiel in sich zusammen.

Weston versetzte der Tür einen Fußtritt, dass sie krachend ins Schloss fiel. Ohne Cathryn abzusetzen, stieg er direkt die Treppe zum oberen Stockwerk hinauf. Die Lampe, die als einzige Lichtquelle an seinem Arm hing, warf verzerrte Schatten an die Wände.

»Das Schlafzimmer«, präsentierte er theatralisch einen kargen Raum, der fast ganz durch ein enormes Himmelbett ausgefüllt wurde. Abrupt setzte er Cathryn auf dem Bett ab und band ihre noch immer gefesselten Hände an einen Pfosten des Bettes.

»Machen wir es uns doch erst einmal gemütlich«, kicherte er hysterisch und stapelte Holz in den großen Kamin. »Schließlich soll deine samtige Haut nicht vor Kälte erschauern, sondern durch meine elektrisierenden Berührungen.«

Verzweifelt beobachtete Cathryn ihn. Schon bald züngelten die Flammen im Kamin empor. Weston trat zu ihr und nahm ihr endlich den durchweichten Knebel aus dem Mund. Cathryn schnappte nach Luft.

»Warum tut Ihr das?«, fragte sie. »Ich bin eine verheiratete Frau, ich werde Euch niemals gehören!«

Überrascht fixierte Weston sie. Blitzschnell war er neben ihr und griff hart ihr Kinn. Als er ihr Gesicht zu seinem emporhob, sah Cathryn nur wenige Zentimeter vor sich sein zu einer Grimasse verzerrtes Gesicht.

»Warum ich das tue?« Seine Stimme war ein gefährliches, leises Zischen. Stechend bohrte sich sein Blick in ihre Augen. »Weil Ihr mir den Verstand geraubt habt, Teuerste. Seit ich Euch das erste Mal sah, träume ich davon, Euch zu besitzen.«

Sein Atem ging stoßweise und Cathryn fühlte den warmen, übel riechenden Lufthauch auf ihrer Wange.

»Ich hätte Euch ein anständiges Leben an meiner Seite geboten, als meine geliebte und verehrte Ehefrau. Aber Ihr musstet ja Chambury um den Hals fallen.«

Weston schnaubte verächtlich.

»Jetzt seid Ihr für mich wie ein Diamant mit einem kleinen Fehler. Nicht mehr lupenrein, Ihr versteht. Aber noch immer wertvoll. Deswegen werde ich Euch besitzen, wie es mir beliebt. Ohne Rücksicht auf Euch. Ohne ein dauerhaftes Versprechen.«

Ein böses Glitzern trat in seine Augen. »Und nur eine einzige Nacht lang. Eine Nacht, die Ihr nie vergessen werdet.«

Ein erstickter Schrei entrang sich Cathryns Kehle, als ihr bewusst wurde, was ihr bevorstand. Aber Westons Mund presste sich sofort auf ihre Lippen und zwang sie auseinander. Gierig drang seine Zunge in ihren Mund, während sein stahlharter Griff ihr keine Möglichkeit ließ, ihm auszuweichen.

Mit einem genießerischen Seufzer gab Weston sie wieder frei und wandte sich dem Kamin zu.

»Ah, ein nettes Feuer«, rief er genießerisch und zog seine Jacke aus. Seinem Gepäck entnahm er eine Flasche Brandy und öffnete sie. Er deutete eine knappe Verbeugung in ihre Richtung an und hob die Flasche. »Auf unsere Nacht!«

Mit langen, gierigen Schlucken trank er direkt aus der Flasche.

»Ich hoffe, Ihr habt Verständnis dafür, dass ich keine Gläser anbieten kann. Aber trinken werdet Ihr doch auch einen Schluck?«

Damit trat er wieder neben Cathryn und riss ihren Kopf zurück. Er zwang die Flasche an ihre Lippen und ließ den Brandy in ihren Mund laufen. Cathryn verschluckte sich und hustete.

»Schön trinken, mein Herz. Tu uns beiden einen Gefallen und werde weich und empfänglich.« Er lachte hämisch und goss einen weiteren Schluck in sie hinein.

Während er die halb leere Flasche auf dem Kaminsims abstellte, betrachtete er Cathryn von dort aus halb geschlossenen Augen. Ihr wild zerzaustes Haar, die vom Brandy leicht verschleierten Augen und das zerrissene Dekolleté verliehen ihr eine ungewollte Sinnlichkeit. Lüstern leckte sich Weston die Lippen, als er sich ihr langsam näherte.

»Fasst mich nicht an!«, flüsterte Cathryn tonlos, aber seine Hände umschlangen sie erbarmungslos.

Er löste ihre Hände vom Bettpfosten, ohne jedoch die Fessel ihrer Handgelenke zu lösen. Mit einer schnellen Bewegung hob er sie kurz an und warf sie schwungvoll auf das Bett. Cathryn wollte sich mit einer rettenden Drehung vom Bett wälzen, aber Weston lag schon auf ihr und riss ihre Arme über den Kopf nach oben. Er band ihre Fessel am Kopfende des Bettes fest und begann wieder, sie lüstern zu küssen. Während Cathryn verzweifelt versuchte, ihm innerhalb ihres geringen Spielraumes auszuweichen, streifte Weston sein Hemd ab. Mit aller Kraft versuchte Cathryn wieder, sich seinen Küssen zu entziehen.

»Weich mir nicht aus!«, schrie Weston sie wütend an und schlug ihr heftig ins Gesicht.

»Lasst mich auf der Stelle los!« Wütend spuckte Cathryn ihn an. Sie beobachtete, wie er weiß vor Wut wurde, und ihr Mut sank. Mit einer groben Bewegung raffte er ihre Röcke und zerrte an ihrer feinen Wäsche.

»Lasst mich los!«, schrie Cathryn voller Entsetzen, als sie seine Hand auf ihrem nackten Schenkel fühlte. Gierig senkte er den Mund auf ihren Busen.

Mit einer ruckartigen Bewegung bäumte Cathryn ihren ganzen Körper gegen Weston auf. Ihre Gedanken galten Nicholas und dem glücklichen Leben, das sie an seiner Seite erwartet hatte. Wie hatte sie so dumm sein können, diese Zukunft so leichtfertig aufs Spiel zu setzen? Sie dachte an das Kind, das sie womöglich erwartete, und Panik schnürte ihr die Kehle zu. Trotz ihrer Gegenwehr spürte sie, wie sich Westons Hand langsam an ihrem Schenkel emporschob. Seiner Kehle entrang sich ein genießerischer Laut, als er sich am Ziel seiner Wünsche wähnte.

»Nein!«, schrie Cathryn aus Leibeskräften und presste die Augen zu. »Nicholas!«

Und als hätte eine unbekannte Macht sie gehört, fühlte sie, wie Westons Gewicht von ihrem Körper genommen wurde, und hörte seinen überraschten Schrei, gefolgt von dumpfem Gepolter.

Cathryn öffnete die Augen und sah Nicholas mit gezogenem Degen mitten im Raum stehen. Im verzerrten Licht der Flammen wirkte er wie ein Engel der Apokalypse, als er sich über den am Boden liegenden und aus dem Mund blutenden Weston beugte.

»Weston«, flüsterte er mit vor Wut kalter Stimme. »Zieht Eure Waffe und bereitet Euch auf Euer Ende vor!«

Atemlos beobachtete Cathryn, wie Weston langsam rückwärts kroch und mit zitternden Händen nach seinem Degen tastete, ohne Nicholas aus den

Augen zu lassen. Von dem Wahnsinnigen, der sie noch vor wenigen Sekunden vergewaltigen wollte, war nur das klägliche Abbild eines Mannes in Todesangst geblieben.

In diesem Moment erschien Daniel an der Tür. Hysterisch kreischte Weston auf.

»Durban, tut etwas! Der Mann ist wahnsinnig!«

»Zieht!«, erklang Nicholas' kalte Stimme von neuem, und seine Klinge senkte sich hin zu Westons Brust.

Mit noch immer bebenden Händen hatte Weston seinen Degen ergriffen und richtete die Klinge gegen Nicholas.

»Steht auf!«

»Chambury ... ich ...«

»Tut es jetzt!«

Weston kam zitternd auf die Knie. Dann sprang er ohne Warnung mit einem Ausfallschritt auf Nicholas zu und griff ihn an. Jede Sehne in Nicholas' Körper war zum Zerreißen gespannt. Er parierte den Stoß und legte seine gesamte Abscheu gegen Weston in eine präzise, kraftvolle Offensive. Mit ausholenden Bewegungen drängte er Weston quer durch den Raum, bis an die dem Bett gegenüberliegende Wand. Nicholas' Klinge schwebte nur Millimeter vor Westons Kehle, als dieser den Degen langsam sinken ließ. Die Blicke der beiden Männer waren ineinander verbissen wie kämpfende Tiere.

»Sprecht Euer letztes Gebet, Weston!«, forderte Nicholas in tonloser Wut.

Aber er zögerte einen Moment zu lange. Plötzlich packte Weston Nicholas' Klinge mit der bloßen

Hand und duckte sich unter seinem Arm hinweg. Mit einem Satz war er am Bett und riss Cathryn als Schutzschild vor sich.

»Eine Bewegung, Chambury, und sie ist tot.«

Cathryn spürte seinen Atem hinter sich und den kalten Stahl der Klinge vor ihrem Hals. Westons Degen war bis an den Schaft scharf geschliffen. Auf dem kümmerlichen Rest ihres Mieders breiteten sich Blutflecken aus, die von Westons verletzter Hand herrührten. Aber an ihrer Kehle spürte sie ein Rinnsal ihres eigenen Blutes, wo Westons Degen ihre weiche Haut verletzt hatte.

Mit aufgerissenen Augen sah sie Nicholas an. Die Angst in ihrem Blick war fast zu viel für ihn.

»Wir werden uns jetzt schön zurückziehen, meine Liebe«, keuchte Weston. Er kicherte albern und befreite ihre Hände mit einem Ruck vom Bettpfosten. »Es muss doch einen Ort auf dieser Welt geben, an dem wir beide ungestört unseren Spaß haben können.«

Er stand vom Bett auf und zog Cathryn mit sich. Nicholas sah den erbärmlichen Zustand ihrer Kleidung und fragte sich, was sie schon alles durchgemacht hatte. War er noch rechtzeitig gekommen? Zentimeterweise bewegte sich Weston auf die Tür und somit auf Nicholas zu, der Weston starr fixierte. Ein leises Wimmern entrang sich Cathryns Kehle.

In diesem Moment zog Daniel mit einer raschen Bewegung seinen Degen. Weston fuhr herum, und bevor sie realisieren konnte, was geschehen war, hörte Cathryn einen ohrenbetäubenden Knall. Sie spürte, wie Weston zusammenzuckte und sein Griff an Stärke verlor. Dann ließ er sie ganz los und glitt zu Boden.

Mit einem Aufschrei sank sie auf die Knie, aber in diesem Moment umfingen sie schon Nicholas' Arme. Stark und beherrscht zog er sie an sich und trat mit ihr einige Schritte zurück.

Zitternd blickte Cathryn auf Weston, der in einer sich ausbreitenden Blutlache mit weit aufgerissenen Augen auf dem Boden lag. In Nicholas' Hand befand sich kein Degen mehr, sondern eine kleine, sportliche Pistole, von der eine feine Schmauchspur aufstieg.

Daniel trat vor und entwaffnete Weston mit einem präzisen Fußtritt. Schließlich beugte er sich über ihn und berührte seinen Hals.

»Er ist tot, Nic.«

Mit einem Aufschluchzen sank Cathryn an Nicholas' Schulter und begann haltlos zu weinen. Die Pistole fiel neben ihnen auf den Boden, als Nicholas sie so fest in die Arme schloss, dass es fast schmerzte.

»Mein Engel. Meine Liebe. Mein Alles«, flüsterte er in ihr Haar. »Beinahe hätte ich dich verloren.« Seine Lippen küssten ihr Haar wieder und wieder, während er sie in seinen Armen zittern spürte.

»Nicholas«, schluchzte sie leise. »Du hast mich gefunden …« Ihre Stimme erstarb.

»Ruhig, meine Liebste. Es ist vorbei. Es ist vorbei«, flüsterte Nicholas, während er sie langsam und beruhigend in seinen Armen wiegte. »Was hat er dir angetan, mein Herz?«

»Er lockte mich mit einem falschen Brief von dir in seine Kutsche«, berichtete Cathryn zwischen zwei

Schluchzern. »Er wollte sich das nehmen, was er für seinen Besitz hielt.«

Nicholas hob ihr Kinn und sah sie ernst an. Cathryn verstand seine Frage und schüttelte den Kopf.

»Es ist nichts geschehen«, antwortete sie und wurde rot. »Aber wenn du nicht gekommen wärst ...«

Nicholas schloss sie erleichtert in die Arme.

»Mein Engel«, flüsterte er wieder in ihr Haar. »Ich liebe dich mehr als alles andere auf der Welt!«

Cathryn fühlte, wie eine warme Woge des Glücks sie durchflutete. Nicholas liebte sie. Er liebte sie wirklich. Wieder sah sie ihm in die Augen.

»Und ich liebe dich. Ich bin stolz und glücklich, deine Frau zu sein, und möchte dich nur noch um eines bitten.«

Fragend hob er die Brauen.

»Bitte bring mich nach Hause.«

Epilog

Die Herbstsonne schien warm auf Cathryns entspanntes Gesicht. Die ersten Vögel sammelten sich am Himmel und kündeten durch ihre Rufe den nahen Aufbruch in den Süden an. Wohlig streckte Cathryn die Arme hinter sich aus und stieß einen langen, zufriedenen Seufzer aus. Sie hatte einen Liegestuhl auf die Veranda stellen lassen, um das schöne Wetter genießen zu können. Die alten Bäume spendeten einen angenehmen Halbschatten und flüsterten leise im Wind. Cathryn genoss die Ruhe und Entspannung. Ihr neues, sorgenfreies Leben erschien ihr manchmal noch immer wie ein Traum.

Unter dem weichen Kaschmirplaid wölbte sich ihr Bauch schon deutlich erkennbar empor. Sie konnte es gar nicht erwarten, das Leben darin zum ersten Mal zu spüren.

Plötzlich spürte sie eine zärtliche Berührung an ihrer Wange und schlug überrascht die Augen auf. Nicholas beugte sich über sie und streichelte ihre Haut mit einer Rose. Die schwere, dunkelrote Blüte war ganz aufgeblüht und Cathryn sog voller Freude ihren süßen Duft ein.

»Du hast Besuch«, kündete Nicholas an. »Carolyn ist mit dem kleinen Matthew hier. Eigentlich müsstest du sein Gebrüll schon bis hier heraus hören.«

Er verzog das Gesicht, als das Geschrei des Babys im Haus erklang.

»Daran solltest du dich aber gewöhnen«, sagte Cathryn streng. »Immerhin werden wir das Vergnügen bald täglich haben.«

Nicholas lachte auf und legte besitzergreifend eine Hand auf ihren Bauch.

»Hallo, kleines Wesen«, sagte er zu der Wölbung. »Ich hoffe, du wirst nicht so vorlaut wie deine Mama!«

»Untersteh dich, das Kind jetzt schon zu beeinflussen. Wahrscheinlich wird es ohnehin ein Sohn, der dann natürlich ganz nach dem Vater kommt.«

»Hmm …«, machte Nicholas nachdenklich. »Nein, ich glaube, es wird ein Mädchen. Du eignest dich eher für Töchter.«

Cathryn lachte auf.

»So, so. Und wem willst du dann mit deinem väterlichen Elan die große, weite Welt zeigen?«

»Na, meiner Tochter natürlich. Wenn sie nur halb so temperamentvoll wird wie ihre Mutter, werde ich mich dabei ganz schön anstrengen müssen. Wahrscheinlich wird sie viel mehr Geduld mit mir haben müssen als ich mit ihr.«

»Ach ja?« Cathryn zog amüsiert die Brauen hoch. »Und von wem soll sie die wohl geerbt haben?«

Nicholas lachte auf.

»Ich hatte da einen Ururgroßvater mütterlicherseits …«, begann er im Scherz.

»Wie auch immer, ich denke, wir werden uns alle bestens verstehen«, erwiderte Cathryn, als sie sah, wie Carolyn mit dem kleinen Matthew auf die Veranda trat. »Ich kann es kaum erwarten!«

Nicholas lächelte und küsste ihre Hand.

»Mein Engel. Habe ich dir heute schon gesagt, dass ich dich sehr liebe?«